跨度小说文库
Kuadu Fiction Series

跨度小说文库
Kuadu Fiction Series

刘连书 ——

著

十日
艳后

中国文史出版社

目　　录

1

序

刘　恒

　　不知道这是连书出版的第几本书了。总之，他又有了自己的一本书，我真为他高兴。这书集合了他精选的五部中篇小说，自然也埋葬了他的心血，高兴之余也难免忧伤。生活是如此广大，个人却如此微小。即便有了小说这工具，我们又能干些什么呢？如果连书是理想主义者，他显然无法满足。如果是悲观主义者，那么他应该找到无能为力的证据了。

　　仅就现实而言，小说是无能为力的。我们为什么不死心，为什么还要写呢？精神世界或许有自己的法则，对文学的技术性支配可以得到赞扬，独特的想象力也可以获得至高无上的地位，连下意识的呓语都可能成为耀眼的功勋。显然，这些诱惑是远远不够的。倒不是因为我们有更大的野心，而是因为相反，我们多多少少成了实用主义者。在铁壁上凿个窗户，在冰雪里种朵鲜花，别的手段如果不行，小说肯定也不行。但是，我们总忍不住要试一试。这就难免显出笨拙和悲怆来了。

　　如果有人从这个地方看出可敬，他便是连书的知音，进而也就成了小说的同谋。

连书的这五部中篇小说，按他自己的说法，不是纯现实主义的，要么象征，要么魔幻，要么荒诞。至于什么是象征、什么是魔幻、什么是荒诞的作品，这里不进行细述。但有一点可以肯定，主题具有多义性，仁者见仁，智者见智。所以，我们读的时候，不要被连书表面透露的信息所迷惑，要跟他一样狡猾，跟他一样诡诈，跟他一样多了解一些文化隐喻才行。从作品的深处看出历史投影和文化底蕴，这恰恰是他作品深刻的地方。

连书曾做记者多年，在新闻工作上取得很多成绩，也得到过很多奖励。在这种情况下，放弃创作或者创作欲望消失了，没有任何可说的。但他坚持下来，根还在，还能长出很茁壮的东西，非常了不起。他在文字表达上还能这么娴熟，在构思上还能这么圆满，在视角上还能这么独特，说明他的肌肉还是相当发达的。创作者感知生活的方式，思维的方式，这个永远有优劣之分。就像镜子一样，大家都是那种平面的镜子，反映出的东西，大致没有什么区别。但有的人在镜子里就显得突出，那个形象发生了极大的变化。许多优秀作品就是在这点上突出，与别的作品不一样，本质是感知生活的方式不一样，有他的个性和与别人不同的奇异性。连书的小说，我之所以觉得它有意义，一个最大的长处就是，连书感知生活和认知生活的方式跟别人有区别。这种感知和认知方式，有可能是他经过这么多年生活经验的积累，比以前更丰富、更有力了。作家就跟鸟一样，如果没有想象力，你的作品就是一只没有翅膀的鸟，飞不起来。连书的小说给我突出的印象，一个是想象力比较发达，再一个是语言。他经过这么多年新闻写作的"折磨和摧残"，没有把文字弄丢，很难得。他突出的还是口语化表达方式。我觉得口语化有两个层面：一个是作者的叙述语言有口语化特点；另外，就是作品当中人物的口语化。这种语言的运用相当不错。咱们都是吃文字饭的，对文字怀有极珍惜的感觉。在这种情况下，用什么方法去跟别人竞争，我相信是所有小说创作者面临的问题，而且是大家都在解决的问题。

连书的小说用朴素的方式描述了我们所有人的困境，共同的困境，整个人类的困境。这是主题深刻的地方。说到欲望的时候，通常说到欲望的负面影响，其实它是双面的东西，另一面实际上就是人类的动力，是咱们的幸福之源。同时，它又使你忍受摆脱不掉的困境。而人为各种各样的欲望所折磨，是人在生存中必须经受的。

十 日 艳 后

一

　　一连几天，大提琴手刘家妹总是被梦里的小提琴声惊醒。每次醒来，她都含着眼泪回味《梁祝》如泣如诉的琴声，却始终梦不见那个演奏小提琴的人。她越使劲去想，那人的相貌反而变得越模糊。分别仅仅不到一年，莫非他已经在脑海里被屏蔽了？她拧了下脸蛋，心想如果夜里再被小提琴声惊醒，出国之前一定去找他，见上一面，依依道别，不然将遗憾终生。然而不等到夜里，她中午靠着沙发只眯了一会儿，就被小提琴声再次惊醒了，而且终于梦到了那个人，尽管握弓揉弦的身影恍恍惚惚，时隐时现。

　　大提琴手不想再蒙骗自己了，她要跟着自己的感觉走，随着内心的向往，听从爱的召唤，去寻找那个让她魂牵梦绕的人。

　　四天前，德国使馆的留学签证终于下来了，刘家妹恨不得立刻飞往德国。要知道，能成为帕德博恩大学音乐系教授、世界著名大提琴家布尔的研究生，那是多少乐手梦寐以求的啊。尽管开学时间还有一个月，但刘家妹连杭州老家都不打算回了，有什么话都可以在手机里向父母诉说。签证下来的当天上午，她就预订了飞往法兰克福的机票，到单位递交了辞职报告，就想尽快离开这座水泥和沥青打造的都市，尽快离开让她伤透了心的交响乐团，尽快离开那位表面和气谦逊内心却男盗女娼并篡夺了乐团团长职务的阴谋家，去扑向那个绿草坪和黑松林覆盖的大地的怀抱。

　　然而，梦境里的小提琴声阻止了大提琴手的脚步，改变了她的行期。她立即退掉机票，匆匆忙忙将几件衣物塞进手提包就出了家门。进了电梯间，从镜子里发现，自己没戴发卡，赶紧返回家，从沙发上找到红色小提琴样式的发卡，别在头上。

她并不确切知道小提琴手在哪里，他的手机已经换了号码，只听说在百花山里饲养蜜蜂。一个从奥地利留学回来，任乐团首席多年，每次谢幕都是身着燕尾服与指挥一同向听众绅士般鞠躬的骄子，抛下小提琴去养蜂，这简直让人不可思议。莫非他对蜜蜂早已情有独钟？每场演出结束，听众用有节奏的热烈掌声呼唤返场时，他必演奏的曲目是节奏极快、技艺极难的《野蜂飞舞》，虽然曲子长度只有一分多钟，但每次都能把听众的情绪撩拨到极点。大提琴手还想到，他不在乐团了，哪个烂舌头还会再说他俩的闲话坏话？

开着父母在她生日时送给她的小汽车，按照地图的指引，大提琴手刘家妹很容易就到了百花山脚下。看见前方走着两个老人一个小孩，她加大油门，等超过他们之后，把车停在路边，下车问道："大叔您好，跟您打听个人。"

大叔模样的人打量一眼修长身材、漂亮脸蛋的姑娘，操着浓重的当地口音问："你找谁？"

刘家妹比画着拉小提琴的姿势："我找一个会拉……"

不等她把话说完，大叔打断道："我知道了，你是找刘嘉吧？"

"对，对的，我就是找刘嘉。"

"你算是找对人了，我们俩呀，就像立了冬树上的柿子——熟透了！"

"太好了！您能带我去找他吗？"

"那咋不行，本来就是一条路。"

刘家妹将老少三口请上车，按照大叔的指引，开上一条进入百花山的石渣路。很快，大提琴手就从爽快的大叔嘴里了解到一些情况。

　　巧的是，大叔姓刘，大婶姓刘，儿媳妇也姓刘，儿子孙子自然还是姓刘，再加上刘家妹和刘嘉，在这一刻，似乎天下姓刘的都跑到一起来了。俗话说，张王李赵遍地刘，山西大槐树底下的子孙可见之多。大提琴手刘家妹从中央音乐学院毕业后，被恩师推荐到这家国内有名的交响乐团工作。有一天在后台，刘嘉问她叫什么，她说叫刘家妹。刘嘉"哦"了一声，说咱们五百年前是一家，只是你比我多了一个字。刘嘉这个名字，早在音乐学院上学时她就听老师说过，他是著名小提琴手。学院还组织了一次观摩，她的座位在三楼，远远地看了由他担任首席的演出。如今见到本人，既惊喜又崇拜。后来慢慢熟了，她知道二人不仅同姓，生日还同月，仅仅差一天，刘家妹是一月二十八日，刘嘉是一月二十七日，而且都属马，相差整一轮。

　　"我管你叫哥行吗？"

　　"好啊，在家我排行老末，还没人管我叫哥呢。"

　　于是她脆脆生生叫了一声哥。

　　于是他就脆脆生生地答应了。

　　随后，二人肆无忌惮地一阵大笑，特别是刘家妹，笑得眼泪都流出来了。

　　此后很长一段时间，二人都小心谨慎地维护着彼此的同事关系，虽然心里都偶尔冒出过别的想法。但对于爱，不是说非要表达出来，也不是说非要终身厮守。谁敢说，除了生活上的伴侣，内心深处没有一个挚爱的暗恋对象？哪怕掩藏得再深再久……唉，老天呀！如果没有那阴谋家精心设局，没有那布置好的卑鄙陷阱，也许他们永远就以兄妹相称了呢。

刘大叔还说了和刘嘉相识的经过。今年春天，家里来了一个背着行李和小提琴盒子的男人，恳求把家里养的蜜蜂卖给他，还说价格尽管定，多少没关系。刘大叔老了，不想养蜂了，便把家里三十多箱蜜蜂半卖半送地转给了刘嘉。蜂场就设在百花山南麓的山坡上，他手把手教了刘嘉一个月，直到刘嘉能熟练操作摇蜜、挑虫儿、取蜂王浆、除螨灭菌等等为止。而且他们每天在一个锅里吃饭，或者刘嘉下山来家吃，或者由斑鸠拎着保温桶送过去，日子过得跟一家人似的。刘大叔还说，儿子儿媳拉起一个包工队，到北京城里干活去了，隔两三个月才能回家一趟，开学就上二年级的孙子斑鸠，由他们老两口带着。刘大叔爱说爱聊是个直性子，刘大婶却是个闷罐子，她坐在后排座上一言不发，顶多就是随着老头儿的话语，眯缝着眼睛笑一笑。

拐过一道山弯，刘大叔提醒说："注意啊，前面路段危险，经常从山上往下掉石头。"刘家妹看去，山路是从山体中间劈凿出来的，两侧陡峭的岩壁面目狰狞，张牙舞爪。山皮土喝饱了，山水渗透出来，形成细小水流，把石渣路冲出一道道浅沟。刘家妹加大油门，迅速开了过去。

坐在后排的斑鸠扒着前排座椅，问开车的刘家妹："阿姨，你是刘叔叔的媳妇吗？"

刘家妹顿时感到脸上一热，连忙说："不是不是。"

斑鸠接着问："那你是刘叔叔啥人呀？"

刘大叔瞥见姑娘的脸红了，回过头拦阻道："斑鸠，不许瞎问。"

是啊，她是他什么人呢？妻子？不不不，他有妻子，尽管听说离了。恋人？也不是，他们彼此谁也没有说过那三个神圣的字眼。同事？似乎靠谱，但也不是，如果是一般同事，你刘家妹为什么对他那么刻骨铭心，魂牵梦绕？哦，我到底是他什么人呢？刘家妹心里悲鸣着问自己。

刘大叔的家到了。这是一座孤零零的由柴木篱笆围起来的小院，四四方方，很是整洁，四间青砖红瓦的房子，贴着对联，窗明几净。见到主人归来，院子里的鸡呀鸭呀鹅呀牛呀羊呀，发出各自的问候。特别是那肚子下嘟噜着两排奶头的柴狗，前腿搭在斑鸠身上，用舌头不断舔着小主人的脸蛋，而柴狗的几只胖崽围着斑鸠一圈圈儿转，险些把斑鸠绊倒。刘家妹见了，竟莫名地生出一种感动。

石渣路在刘大叔家门口就到了头，汽车是开不到蜂场的。刘大叔让孙子斑鸠带客人去找刘嘉，但被刘家妹巧妙地谢绝了。走上通往蜂场的小路，她想，静悄悄地从天而降般地突然出现在他面前，小提琴手会是什么反应呢？

百花山不愧称为百花山！路两旁山坡上百花盛开，五颜六色，争奇斗艳，目不暇接。从小生活在大城市的大提琴手，只认得山丹丹、野雏菊、蒲公英等少得可怜的几种花，对其他那许许多多的花草就再也叫不上名字了。忽然，她发现万绿丛中一点红，在不远处的树丛里，有一长条红红的东西。是谁把红纱巾丢在这里了？刘家妹准备上前拾起来，可那红纱巾一闪，转眼就飘走了，不见任何踪影。莫非是看花眼了？还是幻想产生的错觉？她没再多想，加快了脚步。

闻着醉人的花香，吸着清新的空气，迎着习习的山风，还不时跳过溪穿路、路穿溪的小溪，走了十几分钟，还没看到蜂场，就听到了嗡嗡的蜜蜂展翅声，随后蜜蜂越来越多，在前后左右飞舞。刘家妹生怕被蜇着，挥动着胳膊，摇晃着身子，有时闪躲不及，蜜蜂触了她的手，碰了她的头。但奇怪的是，蜜蜂们对这个拎着手提包背着大提琴盒子的来客似乎很友好，没有一点伤害她的意思。这多亏来时匆匆，素面净颜，若涂抹了乳液，喷洒了香水，那结果就不是这样了，非得被蜜蜂团团围住，蜇得鼻青脸肿，狼狈不堪。

走到蜂场，刘家妹先是听到一阵小提琴声飘来，待走近了，看见有个身影背对着她，在拉舒伯特的《小夜曲》。拉完以后，放下乐器，弯腰在一片蜂箱旁忙碌。她没有打招呼，就那么站在原地呆呆地看着。他偶尔侧过身子忙一下，很快又掉转过去，对她的到来没有任何察觉。

"哥。"她轻柔地叫了一声。

不知是声音小，还是因为蜜蜂嗡嗡的干扰，他依然忙着手里的活计。

"哥!"她提高了声音。

背影转过身来，先是一惊，然后才缓过神来。刘家妹简直不敢相信，昔日那西服革履、风度翩翩的首席小提琴手，时隔不到一年，变成了一个地地道道的蜂农——头上戴着用纱网做的护罩，身上围着分辨不出是什么颜色的围裙，胳膊上分别套着深色的套袖，脚上穿着一双黑色高筒胶靴。

两座山走不到一起，两个人却总能相会。两个内心深深相爱却从未向对方吐露的人，就这么默默凝视着。

最终还是刘嘉跑过来："哎呀家妹，做梦也想不到你会来!"

刘家妹甩掉手提包，放下琴盒子，一下子扑到他的怀里。

"不行不行，我身上太脏了!"他越这样说，她把他抱得越紧。

此时此刻，他们以往那种相互爱慕却始终保持距离的关系，瞬间就土崩瓦解，彻底击碎了。大提琴手撩开小提琴手戴的纱网护罩，双手捧过满是胡楂的脸，将红润的双唇贴上去，近似疯狂地吻着。

小提琴手感觉她的舌头如一条小蛇似的在嘴里柔软旋转，来回翻滚，便不再矜持，积极回应，舌头随着对方的节奏欢快地蠕动，第一次体味到她的唾液就像蜜一样甘甜。

待刘家妹坐在树荫下的竹木椅上，喝完心爱的人给她冲的一大杯浓浓的蜜水，小提琴手走出了他住的简易木板房。他再也不是蜂农的模样，身穿一套带有绿条的灰色运动服，脚踏一双白色休闲鞋，显得青春又干练，胡子也刮得干干净净，运动员似的古铜色脸庞，透着十分健康。

刘嘉给自己也冲了一杯蜜水，在刘家妹对面坐下来。

"你闭上眼睛仔细听，蜜蜂的嗡嗡声，像不像是交响乐？"

刘家妹就乖乖地闭上眼睛听了一会儿，喃喃地说："不仅像，而且比交响乐更优美，更浑厚，也更有层次感。"

"你做一下深呼吸，闻闻这里的空气是什么味道？"

刘家妹就乖乖地深深吸了一口气，陶醉地说："甜甜的，香香的，还有一丝丝青草的滋味和绵绵的水汽直沁肺腑。"

"你站起来活动一下，看看是什么感觉？"

刘家妹就乖乖地站起身，伸伸胳膊踢踢腿，高兴地说："哇，简直就像在云里雾里，无比舒展轻松，比练功房里好多了。"

说完，刘家妹没有回到竹椅，而是坐在刘嘉大腿上。自打来到不见人迹的蜂场，自从他们亲密接吻后，她在他面前再也没有了拘谨和腼腆，取而代之的是撒娇和任性。

"我来的时候，看见你在拉《小夜曲》，难道你是拉给蜜蜂听吗？"

"还真被你猜对了，就是拉给蜜蜂听的。"

"啊？蜜蜂听得懂吗？"

"不知道懂不懂，但每天傍晚，不拉上一段曲子，它们就不肯回到蜂箱里。"

"这简直也太神奇了吧？"

"蜜蜂与人类相通的地方肯定还有许多，只是我们无法理解罢了。"

"哦，也许真是这样。"刘家妹又问，"刚才叫你哥，你没听见，看你那么专注地干活，你在忙什么？"

"来，我带你去看看。"刘嘉拉起刘家妹的手，来到蜂箱旁。三十多个蜂箱排列成行，俨然威武的坦克方队。

"刚才我把一个个巢门都关小了，为的是给蜂箱保暖。这大山里，昼夜温差大，山风贼得很，如不及时关小巢门，蜜蜂会着凉生病，影响蜂蜜产量。"

几句话就让刘家妹佩服不已："你简直是个养蜂专家。"

"这都是刘大叔教我的，距专家的水平差远了。"刘嘉说，"不过，用不了几年，我终究会成为养蜂专家的。"

刘家妹原以为，刘嘉辞去乐团首席，放弃城里优越生活，来到百花山养蜂，不过是逃离现实，躲避流言蜚语，没想到他竟要把养蜂当成后半生的事业。

"你真的想成为养蜂专家？"

"怎么，你觉得不可以吗？"

"我的意思是，养蜜蜂谁都能学会，可没有几个人能把小提琴拉得像你那样好，这实在太可惜了。"

"放心吧，我不会荒废专业，反而会相得益彰，通过养蜂，了解了蜜蜂王国的秘密，再经过鸟语花香的熏陶，我心里已经有一首奏鸣曲的主旋了。"

"好，我盼着你的佳音。"大提琴手知道，刘嘉不仅小提琴拉得好，还会作曲，而且相当有水准。

傍晚时分，无数归巢的蜜蜂爬进各自的蜂箱，忙而不乱，快速有序。

"请问专家，每个蜂箱里，有多少蜜蜂？"

"一般三万只左右吧。"

"一箱三万，三十多箱……哇，有一百多万呢，你比《水浒》里八十万禁军教头林冲还要牛啊。"

"还不仅如此呢，林冲教的是步兵，我率领的是天兵天将。"

传来一阵哗啦啦的水声。刘家妹随声看去，从高架的塑料管里流出一股水流。这水管是刘嘉修建的。在坡上的泉眼旁，用混凝土筑个小水坝，埋进一根管子，清凌凌的泉水就自动流下来，既解决了饮水问题，也可以洗澡洗衣服。

刘嘉说："如果你想洗澡，现在就可以。"

刘家妹一惊："什么？这里洗澡？现在？"

"对，如果想洗，现在就抓紧。不然，等太阳落了山，气温很快会降低，水温也变凉了。"

"我的哥呀，天还没黑呢，要是来人怎么办？"

"你放心，这个时候不会有人上山来的。"

"那……你陪我一起洗。"

"你自己洗吧，我给你当警卫。"

山里的日头升得晚，落得早。此时，血红的太阳沉到山头那边去了，绚丽的晚霞仿佛一道偌大的幔帐，罩住山峦沟谷，罩住树木花草，也罩住了正在洗浴的姑娘。她丰满的臀部，纤细的腰肢，坚挺的乳房，瘦长的脸颊，还有那一头长长的秀发，都被镀上一层金色，胳膊上的绒毛每一根都那么清晰。温暖的泉水砸在她身上，破碎成无数珍珠，四下飞溅，流光溢彩。珍珠落地化作水雾升腾而起，朦朦胧胧，犹如仙境。

突然一声尖叫，刘家妹惊慌地跑过来。刘嘉快步迎上前，抱住惊慌失措的姑娘，问怎么了。刘家妹余惊未消，指向山坡："有一双发亮的眼睛，躲在树丛里偷偷看我。"

"不用怕，那不是人，是一只火红狐狸。"

"火红狐狸？"

"对，自打我住到这儿，它就经常来陪伴我。"

"怪不得你喜欢待在这里，原来是狐狸精把你迷住了。"

刘嘉初次见到火红狐狸，是在夏日的一个中午。他听见蜂箱附近有响动，出屋来查看，见一只火红狐狸正在用前爪胡乱地轰赶围攻它的蜜蜂。原来，馋嘴的它来偷吃蜂蜜，被蜇得丧尽颜面，吱吱叫唤。从此，刘嘉每天傍晚都在碗里倒一些蜂蜜，放在溪水边。第二天早上，蜂蜜肯定被吃光了，连碗都舔得一干二净。

这么说，来时的路上，刘家妹在树丛里发现的，根本不是什么红纱巾，而是火红狐狸。她忽然意识到自己是赤身裸体，像是被电击了似的倒退几步，但很快又扑到男人怀里。

二

这是小黄、小蓝、小红、小白此生最后一次采蜜归来。

他们四只工蜂很要好，排成竖行，相隔很近，为的是减少风阻，节省体力。朵朵白云在头上飘过，阵阵风儿迎面吹来。他们奋力扇动着翅膀，但频率显然没有以往那么快了，力度也没有那么强了。

健壮的小白飞在最前面，鼓励同伴："加油啊，还有一半路，咱们就到家了。"

听不到回应，小白用复眼的余光瞥了瞥，身后三个伙伴，累得气喘吁吁，根本顾不上回答。

小白倡议："咱们停下来，歇一会儿吧。"

于是，他们落在一棵树上休息。

身体瘦弱的小黄："哎呀，累死我了。"

有些口吃的小红："谁……谁说不是呢。"

善于幻想的小蓝："真想搭乘一片红叶，让风儿吹回家去。"

小红："你就爱做……做梦，现在刚立秋，离红叶飘落的日子还……还远着呢。"

小黄整理一下被风吹乱的翅膀，刚想要梳理后腿，立刻又打住。因为，两条粗壮的后腿上，黏附着两大粒花粉球，等回到家卸下后，喂给巢房里的幼儿吃。如果不小心把花粉球遗落，那岂不白辛苦了？

小蓝闻到一股臭味，冲着小红喊："准是你施放毒瓦斯了。"

小红狡辩："你怎么知道是……是我？"

小蓝："谁都知道你爱放屁。再说了，咱们幼年时，巢连着巢，穴连着穴，是闻着各自的气味，听着彼此的心跳一起长大的，而且还同一天出生，你什么味道，谁不清楚呀。"

小红只好承认，口气依然不软："屁是天然之气，哪有不放之理。"

小黄："肯定是累出来的屁。"

小白："我看也是。"

他们出生没几天就飞出蜂箱采蜜，二十多天来虽然也累，但不像今天这样精疲力竭。这是因为附近的花粉被采过无数遍了，只好到远处寻找蜜源。已经连续几天，蜜源地都在四五公里以上，远超出他们飞翔的能力。每扇动一次翅膀，行进不到几毫米，那么要扇动多少次翅膀才能飞行四五公里啊。

这块蜜源地虽然远，但花朵非常多。他们发现后，回到蜂巢向工蜂们做了汇报。蜜蜂传递信息，是通过跳圆圈舞或8字舞来表达的。跳圆圈舞，说明蜜源地就在附近；跳8字舞，表示蜜源地较远，扭动尾部的次数越多，距离就越远；而跳舞时，脑袋面向哪里，就代表蜜源地在哪个方向。工蜂们根据这些肢体语言，会很快找到蜜源地。德国动物学家卡尔·冯·弗里希，经过长时间观察研究，破解了蜜蜂跳舞所蕴含的信息，由此获得迄今世界上唯一一个与蜜蜂有关的诺贝尔生物学奖。

采蜜的往返路途远了很多，每天任务量却一点儿不减，这就要消耗比平时多一倍的体力。其实，并不用谁来督促检查，也没有谁给论功行赏，这是他们出于本能、心甘情愿的事。他们知道，天气渐渐凉了，若不抓紧时间采蜜，等进入冬季，储备的蜜不足，不仅他们几个，全蜂箱几万只工蜂伙伴，连同具有至高无上权力的蜂王，都无法熬过漫长的严寒，最终将因断粮而毙命。如果所有蜜蜂从地球上消失了，世上一切开花结果的植物因不能授粉而很少收获，人类最多也只能存活四年。

小黄平时就爱发牢骚，累了就更口无遮拦："咱们这样累死累活，到什么时候才是个头啊？"

小白："这不是你我要想的问题，咱们只要多采蜜采粉就可以了。"

小红附和："就……就是，你每天有吃有喝，还有我们几个好伙伴陪……陪伴你，你该知足吧。"

小蓝："我反正挺知足的，饿了张口就吃，晚上倒下就睡。"

小黄："说起吃，我更有意见。我们整天拼命地采蜜，吃的只能是勉强充饥的蜂蜜和花粉，而整天大门不出二门不迈的蜂王，吃的却是营养丰富的蜂王浆。"

小白："蜂王吃蜂王浆，理所应当，天经地义，是为了更好地繁育后代。"

小红："是啊，你能……能和生母比？而且还在背地里说生母的坏话。"

小黄并不服气："我知道她是我们的生母，可谁是我们的生父呢？"

小红回答不上来，小蓝和小白也无言以对。

小黄："告诉你们吧，我们就是一群野种，光知道拼命干活，不知道咋累死的野种。"

小白："你整天瞎琢磨，知道得越多，烦恼也就越多。"

沉寂片刻，小蓝仰望蓝天，浮想联翩："我多想有一场轰轰烈烈的爱情啊！不然，这一生，会多么遗憾，多么不甘心。"

这句话，捅到三个伙伴内心的痛处。是啊，谁不想有一场属于自己的爱情？谁不想体验那最美妙的感受？哪怕最后伤痕累累，无果而终，只要有那么一个过程就好。

小蓝："如果我遭遇爱情，并能生下个女儿，我会把她捧在手里，珍视她，爱护她，给她买许许多多玩具，给她梳满头的小辫，给她穿花枝招展的衣服，让她成为世上最美最幸福的公主。"

小白被小蓝的话感染："我要是有个儿子，肯定会像我一样健壮，我让他学钢琴，练武术，长大以后如果会写一手漂亮的毛笔字就更好了，随便挥几笔就能赚大钱，衣食无忧，幸福满满。"

小黄："我想有一大群儿女，这个拉着手，那个抱着腿，吵吵闹闹，乱乱哄哄，那才有家的气氛呢。等他们娶了媳妇出了嫁，过年过节回家看看，就是不带任何礼物，我心里也会乐开花。"

小白见小红不说话，问道："你有什么想法？"

小红沉默片刻："我和你们想的不一样，我想当……当丁克族。"

小蓝："丁克族？"

小红："对，我只要爱情，不要孩子。真不敢想象，家里出现一个孩子，要吃要喝，调皮捣蛋，还没……没日没夜地缠着你，那得多烦心啊。再说了，把一个嗷嗷待哺的小屁孩，抚养到成家立业，这……这得花多少钱呀？中产变成贫困户，好日子变成苦日子。如果孩子不争气，是个啃老族，就得整整受一辈子罪。"

小红不胜感慨，口吃的毛病也好多了。

小蓝："你这是危言耸听。赶明儿等你老了，老得拉屎撒尿都要伺候，谁来为你养老呀？"

小黄和小白："是啊，谁给你养老？"

小红："可以进养老院啊。再说了，你们有了孩子，就能保证孩子为你们养老吗？"

小白："如果只有死亡，没有新生，世界所有生物早晚有一天会灭绝。"

小红："六千多万年前，恐龙倒是有许多后代呢，最后还不是灭绝了？"

对于爱情和爱情的结晶，四个伙伴只能是嘴上说说、幻想一番罢了。他们知道，自己压根儿就没有谈情说爱的资格，也没有取悦对方繁衍后代的能力。

小白："自从母王匆匆忙忙把卵产在蜂房里，只让我们吃三天蜂王浆，后来就给喂缺少营养的蜂蜜和花粉。"

小蓝："所以，我们一直严重营养不良，生殖器官瘪瘪的，根本没有发育，闹得现在我们是个不雄不雌、不阳不阴、不男不女的'二尾子'。"

小黄："没有生殖器官，就等于是个废物，一辈子注定是干活的苦命。"

小红："这是历代祖宗传下来的懿旨，谁也不敢违抗。"

不过，话说回来，对涉世不深、生命短暂的他们来说，不能谈情说爱是不幸也是万幸。同是吃花粉和蜂蜜混合的蜂粮长大，没有受精的雄蜂，即便生殖器健全，下场也往往更惨。蜂箱里不允许有成年雄蜂存在，只要一出生，就被扫地出门，为了避免发生母子近亲交配。不然，近交后繁育的蜜蜂会造成群体生活力衰退，温度调节能力和繁殖能力都会明显降低，还容易感染疾病。被驱出蜂箱的雄蜂，在野外四处游荡，连个栖身的窝也没有。即使千载难逢地有机会和处女王交配，但接下来就会大祸临头，因为交配就意味着死亡。而雌性生殖器官健全的呢，往往不等出世，十有八九还养育在襁褓里，就被日夜巡视的蜂王发现，落得个惨遭生吞活剥或碎尸万段的下场。

休息了一会儿，尽管四个伙伴依然疲惫不堪，但必须继续赶路，要在天黑之前回到家。可是只飞行几百米，翅膀像坠了铅一样格外沉，肚子像青蛙一般咕咕叫，不得不再次停下来歇息。

也许是为了给伙伴解乏，也许是自己不吐不快，小黄招呼三个伙伴围拢过来："我告诉你们个秘密，一个憋在我心里好多天的秘密。"

三个伙伴打起精神，仔细听。

小黄："我不止一次发现，蜂箱里储存的蜜，只要攒够一定数量，不知怎么就没了，我怀疑……怀疑是谁动了手脚。"

小蓝："谁会动手脚呢?"

小黄："咱们每天出来采蜜，哪有工夫调查呀。"

小红："你……你关心蜂蜜多少干啥?"

小黄："能不关心吗? 那是我们用血汗甚至用生命采来的。"

小白："其实不用大惊小怪，蜂箱里有几万只伙伴，你吃一点儿，我吃一点儿，每天要消耗不少蜂蜜呢。"

小红："对呀，不要自……自寻烦恼了。"

小黄还想要说什么，忽然发现一条很大的毛毛虫向他们偷偷爬过来。他惊呼一声，召唤三个伙伴飞走了。小黄曾亲眼看见，有个伙伴被这个庞然大物一口咬住，从而丢了性命。

飞过山梁，越过草甸，翻过丛林，离家越来越近了。四个伙伴的体力透支到了极限，但他们依然奋力扇动着翅膀，不断为自己加油打气。

从队前换到队尾的小白，听到身后有扇动翅膀的声音，而且振翅频率明显与他们不同，不仅又快又有力，带起的风声也很大。他回头一看，见有一只陌生的蜜蜂尾随其后，黑头黑脸蓝眼睛，身体格外健壮，与他们中华蜂黄头黄脸黄眼睛的模样完全不一样。他飞行的姿势也很特别，其他蜜蜂飞行时，六条腿全部收拢，贴住腹部，而他的两条后腿就像没有收起的飞机起落架，一直垂着，这是侦察蜂的典型特征。

小白立即发出警报，伙伴们紧急降落在草地上。那个黑脸包公也跟随过来，还貌似谦卑地点头示好。几个伙伴虽然不知这个身高马大的家伙是谁，但他们听警戒的工蜂说过，有一种意大利蜂被引到了中国，生性特凶猛，抗暴性极强，经常抢占中华蜂的家园，杀死蜂王，掠走蜂蜜，甚至奴役失去蜂王的工蜂们，供他们过不劳而获坐享其成的生活。为了保护干活勤劳但抗暴性差的中华蜂不被灭绝，已经划设了多处保护区，严禁意大利蜂和高加索蜂等外来蜂种进区里放养。

小白闻到他身上有一股刺鼻的腋臭，不用说，这肯定就是从意大利来的异类，便以迅雷不及掩耳之势猛扑上去，紧紧抱住身材健壮的意蜂，用腹钩钩住他的前胸，把毒刺刺进他的身体。与此同时，意蜂也紧紧抱住了小白，并同样把腹钩和毒刺刺进对方腹部。小黄、小红、小蓝见状，奋不顾身，蜂拥而上，意蜂寡不敌众，最后被拧下脑袋，斩断腰身，卸掉四肢，咬碎翅膀。

小白中了意蜂的毒刺，浑身抽搐，奄奄一息："快，快回家，告诉负责警戒的工蜂，发现了意蜂的侦察兵，说不定他们大部队就要来了。"

不等说完，小白闭上了眼睛。

小黄、小红、小蓝再次起飞，拼命扇动翅膀，想尽快回去报告敌情。

飞临一条小溪，尽管渴得嗓子冒烟，但他们谁都顾不得喝水，只用嘴吸几口潮湿的空气，滋润一下干渴的喉咙。

飞呀飞，飞呀飞，终于可以远远看到一排排列队安放的家了，甚至隐隐可以听到同伴们嗡嗡的振翅声和悠扬的小提琴声了。但他们再也飞不动了，就连最后一次扇动翅膀的力气也没有了。他们像是飘落的三朵雪花，从空中忽忽悠悠掉在地上，结束了此生的最后一次采蜜飞行。爱思考的小黄直到临终也没搞明白，他们工蜂为什么都是被累死的，而且平均存活只有短短不到一个月？如果蜂蜜储备充足，不用拼命去采蜜，他们足可以多活半年。

弥留之际，小黄听到一个声音从木板房半导体收音机里传来："我们之所以由衷地赞美蜜蜂，是因为蜜蜂为我们人类酿造了甜蜜。"

哦，采得百花成蜜后，为谁辛苦为谁甜？小黄似乎有所领悟：蜂箱里储存的蜂蜜，原来是被盗走了。可惜，不能把这真相告诉给同伴们了。在思维停止前最后一刻，小黄想的是，都说死蜂活毒，那么等我死了以后，就用毒刺刺向那些欺骗者吧。

嗅着甜蜜的死亡气味寻来的，是十几只黑色大蚂蚁。领头的一只被活毒刺了一下，仰面倒地，不断挣扎，一命呜呼。另外一些黑蚂蚁接受了教训，不再去触碰蜜蜂尸首的尾部，而是叼着他们的脑袋，拖到洞口附近，肢解成若干块，然后搬运进地下的窝里去了——那里，也有一个大腹便便的女王在等着工蚁们喂养。

三

大提琴手依偎在刘嘉的臂膀里，她似乎一下子变娇小了许多，思维是单纯的，举止是幼稚的，说话是孩子气的，甚至连呼吸都像小猫般轻柔。以往高山仰止般崇拜的可望不可即的男人，现在如同一块宽阔平坦、丰饶富有的大地，袒露在她面前。刘家妹摩挲着小提琴手硬硬的胸毛，感觉就像揉动尼龙做的大提琴琴弦。

"布尔教授答应我做他的研究生了。"

"啊，太好了，深造几年，你拉琴的技艺一定会有很大提高。"

"可是……我又不想出国了。"

"你说什么？"小提琴手忽地坐起身，"不去留学了？"

刘家妹将刘嘉慢慢扳倒："对，不去了，我就想和你天天在一起，一刻也不想分开。"

小提琴手使劲攥着姑娘骨感的手："真是个傻丫头，当布尔教授的研究生，是多么难得啊，机不可失，时不再来。"

大提琴手凝望着刘嘉的眼睛："我怕，远隔千山万水，想你想得白了头。"

小提琴手心里一动，为姑娘的痴情甚为感动，同时告诫自己，以后绝不能辜负了她的深情，要用自己的后半生去珍爱她，保护她。但理智提醒他，万万不可耽误了她的大好前程。他耐心解劝道："我在奥地利留学那会儿，通一封信得半个月，打个越洋电话，十次有八次接不通。现在通讯这么发达，你什么时候想我了，随时可以打电话发短信。"

"不行不行！那只能听到你的声音，看不见你的面容，闻不到你的气味，触不到你的皮肤，这反而让我更加想你，一定会想疯的！"大提琴手对刘嘉一阵狂吻，仿佛现在就要失去他。

小提琴手安慰道："好了，这个问题以后咱们再说。"

大提琴手哭了："不，就不，就不嘛！你现在就必须答应我，我们永远永远不分离。"

"好吧，我答应你，我们永远不分离。"小提琴手抹去大提琴手脸上的泪水，将她紧紧抱在怀里。

尽管刘嘉松了口，但刘家妹心里明白，这不过是他在哄自己高兴，为了她终身热爱的事业，他一定会劝说她出国留学的。

忽然传来斑鸠的喊声："叔叔阿姨你们在哪儿呀？"

二人慌张而迅速地穿上衣服。

刘嘉系着衣扣推门迎出去："斑鸠，你来了。"

斑鸠拎着一个多层保温桶："爷爷奶奶让我给你们送饭来了。"

刘嘉说："中午定好的，晚饭我去家里吃。"

斑鸠回答："奶奶说，阿姨肯定累了，叫我给送过来。"

刘嘉没话找话："今天都有什么好吃的呀？"

斑鸠说："样样都好吃。"

刘嘉问："你吃了吗？"

斑鸠说："吃了，等我吃完饭，奶奶才给你们炒菜，说炒早了怕凉了。"

估摸时间拖得差不多了，刘嘉接过保温桶，将斑鸠让进木板房。大提琴手已经穿戴妥当，凌乱的长发用皮筋扎起，床上用品也整理好了。

刘嘉将保温桶放在桌子上，一层层掀开，香喷喷的味道立刻充满了房间。大提琴手和小提琴手坐在桌子旁，愉快地吃起来。

"怪不得你乐不思蜀，原来你每天的饭菜这么丰盛啊。"大提琴手话里不免有几分揶揄。

刘嘉顺杆儿爬："这回知道我为什么来这里养蜂了吧。"

刘家妹夹起一块食物放嘴里，刚咀嚼两下，惊呼道："哇，从来没吃过这么香的炒鸡蛋。"说着夹起一筷子，放入心爱的男人碗里。

刘嘉把碗里的东西夹还给刘家妹。

"怎么，这炒鸡蛋你是不爱吃，还是吃腻了？"

斑鸠喝着刘嘉给他打开的一听可乐，打了个响嗝，纠正说："阿姨，这不是炒鸡蛋。"

刘家妹用筷子指着："这难道不是炒鸡蛋吗？"

刘嘉说："我的大小姐，这是炒鹅蛋。"

斑鸠说："奶奶专门给阿姨炒的，平时连我都很少吃到。"

刘嘉补充说："鹅蛋和鸡蛋比起来，价格和营养都高多了。"

一个百花山里素昧平生的老人，如此真诚款待初来乍到的刘家妹，这让她有些感动。她抚摸着斑鸠的头："回去替我谢谢奶奶。"

　　忽然，斑鸠发现刘家妹锁骨处有一块红红的印痕，问道："阿姨，你这里怎么红了？是不是让蜂子蜇的？"

　　大提琴手和小提琴手顿时涨红了脸。

　　刘家妹往上提了提衣领，遮住红色的印痕，问斑鸠："你说的蜂子，指的是蜜蜂吗？"

　　斑鸠说："对，我爷爷管蜜蜂就叫蜂子。"

　　刘家妹心里憋着坏，话音提高了："阿姨确实是被疯子蜇了，而且还是被一只挺大的公疯子蜇的。"

　　小提琴手当然听得出大提琴手话里的谐音。

　　斑鸠问："阿姨你刚来，就能认出蜂子是公的还是母的？"

　　不等大提琴手回答，刘嘉接过话说："你阿姨火眼金睛，跟孙悟空似的，别说是蜂子，蚊子从眼前飞过都能认出公母。"话音未落，小提琴手觉得大腿像被蜂子狠狠蜇了一下，忍着没有叫出声。

　　刘家妹若无其事地夹起一块炒鹅蛋放进嘴里，故意大声吧唧着，意味深长地说："要是到了国外，哪儿去找这么好吃的东西啊。"

　　以往，斑鸠经常陪伴刘嘉在蜂场木板房里过夜，让叔叔给他讲故事，教他拉小提琴。斑鸠极有音乐天赋，蝌蚪似的五线谱，没学几次就会认了。家中那把小提琴，就是叔叔买来送给他的。现在他已经能熟练地拉好几首曲子了。有一次，斑鸠问，再见，奥地利语咋说。刘嘉答，去——斯。斑鸠听了笑弯腰，说太逗了，再见不说再见，说去死。当然，后来斑鸠知道了什么意思，奥地利说的也是德语，还学会了一些简单的单词。

　　吃完饭，天色暗下来，房檐下的电灯自动亮起。木板房顶子上，安装了一块半平方米大小的太阳能板，每天所储存的能量，用来手机充电、生活照明和听收音机足够了。

斑鸠问："叔叔，我今天还住在你这里行吗?"

刘嘉看看刘家妹，大提琴手却把头扭向一边。

"好的，你想住就住下吧。"刘嘉的话似乎有些勉强。

斑鸠继而又提出一个要求："阿姨，我能和你睡一个被窝吗?"

刘家妹一时不知如何回答是好。

刘嘉说："斑鸠，你还是跟叔叔睡吧。"

斑鸠噘起嘴："不嘛，我就想和阿姨一起睡。"

刘嘉问："为什么呀?"

斑鸠眼圈忽地红了："我有好多好多天，没和妈妈睡一个被窝了，都忘了妈妈啥味道了。"

大提琴手心里一颤，搂过斑鸠："好，今天你就跟阿姨睡在一起。"

入夜，斑鸠如愿以偿地和刘家妹躺在一个被窝里，睡梦里他含含糊糊叫了一声妈妈，然后侧过身来，把一条腿搭在"妈妈"腹部，同时抓住"妈妈"一个乳房，这是他跟妈妈睡觉的习惯姿势。刘家妹先是一惊，随后释然了，她亲了亲小家伙额头，同时把斑鸠抚摸自己乳房的手捂紧了。

"睡着了吗?"黑夜里，躺在对面床上的小提琴手问。

"没有。"

"咱们出去走走吧?"

"好的。"

两个人翻身下床。临出门前，刘嘉给刘家妹套上一件他的薄毛衣，尽管显得肥肥大大松松垮垮，但足以御寒了。

百花山初秋的夜晚，简直就是童话的王国。潺潺的流水，鱼儿的跳跃，蛐蛐的鸣叫，野鸡的咕咕，还有受惊的鸟儿呼啦啦的展翅，声声入耳，美妙动听。刘家妹抬头仰望，她简直无法相信，夜空竟是这般清澈，这般神奇，是在大城市里绝对看不到的。无数颗闪烁的星星，点缀成广阔无垠的浩瀚星海，而且显得那么近，仿佛伸手就能摘下来。点点滴滴的星光汇在一起，虽没有月光明亮，更比不上太阳辉煌，但幽幽的亮光梦幻般地洒在大地上，照样能驱赶走黑暗。悬在头顶上空的银河，像是一条长长的淡淡发光的白色飘带，牛郎织女的神话似乎正在上演。而无比遥远的天幕上，瀑布般地垂着大团大团的星云，朦朦胧胧，亦真亦幻，并不断变幻着赤橙黄绿青蓝紫混为一体的颜色。大提琴手感慨万千，与这无边无际、无穷无尽的宇宙相比，别说是一个人，就算是地球，甚至太阳，恐怕也连一粒尘土都不如吧。

这时，一颗流星拖着长长的尾巴，划过满天星斗的夜空，坠入山那边去了，在消失的瞬间溅起了一片微弱的光亮。接着，泛蓝的夜空又出现一个亮点，并缓缓地移动。这会不会是一个神秘的飞碟？是不是外星人要莅临地球？这不能怪大提琴手过于天真，此时她陷入了无边的遐想，天堂，仙境，观音菩萨，玉皇大帝，不明飞行物，传说里的似乎都有可能呈现。亮点渐渐远去了，随后才传来一阵嗡嗡的声响，哦，原来那亮点是一架超音速客机。如果出国留学，飞往德国的航班时间正是在夜里，那么航线会不会从这里经过，心爱的他会不会仰望着飞机为自己祈祷祝福？

这时，有许多闪亮的星星飘来，飘到他们头顶上方。小提琴手跳起来，伸手抓住一个，递给刘家妹。"接着，我摘下一颗星星送给你。"待小提琴手慢慢展开收拢的五指，手掌里果真有一颗星星闪闪发亮。大提琴手兴奋不已，刚要去拿，那星星却轻盈地飞走了。

"这是萤火虫。"

"不，它就是星星，是你为我从天上摘下的一颗星星。"

"可惜，它飞走了。"

"不可惜，它牢牢铭记在我心里了。"

刘家妹头靠小提琴手肩头："我听你的话，出国留学。"

"这就对了，等学成归来，我捧着百花山上最美的野花，到机场去迎接你。"

"那……我学完回来，你会和我结婚吗？"

"到时候，你不想和我结婚都不行。"小提琴手轻轻刮了一下刘家妹的鼻梁。

"讨厌吧你就！"大提琴手挥起拳头，雨点般地砸在小提琴手身上。

忽然传来一阵蛙鸣，不是一只两只的低吟，而是成百上千只齐鸣，似乎把凝固的夜色都搅动起来。

"百花山上怎么会有这么多青蛙？"

"这不是我们平常见的青蛙，是林蛙，刘大叔放养的。"

"林蛙和青蛙有什么区别吗？"

"林蛙的油比黄金还要昂贵，是专门用来润滑航空器发动机的。"

刘家妹"哦"了一声："这山里还有什么动物？"

"那可太多了！地上跑的有松鼠、狍子、狗獾、土狼、金钱豹；天上飞的有红隼、杜鹃、夜莺、黑鹳、金雕、百灵……"说到百灵，刘嘉顿了一下。他女儿就叫百灵，是他给起的名字，父女俩有一年不见面了。离婚后，他给前妻打手机，想和女儿通通话，可听到的却是"对不起，您拨打的号码不存在"。前妻不仅换了手机号，连家也搬走了，寄去的几封信都被写着"查无此人"退了回来。前妻赶他净身出户，可并没有权利不许他见女儿啊。

"哎，你接着说呀。"刘家妹哪里晓得小提琴手此时的心思。

刘嘉醒过神儿来："啊，前些天听收音机里说，在那边山坡上，发现了两米多高的蚂蚁窝。对了，还有傍晚时你看到的火红狐狸。"真是说曹操，曹操就到，小提琴手指向不远处，"你快看那里。"

大提琴手看去，一个身影拖着长长的尾巴，正在小溪边吱吱地喝水。虽在夜色下辨不清它皮毛的颜色，但等它抬起头，向这边注视，两只小灯笼般的眼睛暴露了它的身份。

大提琴手抱紧了男人的胳膊。

小提琴手说："不用怕，那是火红狐狸。"

说话间，木板房的门吱扭一声推开了，斑鸠迷迷瞪瞪走出来，哗啦啦撒了一大泡尿，然后又迷迷瞪瞪返了回去。二人对视一眼，不由得笑了。

"咱们回屋吧。"小提琴手挽着大提琴手，走进木板房。

斑鸠躺在床上又睡着了，盖的东西蹬到一边。刘嘉扯过毛巾被搭在斑鸠身上。刘家妹看在眼里，心中泛起一种不知是甜还是酸的感觉。她知道，刘嘉有个女儿，和他前妻生活在宁波老家，现在应该快上中学了吧？

"想拉一会儿琴吗？"小提琴手问。

"好啊！"大提琴手立刻响应。

他们从各自的琴盒里取出琴，来到屋外，借助淡淡的星光，开始了二人第一次大小提琴重奏。

"拉什么曲子？"刘嘉将小提琴潇洒地放在左腮下。

"当然由首席来定了。"刘家妹坐在竹椅上，双腿夹住大提琴。

这一动作，让小提琴手心里一动。但他不容多想，没报曲名，挥弓就拉。立刻，一阵细腻典雅、悠扬深远的琴声，飘向星光灿烂的夜空。正应了业界浪漫派的那句话：音乐起于言穷词尽时。

刘家妹一听就知道，这是贝多芬的《春天》奏鸣曲。她微闭起眼睛，找个当口和进去，与他共同漫步在伟大的贝多芬梦里畅想的春天里——大地解冻，冰雪消融，小河淌水，万物萌发，微风拂面，鲜花盛开，鸟儿齐鸣，春光融融……

奏鸣曲与协奏曲不同，协奏曲规模较大，奏鸣曲规模较小。这是刘家妹读大二时，授课教授讲的，至今记忆犹新。

刚才，刘家妹双腿夹住大提琴，令刘嘉怦然心动是有原因的。刘嘉读高中时，学校乐团里有一个拉大提琴的姑娘。他觉得那姑娘拉琴的姿势，比她本人还要漂亮，甚至可以说优美极了。她双腿夹住大提琴，仿佛就是夹着一个心爱的情人，她揉动琴弦的手指，好比在抚摸心爱之人的肌肤。每当听到有人唱王洛宾"我愿做一只小羊，坐在她身旁，我愿她拿着细细的皮鞭，不断轻轻打在我身上"这句歌词时，他都会痴痴地想：我愿是一把大提琴，被姑娘紧紧夹在两腿中央，那该有多么幸福啊。他甚至对姑娘使用的那把著名品牌斯特拉迪瓦里大提琴，产生了深深的妒忌。当然，这是他十七岁时的性幻想。那个拉大提琴的姑娘，高中一毕业，就随父母到美国继承祖父的遗产去了，他懵懵懂懂的暗恋就此化为泡影。未成年时的缺憾，现在被刘家妹弥补回来，他就是夹在刘家妹双腿之间的那把大提琴。他看着刘家妹微闭眼睛忘情拉琴的样子，心里充满了对她的爱恋和柔情。

四

豹子头大赵，智多星大钱，青面兽大孙，小旋风大李，这是司职喂养蜂王的四只工蜂的绰号。已经连续好些天了，豹子头大赵发现，蜂王大敏子每顿吞吃蜂王浆的分量虽说一点儿没减，但产卵的数量却越来越少。趁着每天一次外出放风的机会，豹子头大赵把这一事关蜂群生死存亡的问题，悄声讲给拜过把子的几个兄弟。

豹子头大赵："大敏子最多时一天产卵两千多，现在每天产四五百个就不错了。"

青面兽大孙："她大敏子产卵多少，和咱们有关系吗？"

智多星大钱："你是真糊涂还是假糊涂，每天生的少，死的多，再这样下去，用不了多久，咱们蜂群就会断子绝孙。"

小旋风大李："是啊，每天起码新生一千只，咱们蜂群才能维持下去。"

豹子头大赵："我们从现在起，就必须采取行动，不然就来不及了。"

智多星大钱："我想好两个办法。"

三个兄弟问："快说，什么办法？"

智多星大钱："一是偷梁换柱，二是改天换日。"

关于怎么偷梁换柱，怎么改天换日，何时开始实施，智多星大钱向兄弟们做了详细交代和部署。

小旋风大李："这可是掉脑袋的事，咱们要加一万倍小心。"

豹子头大赵叮嘱大孙："特别是你，脑子要多根弦儿。"

青面兽大孙："放心吧，别看我平时傻乎乎的，遇到大事从不糊涂。"

尽管哥儿几个的计划筹备得很周密，行动也极为隐蔽，但不久还是泄露了天机，从而招来杀身之祸。

蜂王大敏子新陈代谢极快，消化系统特好，简直就是个直肠子，每天吃饭的次数多得无法统计，开饭时间更是没有准点。她不是饿了才要吃，而是觉得肚子不再撑了，就立刻大喊大叫："快拿蜂王浆来!"哪个工蜂稍有迟疑，大敏子张口就骂，举手就打，惩罚三天不许吃喝。前些天有个工蜂只是不满地嘟哝了一句，立刻就被处以极刑。工蜂们只能沉默不语或装聋作哑，时间久了，蜂巢里的众多工蜂觉得蜂王大敏子就应该有这种至高无上的权力，如若不能一言九鼎，啐口吐沫就是钉，你一句他一语，谁都想嘚吧嘚吧，这世界岂不乱套了？

几天来，豹子头大赵他们几个，喂给蜂王大敏子的蜂王浆分量没减，顿数没少，让她肚皮依然撑得鼓鼓的，但大敏子总感觉饿得发慌，浑身乏力。

作为老蜂王，戒备心和恐惧心往往是连在一起的。

当初，大敏子在巢房里还是一枚受精卵时，正因为工蜂们每天偷偷喂她极富营养的蜂王浆，而不是只能用来果腹的蜂蜜和花粉，她的身体才长得如此健壮，雌性生殖器官才得以发育成熟。最终大敏子把老蜂王赶下台，自己登上王位。如今，已经过去两三年，大敏子感觉自己确实老了。打会儿盹，哈喇子会不知不觉流出来；打个哈欠，嘴巴过了好半天才慢慢合上；眼窝子也浅了，动不动就喉咙哽咽流眼泪。特别是珍藏在储精囊里的近千万个精子，存货已经不多了，有时臀部对准巢房，使了半天劲，排放出的不是卵，而是一个响屁。

莫非工蜂们发现自己产卵日渐减少，在秘密培育王储，妄图阴谋夺权改朝换代？蜂王大敏子给最信赖的亲信老周面授机宜，让他暗中秘密调查，并叮嘱："悄悄地进军，打枪的不要，发现问题不能声张，直接向本王密报。"

历代蜂王培植亲信的办法很原始也很简单，无非就是让那些削尖脑袋想成为亲信的工蜂每天吃一些她的排泄物。要知道，即便是排泄物，也比蜂粮有营养。谁一旦成为亲信，就会感恩戴德。因为亲信有普通工蜂所没有的诸多特权，除了可以继续享用蜂王的排泄物，还能顺便舔一舔那肥肥的屁股沟子，蜂王会感到非常舒服，没准一高兴，赏赐几滴蜂王浆，也不是没有可能。此外，作为亲信，还可以狐假虎威替蜂王向工蜂们发号施令，看谁不顺眼，就罚他做苦役，看谁长得漂亮，就……虽说没有金刚钻，干不成瓷器活，起码可以逗逗咳嗽吧。最重要的是，亲信不用每天长途跋涉去采蜜和花粉，不会早早地累死也不知采蜜为谁甜，寿命比一般工蜂要长好几倍。

老周是最忠诚也最会投机的亲信之一。他知道，如果真的掌握了工蜂们谋反的罪证，汇报给蜂王大敏子，无疑会得到大大的恩赏。所以，他调查起来格外卖力，也格外仔细。而过于卖力和仔细，就难免露出马脚。没过几天，亲信老周便神秘失踪了。

蜂王大敏子问几个亲信："你们谁看见老周了？"

几个亲信支支吾吾："说真话，还是说假话？"

蜂王大敏子很恼怒："当然要说真话，不然就是欺君之罪。"

曾被老周欺负过的亲信："老周跑到外面风流去了。"

蜂王大敏子将信将疑："是你亲眼看见的，还是道听途说的？"

这个亲信不敢说是道听途说："我和他们几个都看见了，是吧？"

另外几个亲信被拉下水，想说没看见都不行了，纷纷点头："对对，没错，不仅我们几个，许多工蜂也都看见了，现在已经传开了。"

被老周欺负过的亲信进一步添油加醋："老周出了大门，回过头来说，终于逃出苦海，再也不回来了，死也要做个风流鬼。"

生性多疑的蜂王大敏子还是不大相信："他完全是个废物，靠什么风流？放屁呀？"

亲信们你一言我一语："他每天都能吃到大王的排泄物，有了丰富营养，雄性生殖器官就逐渐发育成熟了。"

蜂王大敏子大怒："这个卑鄙的叛徒！谁能把他活捉回来，我重重有赏。"

可以肯定的是，谁也不会活捉到亲信老周了，他被青面兽大孙等几个伙伴诱骗出蜂箱掐死了，并已经喂了蚂蚁。

蜂王表面气愤，但心里有数，甚至胸有成竹。她根本就不指望亲信老周能有什么作为，只不过是声东击西虚放一枪。从小吃蜂王浆长大和吃蜂蜜花粉长大的，不仅是有无生殖器官的区别，还在于智商的高低。大敏子早就料到，谁都知道老周是蜂王的大红人，工蜂们对他一定会加倍提防，这样他很难刺探到真正有价值的情报。所以，明修栈道，暗度陈仓，大敏子又秘密派遣几个没有暴露身份的亲信，混入工蜂群里，暗中秘密调查。果然发现，豹子头大赵、智多星大钱、青面兽大孙、小旋风大李这哥儿几个，竟敢把蜂蜜掺进蜂王浆里，滥竽充数，以假乱真，喂给蜂王。怪不得大敏子总觉得肚皮撑得鼓鼓的，却饿得发慌，浑身乏力，这不是存心要加速她的衰亡吗！以往，对这种不忠不孝的工蜂，命刽子手随便处决掉也就罢了。但这次，蜂王大敏子要昭告天下，杀一儆百，警告那些诬蔑蜂王产能日益低下、妖言惑众的工蜂，堵住胡说八道的嘴巴。

公审大会即时召开，蜂王大敏子威坐在巢脾上，下面集聚了黑压压的蜂群。因密报有功，被新任命为亲信头目的老吴，指着五花大绑的四君子，高声地问："这几个大胆逆贼，犯下谋害君王之罪，你们大家说，应该怎样处死？"

约三万只工蜂齐声狂喊："车裂！车裂！车裂！"

车裂不过是个说法。蜂箱里没有车，也没有马，不能进行五马分尸。刽子手们随着震天的呼声，扯腿拉胳膊揪脑袋，喊着号子一齐使劲，活生生把四君子大卸八块，撕得粉碎。

亲信头目老吴宣布："遵照君王旨意，把他们拉到太阳下曝尸！"

撕成碎片的四君子被拖到蜂箱外，在毒辣辣的阳光下，很快就风干了，一阵微风吹过，转眼片甲不留。

就此，四君子密谋的偷梁换柱，随着生命的终结而彻底失败。他们改天换日的计划，是要把蜂王浆喂给一些受精卵，使其雌性生殖器官发育成熟，从而培育出新蜂王，实现改朝换代，但这肯定不能实现了。平日里，蜂王大敏子每天都在蜂箱里巡查多遍，只要发现明显凸起的蜂房，就咬破脾茧，把日后可能成为蜂王的胖妞拖出来，碎尸万段。四君子败露后，大敏子更加提高了警惕，每天在蜂巢里巡查的次数成倍增加。

但还有一些大胆的工蜂，也在秘密加紧实施改天换日的计划。他们把巢房里的受精卵，从原来窄小的工蜂巢里，偷偷搬运到新建的宽大的蜂王巢中，并由喂蜂蜜和花粉，改为喂蜂王浆。只要看见大敏子过来巡视，他们就立刻叠起罗汉，聚在一起，严严实实掩住蜂王巢，使得大敏子发现不了这天大的机密。

野火烧不尽，春风吹又生。这天，一只雌性器官发育得十分健全的新蜂王，历经重重险关，逃过多次杀戮，终于在一个阳光灿烂的早晨诞生了。这是一个名副其实的大美妞，她咬破厚硬的茧皮，像是掀开坦克上盖，挣扎着把自己肥大的身躯从蜂王巢里摆脱出来。然后，抖动几下身子，甩掉黏液，展开翅膀，深深吸了几口新鲜的空气，顿时感觉浑身充满了活力。

出生不到二十分钟，大美妞湿漉漉的翅膀就吹干了，软绵绵的皮肤就变硬了，完全可以应对任何挑战。一山不能容二虎，一国不能立二主，一个蜂箱里也绝不许有两只蜂王同时存在。大美妞势必要与老蜂王大敏子进行一场你死我活的较量，这是苍天赋予她来到这个世上的神圣使命。

老蜂王大敏子睁开惺忪的睡眼，长长地打了一个哈欠，刚要吩咐拿蜂王浆来，忽听一阵骚乱，工蜂们闪开一条路，只见一个大美妞气宇轩昂地走来，犹如重量级的相扑选手。大敏子自然明白她是谁，连连责怪自己巡视不严，竟让这漏网之鱼跑了出来。

大美妞并不急于开战，而是围着大敏子，慢慢悠悠地转圈儿，转得大敏子头发晕心发慌。

大敏子鼓着肚子说气壮的话："你到底想干什么？有本事过来跟我决斗！"

大美妞根本不理睬大敏子，继续围着她转圈儿。

还没开战，大敏子已经胆怯三分。她知道，凭自己现在的体力和斗志，不可能战胜这位虎视眈眈膀大腰圆的胖妞。但她还有培植的成百上千个亲信，别说全部出手相助，哪怕有几十个铁杆站出来，只要纠缠住大美妞的手脚，任由她大敏子拳打脚踢，连抓带咬，用不了一会儿，大美妞就得丧命黄泉。当然，对协助战胜大美妞的亲信，一定要加官晋爵，重重犒赏。

大美妞不停地一圈又一圈转，大敏子终于明白了，这转圈战术根本不是针对她的，而是大美妞在向工蜂们炫耀自己健壮的体魄，恐吓他们谁要不识时务，胆敢造次，绝没有好果子吃。在这关键时刻，成百上千个亲信，竟然没有一个站出来帮大敏子一把，就连给她站脚助威的胆量都没有，而是都躲藏到众多工蜂的身后。特别是那亲信新头目大吴，更是视而不见，把脑袋恨不得扎进裤裆里。他娘希匹的，这群白眼狼，这些没良心的畜生。

　　这时，蜂箱外传来一阵快节奏的小提琴声，就像吹响了战斗的号角。新老蜂王交上手了，只大战十几个回合，大敏子就颓然败下阵来。

　　老吴从蜂群后面挤向前，振臂高呼："新蜂王！新蜂王！欢迎我们新蜂王！"

　　但没有几个工蜂跟着呐喊。他们知道，老吴呼喊大美妞为"新蜂王"，纯粹是在拍马屁。新出生的大美妞，绝对不许称呼王，这是祖祖辈辈传下来的规矩。因为，谁知道你雌性器官是否发育成熟？谁知道你的性取向是同性还是异性？此时你不过是个"处女王"罢了。真想让几万只工蜂俯首帖耳称你为王，你就得飞到蜂箱外面，与野种公蜂真刀真枪地操练，并把野种公蜂的雄性生殖器完完整整带回来，让工蜂们亲眼看一看，验一验，而且还不能一回，起码五六回六七回七八回才行。证明你确实有繁育后代的本事，大家就会山呼万岁，三叩九拜，顿顿喂你吃蜂王浆，天天伺候得你舒舒服服。晚上冷了，工蜂用身体护着为你保暖；中午热了，工蜂频频扇动翅膀给你降温。让你硕壮的大美妞专心致志地传宗接代，延续香火。

　　老吴带着一些负责清扫卫生的工蜂，把被斩首的大敏子抬出蜂箱外，放在太阳下曝尸。老吴看见，大敏子的眼珠转了转，胡须翘了翅，便再也不动了。

战败了大敏子，工蜂嘴对嘴地给大美妞喂了一些蜂王浆，但仅是浅尝辄止而已。别看你五大三粗，能征善战，但谁知道你是不是银样镴枪头？处女王起码要一周以后，等体态活泼了，行动稳重了，体色鲜明了，腹尾部稍长了，六条腿强壮有力了，才能出去"邀配""婚飞"。磨刀不误砍柴工，趁着这段时间，大美妞开始了残酷的清剿行动。她在蜂巢里仔仔细细巡查了十几遍，不放过每个犄角旮旯儿，不漏掉任何偏僻角落。果然，很快发现一个高高凸起的王台，她毫不犹豫地咬破脾茧顶端，拉出来一条白白胖胖、眼睛已经睁开、翅膀初步成形的家伙，连肚皮上的环纹都清清楚楚了，不用几天，一旦出生，处女王就不是她大美妞了。接着，又发现几个凸起的王台，大美妞一如既往毫不留情干净彻底地清除了潜在的后患。

五

刘家妹坐在刘大叔家炕沿上，被眼前斑鸠拉小提琴的姿态和技艺惊呆了。韩愈描述古琴音韵的诗句怎么说的？"浮云柳絮无根蒂，天地阔远随飞扬。喧啾百鸟群，忽见孤凤凰。"谁会想到，刚刚七岁多的斑鸠，一个大山里的孩子，持琴极为标准，指法近乎专业，握弓灵活自如，一看就知道受过严苛的训练。一首旋律欢腾跳跃、轻松愉悦的小提琴独奏，潺潺小溪般的音符从斑鸠的指尖流出来，显得曲风更加生气盎然，活泼俏皮，别有一番韵味。要不是初次到刘大叔家里做客有些拘谨，刘家妹真想随着欢快的节拍，放声而歌，翩翩起舞。她知道，这是我国著名小提琴演奏家兼作曲家马思聪《内蒙组曲》的第三乐章《塞外舞曲》，是以内蒙古民歌为基本音调创作的，也可作为独立作品上演，是中国小提琴音乐文献中的精品。刘嘉任乐团首席时，在音乐会上经常演奏。

斑鸠一首曲子演奏完，刘家妹报以热烈的掌声，并赞许地看了一眼刘嘉：不愧名师出高徒。刘嘉鼓励弟子："我们斑鸠一定会前程似锦。"但刘嘉也指出斑鸠的不足，主要是弓子没有完全拉到位。

弓子就像是乐手延伸的手臂，用手去拨动琴弦，可以随心所欲，挥发自如，拉出的音质更准确，更深情，也更有乐感，而乐感决定一个乐手的优劣。琴是肢体，弓是魂魄。没有魂魄，只有肢体，只能是僵尸。

"来喽！"门帘子掀开，刘大叔从堂屋走进来，手里端着一盘腌鸡蛋，"这是斑鸠奶奶用自家鸡下的蛋腌的，你尝尝味道咋样。"

"谢谢。"刘家妹接过盘子，刘大叔反身又忙去了。看着满满一大盘子腌鸡蛋，刘家妹觉得简直不可思议。十几个腌鸡蛋一切两半，摆在盘子里，码了好几圈，仿佛一朵盛开的牡丹花，每块都流着红黄色的油，散发出诱人的香味。

"我奶奶腌的鸡蛋最好吃了，谁都比不上。"

"快别说了，你阿姨的口水都要流出来了。"

"去，我有那么馋吗？"

很快，肉炒芹菜、糖醋排骨、酸辣土豆丝、小白菜熬豆腐和主食小米红豆饭以及打开的两瓶啤酒，全都摆上桌。刘嘉脱鞋上炕，盘腿坐下。刘家妹本想坐在炕沿上，被斑鸠奶奶硬是劝到炕里头，说怎么能让"戚"把着桌子边呀。也许从小夹大提琴把两条腿夹得不会打弯儿了，刘家妹坐在炕上，双腿交叉在一起，如两门迫击炮似的翘着，按下左膝右膝起来，按下右膝左膝起来，可谓按下葫芦起了瓢。斑鸠奶奶拿来一个用玉米皮编的厚厚蒲墩，递给刘家妹，本来就身材高挑的她坐上去，有一种鹤立鸡群的感觉。

这是刘家妹很久以来吃到的最香最可口的一顿饭。收拾碗筷时，忽然从院子里传来几声汽车喇叭响。斑鸠透过玻璃窗向院子里看去，立刻叫了起来："我爸爸妈妈回来了！"

五个人赶忙出屋迎接。斑鸠爸妈从车里下来，随即先是露出一只棕色皮凉鞋，紧跟着走出来一个十几岁的女孩。

刘嘉一惊，跑上前："百灵！你怎么来了？"

"爸爸！"百灵扑到父亲怀里泣不成声。

大约两个月前，受刘嘉之托，斑鸠爸爸将十几瓶蜂蜜带给乐团中刘嘉的好友，并留了联络方式。今天，斑鸠爸爸接到电话，说刘嘉女儿到乐团找她爸爸来了。原来，百灵已有一年多不见爸爸，想联系又联系不上，趁着放暑假，从宁波乘坐直达列车来到北京，找到乐团后才知道爸爸早已辞职。正好斑鸠爸妈要回家休假，就开着客货两用车把百灵带来了。

等斑鸠爸妈和百灵吃完饭，刘嘉、刘家妹和百灵返回蜂场。

走着走着，百灵拉住爸爸停下，悄声问走在前面的人是谁。刘嘉顿了一下，说是爸爸的朋友，以后你就叫她刘阿姨。百灵心里明白了八九分，一个开学就上初中的姑娘，已经懂些男女之情。都说儿不嫌母丑，狗不嫌家贫，但真要比较起来，这个刘阿姨，从身材到气质，从穿戴到长相，确实比妈妈漂亮多了。

父女俩的对话传进刘家妹耳朵里，但她佯装没听见，继续往前走，期盼着身后传来"阿姨"的叫声，但听到的却是刘嘉的声音："家妹等等，百灵要跟你一起走呢。"刘家妹回过头："百灵来，阿姨领着你。"百灵瞪了一眼爸爸，但还是紧走几步，牵住刘家妹远远伸过来的手，一副不亲不疏的表情。

刘家妹摸着百灵的手，有些讨好地夸道："百灵的手指真长，皮肤真嫩。"

百灵咧咧嘴，算是回答。

刘家妹小心地问："妈妈知道你来找爸爸吗？"

百灵没有说话，抬头看看爸爸。

刘嘉意识到事态的严重性，赶紧掏出手机，让女儿给妈妈打电话。

百灵说她自己有，慢悠悠地从双肩背包里掏出手机，重新开机，按下代码键。电话瞬间就通了，百灵刚刚叫了一声妈，手机里顿时传来连哭带喊的声音："哎呀你急死妈妈了！你到底跑哪儿去了？我找你一天一夜了！"

百灵冷冷地说："我找爸爸来了。"

妈妈顿时火了："谁让你去找他的？不是说好咱们再也不认他了吗？你真是想气死妈妈呀！"

刘嘉接过手机，说："不要难为孩子，女儿来看爸爸，有什么不对吗？"

手机里咆哮起来："我警告你刘嘉，休想拐走我女儿！你现在最要紧的，是把我女儿照看好，别说万一有个闪失，哪怕碰破一点皮，我都轻饶不了你！"

百灵实在听不下去了，况且刘阿姨还在旁边，这让爸爸多难为情啊。她一把夺过手机："妈，你太过分了吧！给我和我爸留一点脸面好吗？"说着，气愤地把手机又关上了。

一直愣愣听着的刘家妹不知如何是好。她借口去洗脸，让父女俩先走，自己来到小溪边蹲下，捧起清凌凌的溪水，洗去溢出眼眶的泪水。

百灵告诉爸爸："我妈妈找了一个叔叔。"

尽管刘嘉心里有准备，但还是有些吃惊："那叔叔对你好吗？"

"还算好吧，我的手机就是他送的，但我不喜欢他。"

"为什么？"

"说话娘娘腔，没有一点男人劲儿。"

"他是做什么的？"

"不知道，反正每次到家里来，都是一身油墨味。"

"你妈和他……什么时候认识的？"

"早就认识了。"

刘嘉心里一沉，没再细问，莫非……

说起来，刘嘉和百灵妈妈胡萍也算是青梅竹马。家住一条街上，打小一起长大，从幼儿园到小学再到初中，都是同班同学。高中时，一个考上省音乐学院附中，一个考上省师范大学附中。两家的家长很熟，平日也经常来往。刘嘉大学毕业后，在宁波少年宫教孩子拉小提琴，偶尔也和任中学老师的胡萍看看电影，听听音乐会。在街坊四邻眼中，他们就是天造地设的一对。后来，刘嘉考上世界音乐最高学府——奥地利维也纳国立音乐大学读研究生。出国前，胡萍父母主动登门，为比刘嘉大三个月的女儿提亲。刘嘉父母很是乐意，刘嘉却犹豫不决。胡萍在他心里更像是个温柔体贴的小姐姐，而不是如胶似漆的恋人，换句话说亲情远远胜于爱情。对父母一贯言听计从的孝子刘嘉，这次照例听从了父母的安排，匆匆和胡萍办了婚事，很快就出国留学了。等次年放暑假回来，百灵已经呱呱坠地。留学回来后，刘嘉考入北京这家乐团，夫妻俩一直两地分居。后来，刘嘉出任乐团首席，经常随团到各地甚至出国演出，回家的次数少而又少，夫妻感情也越来越淡。

去年，乐团老团长要退休了，上级组织部来搞民意测验，遴选团长接班人。首席刘嘉和副首席关华，得到的票数最多。其实，刘嘉并不想当什么忙于行政事务的团长，只想专心做好乐团首席。但你不想当团长，并非别人也不想。

国庆五十三周年音乐会，是全年最重要的演出。刘嘉领奏时，小提琴的琴弦突然断了一根，而且是高音的 E 弦，指挥不禁为他捏了一把汗。但他沉着应对，不急不慌，需要拉高音时，手将把位上移，用第二高音 A 弦代替 E 弦，台下上千名听众竟一点也没听出来。这若没有高超技艺，没有现场应变能力，那将是一场严重的演出事故。事后，刘嘉检查那根断的琴弦，发现在旋钮处有一处微小的硬伤，如果不特意检查，绝对察觉不到。难道是谁暗中做了手脚？这不太可能吧，自己没跟谁过不去呀。

时隔几天，就发生了直接导致刘嘉离婚和辞去首席的事件。

在一次晚场演出结束后，刘嘉来到化妆室卸完妆，并没有立刻走，而是和往常一样，静静坐下来，总结本场次与以往场次在握弓揉弦、呼吸运气上的细微变化和得失。刘家妹来找他，说是几个伙伴要请他吃夜宵。刚刚聊了没几句，忽然电灯灭了，接着就有人敲门，继而用拳头把门砸得山响，似乎要让所有人都听见。刘嘉起身打开门，两个陌生人闯进来，举起照相机就拍，把刘嘉和刘家妹在闪光灯下的尴尬表情记录下来，然后一言不发，拂袖而去。更让人费解的是，化妆间的门本来是双活把手，却不知被什么人换成了单活把手，在门外没有钥匙休想打开，所以两个陌生人才拼命砸门，好像里面的人故意拖延时间似的。第二天，刘嘉和刘家妹表情尴尬的照片就在乐团传开了，而且显然做了手脚，把两个人的距离拉得很近，几乎就要脸贴脸了。

半个月后，妻子寄来一封挂号信，除了胡萍已经签字的离婚协议书，还有刘嘉和刘家妹表情尴尬的照片，此外没有一个字。不久，关华被任命为新团长。当天，关华来到刘嘉宿舍，说各方面能力我都不如你，这个团长本该是你的，可惜发生了……刘嘉抄起椅子砸向关华。次日，刘嘉就递交了辞呈。

来到蜂场，刘嘉带着女儿参观他养的几十箱蜜蜂，给她讲蜜蜂王国的故事，百灵觉得非常新奇。刘家妹端来一杯冲好的蜜水，递到百灵手里。百灵低头说声谢谢阿姨。刘家妹非常高兴百灵对她的认可，说以后不用跟阿姨客气。

"百灵姐姐！"斑鸠颠颠地跑来，"我带你到山上玩去吧。"

得到爸爸允许，百灵跟随斑鸠向山里走去。百灵没有出过远门，更没有登过北方的大山。从小生活在南方城市的小姑娘，对山里的一切都感到好奇，不断向斑鸠请教，这株开紫色花的是什么植物，那棵高大的树木应该怎么称呼，还有发出一串悦耳动听叫声的鸟儿叫什么名字。当听斑鸠说"那鸟儿跟你的名字一样"时，百灵非常惊喜："想不到百灵鸟的叫声这么好听。"

传来一阵"蝈蝈蝈"的鸣叫，斑鸠示意百灵不要出声，蹑手蹑脚走向前，一把从酸枣树上捉到一只大肚子蝈蝈，交给百灵。百灵有些胆怯，不敢去拿。蝈蝈趁机用力一跳，展翅飞走了。看到百灵一脸遗憾，斑鸠说不要紧，山上蝈蝈多着呢，待会儿我再给你捉。

此时，小提琴手和大提琴手正在合练，严格来说是个半成品——就是刘嘉心里已经有了主旋的那首曲子。只要主旋定下来，就相当于一棵大树有了主干，剩下的就是添枝加叶，填充一些相匹配的素材就可以完成了。每首曲子，不仅有韵律，有音符，有乐句，也还有生命，乐句与乐句之间短暂的休止，就是一次吐故纳新的呼吸，也是生命的不断延续。两个人心有灵犀，配合默契。有时小提琴主导引领，大提琴附以和声；有时大提琴深情独奏，小提琴寂寞无语；有时小提琴激情高歌，大提琴低吟浅唱；有时大小提琴展开双双对唱，一问一答，一答一问……

此刻，百灵和斑鸠来到一棵不高的植物前，斑鸠摘下几个荔枝大小的果实，放到百灵手里："你猜这叫啥？"百灵摇摇头。斑鸠剥去薄如蝉翼的外壳，露出圆圆的油亮亮的金黄色果实。

"这叫姑娘。"

"叫什么？你再说一遍。"

"姑娘。"

"为什么叫姑娘，难道它们都是女孩子吗？"

斑鸠哈哈大笑，说姑娘特别好吃，你快尝一尝。百灵小心地咬了一口姑娘，嘴里顿时充满了浓烈的味道，比她吃过的任何水果都要香甜。随后，斑鸠摘下枝子上结的所有姑娘，把百灵每个衣兜都装得满满的。

斑鸠捉到一只磕头虫，捏在两指中间："今天老天下雨吗？"磕头虫频频点头。百灵觉得特好玩，接过磕头虫，反着问："今天老天不下雨吧？"磕头虫依然连连点头，百灵明显感到它点头时很有力度。"原来你是个和事佬，只会点头，不会摇头。"

一只知了鼓噪地叫起来，斑鸠变戏法似的从路边找到一根已拴好马尾鬃的荆条，调一调活扣，举起来就套。马尾鬃放到知了脑袋前面，知了似乎觉得痒痒，就用几个爪子往胸中间挠啊挠。斑鸠猛地一拉，被套住的知了惊叫一声，同时喷出一股臊尿，弄了斑鸠满脸，他呸呸连啐几口吐沫。百灵见了，笑得前仰后合。

此时，一只黄红环纹相间，如同穿着花裙子似的小蜜蜂，轻盈地落在小提琴旋钮的顶端，悠闲地梳理了几下翅膀，又飞到琴的面板上。也许是面板的包浆过于光滑，小蜜蜂出溜一下子掉进 f 孔里，琴声立刻发生了微妙的变化，像是手指揉出的一个滑音。刘嘉很惊喜，把这一小小音符记在心里。他翻过小提琴，小蜜蜂从 f 孔里飞出来，又落到大提琴的琴颈上，停顿片刻，留下针尖大的一点儿蜜汁，然后飞走了。

随着曲子往下不断发展，在小提琴手和大提琴手的脑海里，映现出许多画面：潺潺的溪水，嗡嗡的蜂鸣，初升的太阳，蔚蓝的天空，灿烂的晚霞，多彩的星云，广袤的原野，泥土的芳香，动听的牧歌，缥缈的炊烟，天真的孩童，如烟的往事，呼吸的律动，内心的呼唤，深爱的情人，纷纷入画来，历历在眼前……

此刻，两个孩子来到一片平缓的草甸子，这里简直就是花的海洋。不一会儿，斑鸠和百灵每人都采了很多花。转眼，斑鸠就把这些花编成一个花环，给百灵戴在头上。百灵从衣兜里掏出一面小镜子，见眼前那个小姑娘，笑得鲜花一样灿烂，长得花仙子般美丽。

百灵和斑鸠躺在比地毯还柔软的草甸子上，斑鸠指着天空，说姐姐你看。百灵发现一个闪着银光的亮点，拖着长长白烟飞来。直到亮点渐渐远去，拖着的白烟，越散越宽，化作云雾，与白云融为一体，这时才传来巨大的轰鸣声。

"这是超音速战斗机训练呢。"

"你怎么知道？"

"是你爸告诉我的呗。"

"你真太幸福了。"

此时，小提琴手和大提琴手已经完成合练。刘嘉把曲子记录在作曲纸上，又特意在小小滑音音符处做了个记号，标明是小蜜蜂的杰作。然后又做了几处小的修改，曲子基本就定型了。但曲名叫什么，刘嘉一直没想好，征求刘家妹的意见，大提琴手认真思考一番。

"就叫《山岗》怎么样？"

"太好了！完全体现了主题和表达的意境。"

"这首曲子一定会流行的。"

"这是我到百花山的最大收获。"

于是，曲调优美灵动，让人浮想联翩的奏鸣曲《山岗》就这样诞生了。

这首奏鸣曲的创作过程，很像刘嘉在奥地利维也纳国立音乐大学，做硕士毕业论文答辩那样。论文答辩往往是在室内，而刘嘉那蓝色眼睛络腮胡子的导师，却别出心裁地把考场搬到风景如画的圣约翰山上，面对墨绿深绿浅绿鸭蛋黄绿和大片大片黑森林覆盖的山岗，导师要求每个弟子即兴创作一首奏鸣曲主旋，由导师和同来答辩的七名学生一起品鉴，学生有权投一票，导师则享有五票，如果有一半以上票数评A，论文答辩即为通过。刘嘉不仅即兴创作出了美妙动听朗朗上口的主旋，并将其发展成一首三分四十秒的完整曲子。通过答辩自不必说，还作为获奖者，穿上了有背带的羊皮短裤，戴上了插有羽毛的呢制帽子……

傍晚，一场音乐盛宴正在木板房前疯狂地进行。

小提琴手和大提琴手发飙似的演奏着《野蜂飞舞》，忘乎所以，全心投入。斑鸠和百灵随着极快的节拍，手舞足蹈，全身扭动。上百万只蜜蜂闻声从四面八方飞来，在空中形成一个巨型的大网，频频振翅，翩翩起舞，发出的嗡嗡声仿佛是乐器之王管风琴弹奏的音响，凝重浑厚，直捣人心。两位乐手炫技性的演奏，让人明显感受到指尖跑动的速率和身心所迸发出的四射的激情和澎湃的热力。虽然长度只有不到两分钟，但上下翻滚的音流，无处不在的节奏感，非常形象地展现了野蜂振翅疾飞的情景。

《野蜂飞舞》是俄罗斯作曲家里姆斯基·科萨科夫创作的，是世界十大快速曲目之一。它原本是管弦乐曲，被后人改编为钢琴、小提琴、大提琴、手风琴等乐器的独奏曲目。

第一遍演奏完，刘嘉看见刘家妹依然没有停止的意思，继续拉着大提琴。她在 C 弦上，用高把位模仿倍大提琴，发出浑厚而有弹性的沉重低音，而且声音越来越小，喻示蜂群越飞越远。随着琴声的提示，蜂群开始慢慢散去。刘嘉赶紧煞有介事地围着刘家妹转了一圈，然后两掌交叉，频频扇动，用手势告诉她，蜂群已经飞走了，你不用再拉了。刘家妹佯装恍然大悟停了下来，还故意呆头呆脑地四下张望一番，把百灵和斑鸠逗得哈哈大笑。过去在剧场演出时，这是特地安排的噱头，为的是幽默一把，活跃剧场气氛，引逗观众开心。今天，是刘嘉替代乐团指挥去阻止拉琴，而刘家妹则充当那傻乎乎的倍大提琴手。

大小提琴手交换了一个眼神，琴声随即又猝不及防疾风暴雨般地响起，百灵和斑鸠继续随着乐曲疯狂地舞蹈，散去的蜜蜂也重新调转回头嗡嗡振翅。

这时，天边出现一道彩虹，由橙、红、绿、蓝、紫五种颜色组成，一头搭着这座山头，一头搭着那座山头，在两座山之间架起一座拱形的桥，将相隔遥远的两座山连接起来，天堑瞬间变成通途。绚丽的彩虹，映得乐手、孩子和蜜蜂像涂抹上一层厚厚的油彩。

重复演奏三遍，琴声戛然而止，这是该曲目的一大特点。斑鸠和百灵舞动的身姿骤然停住，但肢体却还摆在那里不动，就像突然断电的机器人。就更不要说随着快速节奏疯狂起舞的蜜蜂了，翅膀猛然间停止了扇动，只片刻就从天上掉了下来，好在没容落地，又扇动起翅膀，重新飞向空中。

斑鸠缠着老师非要学习这首曲子。刘嘉说："现在不行，等你再苦练一年基本功，我一定教你。"于是，在刘家妹和百灵两个证人面前，师徒俩郑重地举行了拉钩上吊的仪式。

六

老毛子、老白脸、老吊眼、老麻秆这四只野种公蜂，是处女王大美妞通过两次马拉松竞跑，最终才筛选出来的种子选手。

出生一周，处女王大美妞身体各个器官完全发育成熟，出来试飞几次，觉得翅膀练硬了，体力充沛了，便开始第一次"邀配""婚飞"。大美妞和所有同类一样，长着一大一小双层翅膀，飞翔时通过翅膀摩擦，发出嗡嗡的声响，同时散发一种叫"蜂王质"的雌性荷尔蒙气味，以此来招引野种公蜂。但毕竟是初次邀配婚飞，严重缺乏经验，本以为会有许多潇洒英俊风流倜傥的野种公蜂竞相追逐，却不想回头一看，身后仅跟上来一只野种公蜂，而且是个黑头黑脑腹部有黑环纹的家伙。是缺少魅力，没有第二个看得上她大美妞？还是飞得太快，把那些外强中干的废物甩丢了？原来，大美妞只顾在前面领飞，却忽略了后面发生的情况。一开始，本来有几十只雄性中蜂对她展开追逐，但没飞多远，就被这体魄强壮的黑家伙都给驱赶跑了。这是意大利蜂妄图灭绝中华蜂种群最狠毒的一招。追上邀配婚飞的中蜂蜂王，或者将其掐死，没有了蜂王的中蜂，便会炸窝，分崩离析；或者与中蜂蜂王交配，借腹生子，凭借强大基因，后代将全都是意蜂模样。但这个黑家伙太低估我们处女王的智商了，大美妞一眼识破阴谋诡计，出其不意，果断出击，斩断其首级，送他回了意大利老家。

第一次邀配婚飞就这样以失败而告终。

第二次邀配婚飞，处女王格外警惕，时常回头观察，没再发现有意蜂混入其中。大美妞这才放心了，一边快速扇动翅膀，频频发出性的召唤，一边从排泄口放射出荷尔蒙，就像眼镜蛇喷射毒液那样，不同的是一个从出口，一个从进口。几十只野种公蜂追随着大美妞，展开了一场空中马拉松比赛。渐渐地，年老的，累得呼哧带喘，掉队了；年幼的，累得满头大汗，也掉队了；有病的更甭说了，累得上气不接下气，一头从空中掉在地上，呜呼哀哉。大美妞如此这般拉练，就是为了选拔出体格健壮、精力充沛的野种公蜂，不仅精子多多，后代也会强壮。最后，老毛子、老白脸、老吊眼、老麻秆这四只野种公蜂，成为处女王初步选中的如意郎君。

四老将大美妞围在中间，为争夺处女王初夜权，绞尽脑汁，纷纷献媚。

老毛子："你问我爱你有多深，我爱你有几分，我的情不移，我的爱不变，月亮代表我的心。"

老白脸："跟我走吧，天亮就出发，梦已经醒来，心不会害怕。有一个地方，那是快乐老家，它近在心灵，却远在天涯。"

老麻秆："甜蜜蜜，你笑得甜蜜蜜，好像花儿开在春风里，你的笑容这样熟悉，我一时想不起。"

老吊眼："我为你翻山越岭，却无心看风景。爱就一个字，我只说一次，你知道我会用行动表示。"

这些一往情深的表白，大美妞听了不仅没有感动，反而很生气："一个个都是鹦鹉学舌，我要听听你们的心里话！"

于是，四老各自说起心里话。

老毛子："我出生两年来，一直养精蓄锐，从未染指过谁。"

老白脸："我天天锻炼身体，浑身肌肉，力大无比，今天终于可有用武之地。"

老吊眼："我多次窥探过交配，知道怎样才能让对方既满足又舒服。"

老麻秆："我没有特别的能耐，但我有一颗你们都没有的忠贞之心。"

老毛子、老白脸、老吊眼质疑："怎么能证明你老麻秆有一颗忠贞的心？"

老麻秆："那就让女王来考考吧。"

处女王挨个指点着："好，那就考考你们，看谁对我最忠贞。"

大美妞出的不是问答题，也不是选择题，而是需要脑筋急转弯的智慧题，称腚痒痒了，谁来给挠挠。

老毛子自告奋勇，刚挠了几下那肥肥的大腚，就被处女王放的一个蔫屁给熏得近乎窒息，立马败下阵来。老白脸过去继续挠，大美妞嫌他指甲太尖，感觉皮肤太疼，让改用舌头舔。这也太有损雄性的尊严了吧？趁老白脸犹豫不决，老麻秆立刻上前，伸出舌头就舔，但很快就被大美妞制止住，说不舔还好，一舔更痒痒了。老吊眼不愧见多识广，猜到了大美妞的真实意图，她哪里是腚痒痒，分明是醉翁之意不在酒。他知道，"用行动表示"的机会来了，扑上去紧紧抱住大美妞，顺势将生殖器深深插入处女王体内。大美妞羞羞答答，半推半就，欣然接受。另外三老都骂老吊眼诡计多端，抱得美人归，占了大便宜。不过，是便宜还是灾祸，现在还不好说。

处女王和野种公蜂交配，必须在空中进行。

哈哈，这正是那些变态的公疯子梦寐以求的。在宾馆在别墅在沙滩玩遍了，又在价值数百万元的豪车里搞车震，在私家游泳池里闹鸳鸯戏水，但这似乎都不够过瘾。来到美国纽约红灯区，钻进停泊在路边专供的房车里做爱。这种车窗玻璃，从外面看不见里面任何情况，而里面却能清清楚楚看见外面车水马龙，人来人往，想必要多刺激有多刺激。地上耍够了，还想到天上风流，就包飞机到空中体验……对蜜蜂来说，这些费用和麻烦全都省了。在空中交配，不仅有利于老吊眼方便播种，更有利于大美妞痛下黑手。

　　大美妞："你刚才怎么一下子就猜到了我的心思？"

　　老吊眼："因为我们心有灵犀一点通呗。"

　　大美妞："以后你还会喜欢我吗？"

　　老吊眼："爱情总是难舍难分，不在意那一点点温存。"

　　大美妞："难道你就不怕死吗？"

　　老吊眼："死又算什么，今世做个风流鬼，死在花下心无怨。"

　　射出百万枚精子，老吊眼周身疲软，趴在大美妞怀里，哼哼唧唧，昏昏欲睡。见时机已到，大美妞掐住老吊眼蜂腰，干净利索地将他拦腰斩断。原以为是蜜罐子，敢情是醋坛子，不仅是醋坛子，还是祸根子。老毛子、老白脸、老麻秆见了，吓得心惊肉跳，赶紧逃之夭夭。

　　大美妞拖着野种公蜂半截身子，回到蜂巢。从体内拔出雄性生殖器，本是工蜂的职责范围。但大美妞偏偏要自己亲自完成，并故意放慢节奏和速度。她收缩腹肌，不断使劲，一点点、一点点地将那东西往外退。目的只有一个，就是让所有工蜂看仔细了，她完全具有交配能力，而且性取向绝对没问题，有了这般功夫，才有做蜂王的资格。本来工蜂只需几秒钟就可以做完的事，大美妞竟足足耗时几分钟，才把雄性那玩意儿完全退出来。

野种公蜂的命根儿硕大无比，占整个身躯长度一半以上。因为，野种公蜂不像其他动物那样，把精子射入通道里就算完事，等卵子受精后再回到子宫着床，而是要把精子直接送进大美妞身体中部的储精囊里，没有足够长度，绝对不能完成历史赋予的使命。

亲眼见证大美妞确实有当蜂王的资本，工蜂们开始给她嘴对嘴地喂蜂王浆。接下来几天，大美妞上午休息，午后出去继续"邀配""婚飞"，一直到傍晚才回到蜂巢。既然已向工蜂们证明了她的资质和能力，也就没必要每次交配完，便立刻要了野种公蜂的性命。她现在最紧迫的任务，就是在几天内，要把今生今世所需的近千万枚精子，全部存到储精囊里，以后便再也不能迈出蜂箱一步，再也没有交配的机会了。如果精子储备不足，日后产卵渐渐减少，工蜂们就会偷偷另立王储，等新蜂王出世以后，自己必然会遭到和老蜂王大敏子同样的下场。所以，大美妞每天飞出蜂箱，只争朝夕，急功近利，不惜采取掠夺性经营。

长时间在野外邀配婚飞，难免遇到天灾人祸。比如致命农药，狂风暴雨，天敌捕杀，特别是遭到冰雹袭击，哪怕被一个指甲盖大小的雹子正巧砸中，就不是棒打俏鸳鸯，凄凄两分别那么简单了，轻则伤痕累累，重则粉身碎骨。有一次，大美妞和野种公蜂正在尾对尾打连连，突然遭到一只特大胡蜂的攻击，二位慌不择路，双双落水。一般情况下，必死无疑。但大美妞福大命大造化大，有情有义的野种公蜂不顾一切，舍身救美，托举大美妞漂在水面上。结果，野种公蜂活活被淹死，大美妞有幸死里逃生。这能否说大难不死，必有后福呢？

储精囊存满了，交配就此结束，从而正式登上蜂王宝座。只需三天，就能产卵。开始时，卵产得很少。后来，一天可产卵两千多个。卵在巢房里养育二十天，便能挣脱束缚，破茧而出。

每天产卵时，蜂王大美妞身旁都有十几只工蜂鞍前马后随时随地伺候，大腹便便的大美妞走到哪里，工蜂们就周到地伺候到哪里。一开始，大美妞没经验，有时尾部对不准巢房，工蜂们就手把手地把她尾部送进目的地。大美妞要将尾部一直伸到巢房底部产卵，巢房地方狭窄，蜂王腰肢肥硕，身躯难免被卡紧，后腿难免被别住，就像陷入深深的泥潭，怎么扭动也摆脱不了困境。这时，工蜂们就会喊着一二三，齐心合力把大美妞解救出来。

储存的千万枚精子，看似数量巨大，但仍不够大美妞挥霍的。因为，受了精的卵子，出生后是工蜂。而工蜂不雌不雄，不阴不阳，不知疲倦，任劳任怨，直到累死也心甘情愿。没有受精的卵子，出生后是雄蜂。而雄蜂好吃懒做，养尊处优，饭量极大，比工蜂要多吃六七倍，且又好搬弄是非。所以，大美妞极少不给卵子受精，就是为了尽可能多地制造一些愚昧的劳动工具。

登上王位的第四天，负责警卫的工蜂报告，蜂巢里混进来几十只意大利蜂。这可是极其严重的生存危机！意蜂将会采用一切野蛮手段，伺机杀死大美妞，上演一出新版荆轲刺秦王的好戏。只要群龙无首，工蜂们就会惊慌失措，逃出蜂巢。然后，意蜂招来族群，大肆进行抢掠，盗走全部蜂蜜。大美妞沉着冷静，遇事不慌，一方面增派御林军保护自己，一方面指派工蜂秘密监视，发现黑头黑脸腹部有黑环纹的家伙，悄悄引诱到暗处，群起诛之，销尸灭迹。不到一个时辰，蜂巢里就再也见不到意蜂的身影了。

时隔两日，危难又接踵而至。一些工蜂莫名其妙地害了大肚子病，再也飞不起来，只能缓缓爬行，很快抽搐而死。瘟疫迅速在蜂巢里蔓延，害病的工蜂越来越多。大美妞下令把害病的工蜂全部抬到蜂箱外面，而且越远越好，是死是活就看其造化了，又让工蜂用蜂胶把蜂巢上上下下仔仔细细涂抹一遍，此后再没有工蜂害病。大美妞琢磨，大肚子病的病毒，莫非是那些意大利蜂带到蜂巢来的？

阴谋诡计没有得逞，意蜂并未善罢甘休。过了没几天，侦察蜂慌慌张张前来向大美妞报告：大事不好，意蜂已经杀到巢门了！

自从蜂王被刺杀未遂和群蜂感染大肚子病之后，负责把守巢门的工蜂不仅提高了警惕，还认清了意大利蜂的真实模样。这天，意蜂突然成群结队飞来，杀死几个门卫，硬是往里猛冲。把守巢门的卫兵们顽强抵御，死命抗争，坚决阻止意蜂闯入。

于是，在大美妞正式称王的第十天，一场惊天地、泣鬼神的中意蜂之战，开始在巢门口激烈地打响了。

很快，两个巢门前躺了一片尸体。中蜂把双方战死的尸首堆积起来，堵住巢门，筑起一道堤坝，以阻挡意蜂进攻。但是，一股大风吹来，尸体都被刮跑了，巢门无遮无挡，大敌四开。意蜂乘机想冲进来，中蜂涌出巢门迎击，在野外展开了殊死的搏斗。

大美妞知道，意蜂身强体壮，抗暴性极强，尽可能不去硬拼，要多施计谋，少施暴力，多用策略，少用武力，甚至可以进行和谈，哪怕割让一些蜜源地也认了。但事态的发展急转直下，情况非常危急，巢门几次失守，又几次夺回。警卫蜂一会儿就来报告一次战况，蜂巢里的气氛紧张到极点。看来，实施怀柔政策肯定行不通了。

大美妞吩咐："给我身上涂满蜂蜡当铠甲，我要出去参加战斗！"

警卫蜂甲："您是我们尊贵的蜂王，出兵作战不是您的职责。"

警卫蜂乙："有那么多忠于您的工蜂，足以对付意大利鬼子。"

警卫蜂丙："您稳坐钓鱼台就行了，战事再紧也不用您亲自出征。"

警卫蜂丁："万一您有什么闪失，影响了传宗接代，我们蜂群就完了。"

警卫蜂戊："再说了，祖制规定，蜂王一旦登基，再也不许出入蜂箱。"

大美妞恼了："浑蛋！我又不是出去风流，而是投入战斗。"

不管大美妞说什么，警卫蜂坚决不让蜂王出去冒险，因为谁也担不起这个责任，但大美妞坚持要去参战。无奈，警卫蜂也顾不得大不敬了，围上前去，三下两下，缠住蜂王的六只脚，压住胖躯体，使蜂王再也休想起身。

蜂箱外，中意蜂搏杀异常激烈，双方投入兵力越来越多。不仅大美妞这一蜂箱里的工蜂出战，蜂场上三十几个蜂箱的众多斗士，也纷纷出来参战。因为他们知道，这关乎中蜂族群的生死存亡、子孙后代。倘若事不关己，高高挂起，覆巢之下，焉有完卵？

蜂巢里，工蜂数量迅速减少，有去无回。大美妞判断，外面战况肯定十分惨烈。她挣脱警卫蜂纠缠，严厉警告："现在我们蜂群到了最危急的时候，谁再挡着我出去参战，立刻判他死罪。"警卫蜂不敢再阻拦，迅速给蜂王涂上蜂蜡，充当防身的铠甲。

临出巢门，大美妞在御林军头目耳边低语了几句。身材魁梧的头目点点头，招呼御林军，跟在蜂王身后冲了出去，其他工蜂也几乎倾巢出动。

蜂箱外，横尸遍野，惨不忍睹。参战的双方兵力，多得数不胜数，形成大片乌云，简直遮天蔽日。大美妞两眼发出愤怒的光芒，冲进敌军，奋力厮杀。工蜂们看到蜂王亲自参战，士气大振，勇气大增，和意蜂进行你死我活的肉搏。

渐渐地，意蜂处于下风，开始仓皇溃退。大美妞率领将士乘胜追击，杀死意蜂无数。忽然，意蜂的大批援兵赶到了，把大美妞和中蜂们团团围住。但很快，又有更多的中蜂黑压压扑来，对意蜂实行反包围，个个都杀红了眼。

大美妞向身边的御林军头目使个眼色，身材魁梧的头目立刻带领队伍撤出战斗，不知去向。

毕竟意蜂比中蜂身强体壮，两三个中蜂对付一个意蜂，也很难占到便宜。这样拼杀下去，中蜂肯定要比意蜂付出更多的伤亡。于是中蜂改变了战术，由三五成群散打，变成一对一厮杀，采用"抱住死掐"的绝技，先用腹钩钩住意蜂，再用六条腿将其紧紧锁住，把毒刺扎进对方的腹部，即便意蜂再凶猛善战，也只能和中蜂同归于尽。这一战术果然奏效，中蜂死死抱住意蜂，如雪花似的纷纷掉落在地。两对，两百对，两万对……相互粘连，聚拢一团，逐渐形成一个蜂球，在平缓的山坡上蠕蠕滚动。中意蜂源源不断奔来，投入惨烈的拼杀，蜂球的体积也不断增大。

擒贼先擒王，意蜂把大美妞困在中间，围了里三层外三层。大美妞毫不畏惧，视死如归。她把粗大锐利的毒刺狠狠扎进一只意蜂的胸膛，转动一下迅速拔出来。那只意蜂六脚朝天，好像要寻找什么抓手似的，随即倒地毙命。紧接着，大美妞将毒刺一次次扎向意蜂，很快在她四周躺倒一片尸体。

但毕竟寡不敌众，大美妞受了重伤，两条后腿被折断，双层翅膀被撕破，毒刺也被拔了出来，并带出一段肠子。她已无法站立，只好躺在地上，挥动四条前腿，左攻右挡，继续与意蜂拼杀，直到耗干体力，动弹不得。

几只意大利种公蜂来到面前，从他们色眯眯的眼神里，大美妞

55

知道这帮流氓想要干什么。我堂堂中蜂蜂王，岂能忍受这般凌辱？大美妞用尽最后一点力气，扇动受伤的翅膀，高高飞向天空，然后垂直俯冲下来，一头扎到酸枣树又尖又长的刺上，几只紧追不舍的种公蜂刹车不及，同大美妞一样被酸枣刺穿透胸膛。一股股黄色液体从大美妞腹部流淌出来。这难道就是血吗？蜜蜂体内是没有鲜红血液的。储精囊也被刺破了，存储的近千万枚精子，裹在黏稠的液体里，一团团喷涌出来。意蜂立刻上前，争先恐后地将这些精子舔舐干净。

大美妞弥留之际，想到了自己咬破茧皮从巢房里挣脱出来；想到了与老蜂王大敏子的王位之争；想到了把处女之身给了他的老吊眼；想到了那个帮她从水里死里逃生的仗义情种；还想到了工蜂们嘴对嘴喂她的蜂王浆，那是世间最有营养的美味，直到咽下，喉咙里还挂有稠稠的感觉；还想到了她产在蜂房里的受精卵，最早一批，不久就要出生了吧；还想到了她派出的那一队御林军，他们的任务不知完成得怎么样了……最后，我们智勇双全的大美妞，长长地吐出一口气，结束了她既短暂又辉煌，既惨烈又悲壮的一生。

等御林军头目率队赶回来，意蜂早已散去。扎在酸枣刺上的蜂王身体已经凉了，体液和精子也已流空了。原来，御林军头目是按大美妞的旨意，带领一队御林军，翻过两座小山，找到了意蜂的蜂箱，趁其巢内兵力空虚，杀死意蜂蜂王，而且连闯四个蜂巢，斩下四只新老蜂王的头颅，还杀死数万个蜂房里未出生的胎儿。

一声霹雷，在低空炸响，就像是助阵的隆隆战鼓。

山坡上蠕蠕滚动的球体，如滚雪球似的越滚越大，形成一个直径如磨盘般的蜂球。而无比血腥惨烈的中意蜂之战，仍在无休无止地进行……

七

　　站在百花山山顶上，大提琴手和小提琴手有幸看到有生以来从未见过的天象奇观。头顶上方，天空湛蓝，万里无云；小腿以下，厚厚云雾，弥漫四周。而且云雾仿佛凝固了，乖得几乎静止不动，就像地上皑皑的白雪。感觉是在腾云驾雾，好似置身于梦幻的仙境里。

　　而刚才，完全还是另外一番景象。百灵找斑鸠玩去了，刘嘉不用再照顾女儿。在刘家妹回城之前，刘嘉邀她一起来登山。爬到山顶，放眼望去，视野极为开阔，美景尽收眼底。层层云海，山峦叠嶂，炊烟袅袅的村庄，整齐划一的农田，绳子般的公路反射着晶莹的亮光，甲壳虫似的车辆缓慢地爬行。他们铺好塑料布，举行别致的野餐。但还没等野餐结束，老天爷的脸说变就变了。

　　刘家妹抬起右脚，轻轻踢了几下厚厚的云雾。静止的云雾被搅动起来，像只调皮的白猫，沿着牛仔裤缓慢地往上爬。大提琴手伸出双手，掬起一团云雾，抒情地抛向空中。随着云雾渐渐散去，她吟起徐志摩那首脍炙人口的《再别康桥》："轻轻的我走了，正如我轻轻的来；我轻轻的招手，作别西天的云彩。"刘嘉应和道："但我不能放歌，悄悄是别离的笙箫；夏虫也为我沉默，沉默是今晚的康桥。"刘家妹："悄悄的我走了，正如我悄悄的来；我挥一挥衣袖，不带走一片云彩。"触景生情，联想到自己，刘家妹嘤嘤地哭了。是啊，自此一别，不知何时才能再相见。

　　哭声似乎感动了雷公，从厚厚的云雾下面，随着一道道闪电，响起滚滚的霹雷，接着传来哗哗的暴雨声。而头顶上，依然天空湛蓝，万里无云。

从百花山上回来，已近傍晚。刘家妹脚下一滑，摔个屁蹲儿，虽然吓一跳，但不觉有多疼，湿漉漉的厚厚山草如同抹了油，托着她一路向山坡下滑去，越滑越快，上下起伏，她高兴得大喊大叫，就像个在滑雪场上玩疯了的孩子。刘嘉跟在后面紧追，高声提醒别滑太快，注意安全。直到一块巨石横刀立马，刘家妹这才被迫停下。她发现身旁有一个直径比磨盘还大的球体，喊刘嘉赶紧过来，看是什么东西。刘嘉跑来，见这是一个由无数蜜蜂紧抱在一起形成的特大蜂球，若不是有巨石拦挡，肯定会一直滚到山下。地上还有被暴雨冲积成堆的蜜蜂尸体，触目惊心，惨不忍睹。

请来刘大叔帮助清点，在这场中意蜂大战的灾难中，刘嘉养的三十多箱蜜蜂损失惨重，工蜂死亡了一半，估计有五十万只，还有五六只蜂王也战死了。就是说，意蜂差不多也死了相等的数量。就这，还得要感谢老天下的那场暴雨，冲散了鏖战不休的蜜蜂，不然双方损失将会更大。后来，刘嘉把大约由一百万只蜜蜂紧抱在一起形成的大蜂球，用具有杀菌和筑膜作用的蜂胶，严严实实包裹起来，制作成标本，送给了蜜蜂博物馆。看到刘嘉心疼不已，刘大叔安慰说，好在没有全军覆没，留得青山在，不怕没柴烧。蜂房里还有几百万个卵，挑选强壮的喂食蜂王浆，采用人工培育蜂王的办法，用不了半个月，新蜂王就能出世。其实，如果提早发现中意蜂搏斗，将备好的石灰粉撒向空中，就能有效地驱散他们，避免损失。但事已至此，也只能接受残酷的现实。

晚上，百灵告诉爸爸，虽然只来了六七天，但作文内容已经准备了好几篇，再也不用瞎编那些谁谁搀扶着老奶奶过马路，谁谁捡到一个钱包原地等候许久终于交还给失主，谁谁勇敢地协同警察抓到小偷而且还是惯偷等等千篇一律、大同小异而老师往往给判高分的故事。

说到小偷，刘嘉给女儿讲了一个贼偷东西的真事。前年夏天，乡食品厂熬了两大锅糖稀，下班时忘了关天窗。第二天一早，两大锅糖稀不翼而飞。警察来了侦查半天，也没找到盗贼留下的任何痕迹，只好不了了之，立为悬案。

悬案很快就被刘大叔破解了。这天早上，刘大叔发现每个蜂箱里的蜜都出奇地多，仅一个上午，居然摇出二三百斤，足足装满两大桶。他用手指蘸了一点尝了尝，味道不像蜂蜜，更像是蔗糖。后来，听说乡食品厂丢了两大锅糖稀，由此猜想到，这准是自己养的那三十多箱蜜蜂干的好事。百灵听了，觉得很好玩，说又可以写一篇作文了。

"那些糖稀还给食品厂了吗？"

"为什么要问这个？"

"老师说，写作文一定要有光明的结尾。"

"那你去问刘爷爷好了。"

早饭后，刘嘉去收拾残局，侍弄蜜蜂。知道帮不上什么忙，反倒会碍手碍脚添乱，刘家妹便带着百灵和斑鸠到山上去玩。捉到两只大蝈蝈，摘了不少野葡萄，还逮住十几只粗大的蚂蚱，用茅草穿成一串，斑鸠说拿回家油炸吃可香了。然后，他们又玩起捉迷藏。斑鸠捂上眼睛数到十，隐约听见百灵说"找吧"，就开始四下侦察。大树后面没有，山石后面没有，齐腰深的茅草后面也没有。

刘家妹和百灵隐藏在一片茂密的荆条棵子里，紫色的荆条花散发着芬芳，许多蜜蜂正嗡嗡地忙着采蜜。俩人蹲在地上，透过荆条间微小的缝隙，隐约看到斑鸠急得乱转，却始终没有发现她们。

百灵悄声问："刘阿姨，你喜欢我爸爸吗？"

没想到女孩突然提出这样的问题，刘家妹同样悄声说："你爸和你，我都非常喜欢。"

"你会和我爸结婚吗？"

"当然，但现在不会，得等我留学回来。"

"你也去奥地利吗？"

"不，我去德国。你愿意我和你爸结婚吗？"

"我才不管呢，那是你们大人的事。"

传来斑鸠故意诈唬的喊声："我看见你们了，赶快出来吧！"百灵连连摆手比画，不要上斑鸠的当。

"刘阿姨，我跟你说个秘密，连我爸也不许告诉。"

"好，我保证。"

"我喜欢一个男孩儿。"

"哦，那男孩儿多大？"

"比我高两年级，等开了学，就能和他在一个学校了。"

"等上了中学，功课就难多了，可不能耽误学习呀。"

"恰恰相反，我会更加努力。那男孩特骄傲，对学习不好的女同学，他睬都不睬一眼。"

突然，"哒"的一声，斑鸠出现在面前，双手抖动着一把蒲公英花梗，无数个降落伞似的种子，纷纷扬扬落在她们的头上身上。

百灵站起来，一边掸着头上的蒲公英种子，一边问斑鸠："我们藏得这么隐蔽，你是怎么发现的？"

斑鸠笑着说："哈哈，是蜜蜂把你们暴露了。"

刘家妹不解："蜜蜂暴露了我们？"

斑鸠说："是呀，我看见这一片荆条上面有群蜜蜂嗡嗡飞，就猜到你俩肯定藏在这儿。"

刘家妹和百灵越加糊涂了："我们和蜜蜂有什么联系？"

"当然有了！你们俩的身上，都有一股好闻的味儿，我爱闻，蜜蜂肯定也喜欢闻呗。"

"你真是个小机灵鬼！"刘家妹轻轻拍了一下斑鸠的脑袋。

该轮到刘家妹和百灵找斑鸠了。俩人找了好半天，也不见机灵鬼的影子。

百灵喊道："斑鸠你到底藏哪儿了？我们认输了还不行吗？"

传来一阵模仿布谷鸟的口哨，接着又听见斑鸠"布谷，布谷，谁吃桑葚黑屁股"的声音，两人抬头看去，见斑鸠爬上一棵大树，躲在树干后面，正居高临下得意扬扬地看着她们呢。

回到木板房，刘家妹发现，别在头上的红色小提琴发卡不知什么时候弄丢了，感到非常遗憾和失落。自从刘嘉辞职离开乐团，她就把以往用的发卡全部扔掉，买来各种颜色的小提琴形状的发卡，即便夜里睡觉也舍不得摘下。似乎只有这样，小提琴手的形象才能永驻心头。

莫非丢在玩藏猫猫的地方了？斑鸠把蒲公英种子撒了她一脑袋，她确实用手胡噜头发来着。刘家妹来到那一片茂密的荆条棵子前，仔细寻找几遍，也没有找到发卡。她闷闷不乐地往回走，发现树干后面露出半条红色尾巴。她咳嗽一声，火红狐狸从树后闪出来，三角脸上露出几分尴尬的笑。这是她俩第一次在白天正面相遇，脸对脸地注视着，彼此毫无陌生感。火红狐狸用嘴触碰一下草地，然后转身而去，没走几步，掉过头来，见刘家妹已经走过它触碰的那块草地。哎，也许目光只顾追着火红狐狸看了，没有发现它放在地上的东西。火红狐狸返回来，用前爪点了几下那块草皮。刘家妹似乎明白了什么，过去一看，草丛里静静躺着那只小提琴红色发卡！

明天，刘家妹就要开车带着百灵回北京城了，把百灵送上开往宁波的特快列车，自己去办理出国留学的机票。尽管百灵老大不情愿，但暑假就要结束，新的学年即将开始，再舍不得也得要离开了。刘嘉答应女儿，明年还让她到百花山来玩，百灵这才无奈地同意回家。

待百灵睡着了，刘家妹拉起大提琴，向厮守了九天的男人告别。与所有其他中西乐器相比，大提琴的声域最近似于人的声域，也就更能准确地表现人的情感。一位音乐大师说，如果没有大提琴，我们的悲伤将如何发出倾诉？大提琴的声音就是生死相许。

刘家妹演奏的是让世界落泪的大提琴曲《殇》。这首凄美哀怨、打动人心的曲子，是台湾著名作曲家、唱片制作人徐嘉良创作的。后来，在许多文章里和网络资料上，却被张冠李戴，以讹传讹，说是英籍大提琴家杰奎琳·杜普雷用生命奏出的旋律。还说匈牙利大提琴家史塔克，从收音机里听到杰奎琳演奏的《殇》，称像这样用生命演奏的人，肯定活不长。一语成谶，这位天才大提琴家，年纪轻轻就离开了人世。其实，史塔克听到的根本不是杰奎琳演奏的，杰奎琳在二十世纪八十年代就去世了，而《殇》是十多年以后才问世的。

许多大提琴手拉琴时，把琴颈放在脖子和肩头之间，而刘家妹习惯将脸颊贴在大提琴琴颈上，就像贴着情人的肌肤，亲密无间，生息与共。这样，琴箱发出的声音，通过琴颈清晰地传递到耳畔，可以更好地把握音质、节奏及韵律。她夹琴的姿势，也与众不同。一些乐手右腿夹着琴，左腿顶在琴箱后面，她则把双腿叉得很开，用左腿和右腿同时夹住琴箱，左手抚把位，右手操弓子，将琴紧紧拥抱在怀里，就像拥抱着亲密的爱人。

感受着刘家妹炉火纯青的演奏技艺，听着大提琴发出的凄美动人的声音，刘嘉脑海里浮现出大朵的低云沉重地飘移，掠过辽阔的草原，投下无边的暗影，最终去了不知何处的远方的情景。小提琴手喉咙哽咽，黯然神伤，不禁想到与《殇》相匹配的那首诗：

> 如果我死去，你会不会思念我
>
> 不会，我会陪你一起死
>
> 我站在世界的尽头
>
> 遥望这一片紫色的花海
>
> 海风静静地呼啸而过
>
> 在我的耳畔，你正在低吟浅唱
>
> 细诉你我写不出的结局
>
> 树荫下，星光点点
>
> 映在胸间，化作今生的遗憾
>
> 贝壳里传出海的声音
>
> 是谁，守望着谁
>
> 失去了这么久
>
> 才明白，原来一直未曾拥有……

伴着如泣如诉的琴声，刘家妹的眼泪涌了出来，流到琴的面板上，顺势而下，涓涓不止，流入F孔里，直至流进琴箱——而那恰恰是大提琴的心脏啊！

刘家妹放下琴，伏在刘嘉肩头失声痛哭。清冷的半个月亮，照在她的红色小提琴发卡上，发出幽幽的寒光。

第二天，送走刘家妹和女儿百灵，刘嘉回到蜂场。揉碎的记忆洒了一地，重重的心绪在思念中沉沦。他无心侍弄蜜蜂，干脆抄起小提琴，演奏那首他和刘家妹同心创作的奏鸣曲《山岗》。但不知为何，感觉极为不好，拉了三十多年小提琴，竟然左手找不准把位，右手拉不稳弓子，还时常莫名其妙中断，就像个初学乍练的新手。

"出大事了！"刘大叔惊恐的声音，如同晴天霹雳。

刘嘉循声看去，见一老一少慌里慌张急速跑来。刘大叔累得猫腰咳嗽，上气不接下气；百灵扑到爸爸怀里，哇哇大哭，浑身颤抖。

原来，与刘嘉和刘大叔一家告别后，刘家妹开车带百灵回城。行驶在石渣路上，百灵发现有只火红狐狸一直尾随。汽车停下，火红狐狸也立即停下；汽车开动，火红狐狸又继续跟跑。百灵让刘阿姨停车，从双肩背包里找出两根香肠，下车喂火红狐狸。这只极有灵性的美丽仙女，一点也不怕人，竟然站立起来，收拢两条前腿，抱拳作揖。

百灵见了，感到非常惊奇。刘家妹却不觉得有多么大惊小怪，因为她曾亲眼见过比这更不可思议的事情。外婆去世早，母亲是太外婆一手带大的。刘家妹七岁那年初秋，九十九岁的太外婆无疾而终，她随妈妈到威海刘公岛奔丧。当地的习俗是，死者要么在去世当天出殡，要么得等三天以后。家妹和妈妈赶到时，太外婆的棺木已经在院子里停放两天了。院子上空扯起帆布，避免阳光直射；棺木四周布满荆条，用来灭菌防腐；点燃多根艾蒿编的辫子，烟雾缭绕，祛除异味。入夜，不可思议的情景出现了：二十几只黄鼠狼齐刷刷地跪在棺木前，顶礼膜拜，频频叩头，只因为太外婆十多年前从一只老鹰利爪下解救了一只"黄大仙"。后来，人们说，太外婆之所以寿命那么长，全是"大仙"保佑的结果。所以，看到火红狐狸

64

作揖，刘家妹并不觉得特新奇。

"吃吧，不用客气。"百灵递上香肠。火红狐狸一口咬住，吃得很香，嘴巴吧唧得很响，逗得女孩儿笑出声。很快，一根香肠就吃完了。百灵又递过去一根，火红狐狸却没有接，而是一口咬住刘家妹白色连衣裙，四腿蹬地用力往后扯，百灵和刘家妹很是不解。忽然，刘家妹听见一阵蜜蜂嗡嗡声，随即左耳被狠狠蜇了一下。她转脸看去，一股泥石流从左侧山坡上快速而悄声地滑到眼前。在这千钧一发之际，刘家妹使劲推了一把百灵。女孩踉踉跄跄倒退几步，摔倒在地，有幸死里逃生。顷刻，泥石流裹着灌木，不可阻挡地一泻而下，把大提琴手和火红狐狸瞬间掩埋……

扒开大大小小的滚石和烂泥，一阵人世间不曾有的奇异香气扑面而来。大提琴手和火红狐狸并肩仰面倒地，仿佛躺在严密的水晶棺里，神态安详。身上没有沾染任何污泥，依然那么洁白，依然那么鲜红；身体没有留下任何伤痕，还是那么完好无损，还是那么完美无瑕，就像睡着了一样。

火红狐狸又粗又大的尾巴伸展开来，整个身子几乎和大提琴手一样长，皮毛鲜亮，丝丝顺滑。一条腿搭在大提琴手腰间指宽的黑色皮带上，好似一个宠物同女主人躺在柔软的席梦思上午睡。狡黠的三角脸上挂有几分诡秘的微笑，嘴边那窄窄的一圈银针似的白色胡须，依旧骄傲而倔强地翘着。

大提琴手头上别着的小提琴红发卡，微微闪亮。满头的秀发分到肩头两侧，就像两条流淌的小溪。耳朵没有佩戴饰品，微红的耳洞依稀可见。瘦长的脸上没有惊恐，只有遗憾；没有悲伤，只有惋惜。眼睛微微睁着，长长的眼睫毛轻轻下垂，柳叶眉线条清秀，淡淡的口红勾勒出鲜明的棱角。十指上紫色的指甲油，涂抹得极为精美。丝质的白色连衣裙，遮掩着两只坚挺的乳房和凸起的耻骨。右脚腕上戴着一条脚链，配的景泰蓝珠子格外别致。橘黄色的网球鞋，鞋面不见一点污渍，鞋底没有一丝磨痕，就像刚刚买来穿在脚上。

天上飞来一块魔毯，托起大提琴手和火红狐狸，飘向天空，直入云霄……

咚咚咚，听见敲门声，小提琴手从梦中醒来。他起身打开门，却不见有人，以为是幻觉幻听。不一会儿，门又响了起来。刘嘉再次打开门，两只小狐狸站立在门前，一只火红，一只雪白。火红狐狸嘴边，长有窄窄的一圈白色胡须；雪白狐狸嘴边，长着窄窄的一圈红色胡须。它们的皮毛，柔润光滑，鲜美亮丽，未染一星一点灰尘，就像是刚刚沐浴完……

杀戮

这一切是从初夏的一个清晨开始的。

平坨寺的这个清晨另有别样。昔日鸡犬相闻的情景听不到了，只有作为情种的雄鸡们，此起彼伏地唱着天下白的颂歌。由于没有了狗们的嚣叫，那一声声啼鸣也就越加显得雄壮而嘹亮，嘹亮得近乎放肆。其实，平坨寺的众多狗本来也会叫的，且不比世界上任何一个地方的狗叫得逊色。只是它们今天不敢再逞往日的威风，个个装得默不作声，以求性命免遭涂炭。然而，这只能是徒劳。

一场对狗的杀戮，在平坨寺已经不可避免了。

昨天晚上，平坨寺村主任利用高音喇叭将乡党委、乡政府、乡农工商联合总公司、乡派出所、乡卫生院、乡五讲四美三热爱两个文明一起抓（简称"五四三二一"）办公室，关于"迅速行动起来，打一场灭犬的人民战争"的紧急联合通知，反复播讲了数遍。又根据平坨寺的实际，宣布了若干条贯彻上述通知精神的具体政策，其中不乏大胆创新，不妨列举一二：如果哪个主人胆敢阻挠灭犬行动，或放生或藏匿不管是大狗小狗公狗母狗还是良种狗串秧狗本地狗，均将受到一律不给二胎指标，不予批房基地，乃至停水停电停淘厕所并处以三百元罚款的制裁，这是其一；其二，更绝，开除你村属养鸡协会会员的资格，掐断你生计的后路，这当然包括不再供给三分平价七分议价的饲料，不再享受销售鸡蛋的运输补助，等等。

鸡是平坨寺人的摇钱树，平坨寺也因养鸡成为闻名于世的专业村。

养狗是平坨寺人的业余爱好，平坨寺兴盛衰败传宗接代与狗无关。

况且，还有一个因素不能忽视：初夏的平坨寺，空气中弥漫着洋槐花的芳香，这种甜腻腻的味道，刺激着男人的感官，不免勾泛起几多非分之想。但这并不能排遣体内由于大地回春万物萌发而带来的不可名状的骚动。这骚动蕴含着一种能量、一种欲望、一种征服世间的勃勃雄心！

如此说来，活在平坨寺的狗们在劫难逃，只有死路一条了。

草上飞可称得上平坨寺最纯种最威风最有资本也最昂贵的狗。

草上飞是现在的主人给起的名字，它的本名叫迪尔。

据说，迪尔的祖父是德国籍，祖母是荷兰籍，外祖父是美国籍，外祖母是加拿大籍，整个家族全盘西化。只因弘扬国际主义精神，才不远万里，东渡太平洋，为中国人民除恶行善，效犬马之劳。

迪尔服役于公安局警犬队，训练有素，身手不凡，连破要案，屡建奇功。当人们对连篇累牍地评价各类明星名家的文章感到厌倦失去兴趣的时候，迪尔便一跃成为大报小报通俗刊物竞相追踪采访的新闻焦点。其中一篇题为《中国的迪尔》的专访中这样极为生动地写道：某中年女舞蹈演员在卡拉 OK 消夜后的归家途中，被一年轻歹徒拦路强奸，备受蹂躏，长达三个多小时，使其身心遭到严重摧残。凌晨四时，迪尔出了现场，只嗅嗅案犯不完整的足迹和遗留的精液，便带领侦查员七拐八绕奔向一大杂院，打开一户房门，迪尔一声厉叫便吓得躲在被窝里的案犯屁滚尿流，瘫作一团，随即迪尔一个箭步扑上去将强奸犯拖下床来。被害的中年演员得知此事，声泪俱下，连连称赞："神犬！神犬！"

类似事迹，不胜枚举。

可惜，后来耳濡目染，近墨者黑，迪尔严重违反了禁欲的纪律，大犯特犯了作风问题的错误，从而断送了不可限量的大好前程。那是在一次围追堵截持枪杀人犯的阻击战中，迪尔未经许可擅自脱离潜伏岗位，被乡村一条年轻漂亮的母狗诱惑下水，肆无忌惮地在光天化日之下，双双搭上连连，情深意长，难解难分，棒打不散。

从此，迪尔丧失了斗志，害上相思病。出现场，分心走神，不务正业，只要嗅到地上树干墙角乃至坟圈里有母狗的尿迹，便疯狂地挣脱侦查员手中的皮牵绳追着臊味闻风而去，且十有八九不枉此行，如同寻踪强奸犯般准确无误。侦查员们对迪尔这种玩忽职守、极端放荡的行为或又气又恨或啼笑皆非，却奈何它不得，于是跟着倒霉，就像当年军功章里有你的一半也有我的一半给予嘉奖那样受到诸如警告严重警告行政记过处分。

不用说，迪尔理所当然地被关了禁闭。全体公安战士衷心希望它闭门思过，痛改前非，重振雄风，继续为中国人民立新功。不承想，迪尔牵着不走，打着倒退，对性解放资产阶级思潮颇为倾心且中毒太深，完全辜负了人们的一片苦心，不仅不思饮食，抗拒改造，还甚至敢冒天下之大不韪，无畏艾滋病的传染，用本该是帮助咀嚼散热品尝美味威震敌胆的长舌，当众舔吻它那粗大坚挺的令多少同类自愧不如的阳物。有一天，一位高级首长带着娇妻爱女来警犬队视察工作，迪尔心血来潮，不以为耻反以为荣，竟将这个聊以自慰的传统自娱节目再次进行公演。高级首长的千金天真烂漫，涉世不深，拉住驯犬员的手再三追问迪尔表演的是何规范动作，驯犬员面红耳赤，无言以对。高级首长在一旁勃然大怒道：此犬不可救药也！

一来二去，迪尔多年练就的一身功夫也就废了。

不过，迪尔由此因祸得福，时来运转。平坨寺的首富、养鸡专业大户姚广通过后门关系，外加八百元钞票，赎回迪尔自由身，使它摇身一变，由警犬队的阶下囚晋升为豪门里的守门神，看家护院，迎来送往，不管是达官贵人还是平民百姓，见了迪尔都不免卑躬屈膝不折不扣地敬畏三分。美中不足的是，有一条代替皮牵绳的铁锁链限制着它的行动自由和活动范围，使其不能随心所欲无拘无束地四处播撒优良的爱情种子。

迪尔落草平坨寺的当天，就被主人姚广改名叫草上飞。

这其中原委很难用一两句话说清楚。其实，只要圆脸一抹变成长脸，未必有什么羞于表白的。无外乎是当年姚广当八路的爷爷被丧心病狂的侵华日军剖开胸膛，任妇救会长的奶奶遭一个小队的鬼子轮奸之后，双双被剜下生殖器，鬼子又将他们的头颅悬挂在村中央的古槐树上展示三天。正是因为这羞于启齿的悲壮，姚广爷爷奶奶的事迹从未登上大雅之堂，既没有像李向阳那样拍进电影，也没有像阿庆嫂那样写入样板戏，埋没，埋没，一直埋没至今。姚广为此耿耿于怀，发誓要投资十万元在爷爷奶奶殉难之处为二位先人建造一座花岗岩的民族英雄夫妻纪念碑，一为冤魂雪耻，二为子孙正名。只是上边一拖再拖，报告尚未批准。岁月流逝，姚广对东洋鬼子的深仇大恨不但丝毫没有削弱，反而同他银行账户上的存款额度成正比，与日俱增。

这似乎可以理解主人为什么将淘汰的进口迪尔更名改姓成具有

国产化水平的草上飞了。不过，这纯纯粹粹百分之百是一件冤假错案。迪尔的祖籍在西洋，与东洋鬼子的老家远隔一个太平洋，相差足有十万八千里哩！姚广并非不明事理，只因阶级仇民族恨刻骨铭心，对所有洋的东西一概排斥不买账。遇上这样一位土老财，迪尔，不，草上飞也只好入乡随俗，奴随主意了。

草上飞由赫赫有名的警犬沦落为富翁的看家狗，这倒也不能完全说褪毛的凤凰不如鸡，却恰似瘦死的骆驼比马大。凭借昔日的威风资格荣誉声望，加上原主人拍卖时将那段不光彩的历史进行了美化和篡改，草上飞很快便威震八方名扬四海于平坨寺乃至全乡全县，"三只手"患者无不闻风丧胆谈其色变。主人一家也从此平安无事，男女老少终于夜夜能够睡上踏实觉，再也不用担心梁上君子大驾光临了。主人对爱犬倍加疼爱，视如掌上明珠，便不足为奇。

不足一年光景，草上飞大大发了洪福，肥头硕耳，四肢如柱，皮毛油光闪亮，大小如牛犊子一般。这其中原因，自然与主人一日三餐盛情款待和每天养尊处优无所事事有直接关系，比之警犬队节制食欲昼夜训练常出现场要优越多少倍。此外，还有一个至今令主人蒙在鼓里的秘闻，那就是，在它犯上作乱惹怒了高级首长之后，愤怒的驯犬员给它注射了大量的足够令一个男人免做变性手术就可成为一个地道的女人的雌性激素，结果，造成内分泌严重紊乱，别说是大吃大喝，就是饮凉白开也照样增肉长膘。

风流一时放荡不羁的草上飞，已是名不副实枉怀雄身，心有余而力不足了。这一点，曾很让人失望。主人原想让它兼任播种机，并与贸易合作伙伴谈好，将来狗崽的销售收入对半分成，可是，牵一条发情母狗放置身边，它不理不睬，连眼皮都不带眨一眨的，任凭母狗千种风情百般挑逗，翘起尾巴展露风采，草上飞居然无动于衷，坐怀不乱。到头来，却闹个歪打正着，赢得人们一片训练有素教育得当正人君子的赞誉。后来，主人活学活用鸡肥不下蛋的哲学，对发福的草上飞兼任播种机的奢望也就作罢了。

如今，草上飞已飞不起来了，光荣地加入了肥胖症患者的行列，货真价实地地道道，当之无愧登上平坨寺榜首，以致四肢都很难支撑庞大笨重的躯体。不过这倒也无妨，主人赋予它的神圣使命是吼叫，并非追踪，且肥胖者大多底气十足，就像美声唱法的男男女女歌唱家似的，往那儿一站，若没有足够的吨位，恐怕难以酿造出激昂的高八度来。草上飞因地制宜，从自身实际条件出发，扬长避短，坐镇天下：以两条后腿为垫子，将身体重心通过臀部放置上面，两条前腿权当门柱，顽强地支撑着高昂的头颈，不用声嘶力竭，只需随便一吼，便声似洪钟令人生畏，保准头发根子都竖立起来。

要知道，仅此这一条看家本领就足够了。有天夜里，一名不知天高地厚由外乡窜来的窃贼，踩着同伙的肩膀爬上姚广家三七厚的高高围墙，刚将鬼鬼祟祟的脑袋探出墙头，即被草上飞发觉，它大吠一声，如霹雳炸响，吓得那小人如熟透的柿子般地掉了下去。

可见草上飞的呐喊不同凡响，威风胜过当年。

然而，草上飞空有绝技，它大难临头，必死无疑了。

平坨寺村主任带领由精明强悍的基干民兵组成的打狗队，伴着清晨浓郁的洋槐花芳香踏进姚广家门时，主人正在为送心爱的看家之犬上路而举行隆重的告别宴会，不说七碟八碗，却也三五成席。草上飞一改往日贪食的爱好，面对美味佳肴竟然罢吃，任凭主人连哄带劝也无济于事。这并不奇怪，全村的狗都已预感到末日降临而诚惶诚恐，更何况出身于警犬屡见大世面的草上飞了。

草上飞以敌视恐惧的眼睛盯着主人将村主任及其随从引进雕梁

画栋前出廊后出厦的正房，一种懊悔的心情不禁油然而生。如果当初不去拈花惹草，严格遵守禁欲的纪律，自认充当个俯首帖耳由人摆布没有七情六欲亦不雄不雌的驯服工具，恐怕也就不会被贬到平坨寺，不贬到平坨寺便不至于任人宰割，死得轻如鸿毛了，最起码也闹个光荣退役老有所养，甚至还可能有幸写进队史局史部史什么的，从而教育后人。可转念一想，草上飞觉得今生今世能有这样的结局倒也蛮不错了。一条生来本该就是被训斥奴役的狗，竟在藐视一切的人面前威武过荣耀过高贵过风流过，且吃过喝过玩乐过，末了又混得一副好下水。如此这般，还企望什么？总算也没白到这世上走一遭吧。

只一会儿，村民委员会主任等人便杀出门来。

草上飞满以为主人会跟将出屋，它并不指望主人能苦口婆心声泪俱下，向打狗队求情饶其一命，起码也该在它奔赴刑场之际，做个生离死别式的表演，或者挤出一滴并不伤心的眼泪，哪怕面无表情地默默送它上路西行呢。可是，没有！主人未迈出屋门一步，就连隔着落地的大玻璃窗窥视一眼都没有，甚至还将大红缎子的窗幔严严地扯起，不留一丝缝隙。就像不久前一个大白天，主人趁女主人和少爷小姐去白龙潭逛庙会的时候，带回一位浓妆艳抹口叼摩尔一对奶子颤颤颠两扇臀瓣圆又圆的妙龄女子进了屋那样，不让外面的看见里面，也不让里面的看见外面。

草上飞不禁心灰意懒，苦不堪言。

其实，这都是因为刚才在屋里村民委员会主任对主人姚广进行一番点化的结果。

"杀了草上飞，谁来为我防小人？"

"你是聪明一世，糊涂一时。四条腿的不许养，两条腿的随便用。"

"您是说雇人给我看家护院?"

"不雇人,难道还雇鸭子?"

"那不成地主老财了?"

"地主老财也没有像你今天这样腰缠百万富得流油。"

"那上边政策容许吗?"

"没白纸黑字写着不容许。"

"行,有您这话,杀吧,随便杀,别让我看见。"

于是,主人姚广时隔不久便演出了扯严窗幔的一幕。

草上飞只有做垂死挣扎了。它拿出娴熟的看家本领,吼声震天,如雷贯耳,迫使打狗队员心惊胆战,畏缩不前,高举的木棒又都乖乖放了下来。不承想,明枪易躲,暗箭难防,身后一张撒网从天而降,将草上飞严严罩住。随即,打狗队员们以迅雷不及掩耳之势乘机一哄而上,三下两下将不可一世的草上飞捆个结实。

两个打狗队员用一条长长的扁担,四脚朝天地抬着草上飞出了姚广的家门,径直向村中央走去,大有多年不见却又记忆犹新的游街示众的味道。

草上飞声嘶力竭地号叫,试图唤起众狗的响应或声援。倘若全平坨寺百十条狗齐心协力一同呐喊,那真不失为一种震撼人心的强大力量,说不定有可能阻止这场杀戮。可惜,却听不到一声反响,全都装作事不关己高高挂起多一事不如少一事的三孙子。这让草上飞感到很悲哀,继而转为满满的愤慨:甭装聋作哑,早晚一个个都让人收拾掉!

村中央那棵当年曾悬挂姚广爷爷奶奶头颅的古槐树旁,恭候着众多观看屠杀的男女老少。打狗队抬着身宽体阔肥头大耳的草上飞一出现，人群中立时响起欢呼声。

一条大绳早已备在古槐树的横杈上，绳一头拴住草上飞后腿，另一头攥在手里用力一拉，全平坨寺最威风最昂贵最有资本的狗便脱离地面，头朝下腚朝天地悬在半空，就像武馆里垂吊的供大力士千锤百炼生来就是挨打的沙袋。接着，四条汉子各持一根木棍，庄严地走上前来，分东西南北四个方向站好，把草上飞围在中间，听得村民委员会主任一声令下，便按照既定方针操练起来。

不难想象，一棍，草上飞悠向东；二棍，草上飞荡向西；三棍，草上飞转向南；四棍，草上飞飘向北。十几个回合下来，草上飞七窍出血，一命呜呼。

随后，热情观众蜂拥而上。有人要狗脑子，偏方治大病，上下通气不咳；有人要狗鞭，泡制药酒，滋阴壮阳嘴不臭；有人要狗肉，养精蓄锐，妹妹你尽管大胆地往前走。

狗皮呢，物归原主。姚广请人将其熟好，张贴在他家客厅迎面的墙壁上，以犬充虎，驱妖避邪，人仗狗胆，保佑平安。

此后很长时间，不要说富翁姚广家，整个平坨寺也没出现"三只手"患者的骚扰。究其原因，答案似乎无须点破。这属后话，待来日再专文表述。

粥盆无疑是平坨寺最元老最有功最忠诚又连同主人一样最被人看不起的狗，一条母狗。

粥盆，这本是它半疯半癫一日三餐总捧个粥盆进食，并自称为粥盆的主人的雅号。它从小来到这个光棍之家，主人不曾给它起过任何芳名。破鞋骚货王八蛋，龟孙杂种孩他妈，主人想起啥叫啥。

管它也叫作粥盆，那完全是平坨寺人张冠李戴移花接木造成的。

77

因为它没有名字，人们有时提起它，只好说粥盆家的那条狗。后来，觉得绕口，索性简化成与主人同样的称呼。不过，偶尔也对人和狗做番区别：粥盆家的粥盆，前者为人，后者为狗；或曰粥盆的主子粥盆，前者为狗，后者为人。

粥盆的主人，早年和姚广的爷爷一起当神出鬼没的八路时，不幸被日本鬼子俘获，遭严刑拷打，威逼利诱，虽说最终也没有被发现变节行为，却总归没像姚广他爷爷那样大义凛然英勇就义，况且又中了一半的美人计。为这，每次运动他都被运动一次。后来，变得跟祥林嫂"我只知道雪天里狼吃人，哪知道春天狼也吃人"似的，逢人便讲他受刑的全过程。他说，鬼子把我抓了去，先是灌辣椒水，我硬挺着没说；又坐老虎凳，我咬破舌头还是没说；后来呢，这鬼子呀，给我施美人计，我呢，将计就计，和那美人美美地睡了一宿。你猜咋着？还是没说！鬼子拿我没办法，商量还给灌辣椒水，还给坐老虎凳。这时有个人接过话茬儿说，最好还是给他施美人计。鬼子扭头一看，是我。这咋了？白睡她一宿，我高低不还是啥都没说吗?！

多亏粥盆的主子啥都没说，若真成为革命的叛徒，恐怕早就被人二拇手指头一动了结了，那也就没有了下面这段粥盆家的粥盆的故事。

粥盆家的粥盆，是在它主子最遭罪的时候，主动投靠寒门甘当走卒的。那时，它还是见了公狗就吓得抱头鼠窜，根本不通晓打情骂俏含情脉脉，用摆尾乃至滴洒尿液来引诱情种上钩的一条小母狗。粥盆的主子不知道它的出身门第来自哪方，也不曾打听过。那是一个冬日里极冷的早晨，主人粥盆端着冻成冰坨的尿盆准备去倒，见它守在灶口取暖，眼泪汪汪，淌着鼻涕，蜷成一团，好一副可怜巴巴的样子，就随便说了一句"跟我做伴来了是吗"，便算将其收养进门落了户。从此，这座紧临平圪寺村边的寒宅里，总算有了母性的存在，继而发展成为犬类的生命摇篮。

穷家崽多，癞瓜子多。粥盆家的粥盆，别看才不压众貌不惊人，却能扬长避短，充分发挥其卵巢功能极为发达的一技之长，一年两窝，一窝四五六七八九只崽子不等。崽崽生命力又都很顽强，不管奶水不足还是照顾不周，不屈不挠，就是不死。这种旺盛的高产优势经久不衰，一直保持了十余年。直到前两年一次事故之后才更年绝经收了兵，不再一年春秋两次开花结果。如今，全平圪寺的百十条狗，有近一半是它的子孙或子孙的子孙，若封其为狗祖宗当之无愧，绝无竞争对手。

这一切，还得要归功于主人粥盆。从粥盆家的粥盆第一次发情并大胆地将一条正当年的公狗诱至院中，谈情说爱相互嗅尾，直至进入实质性内容，主人粥盆都极大限度地给予自由，不进行任何干预，而且还积极关门闭户，免除了外界乌合之众惯于不仁不义残忍地棒打鸳鸯各一方的骚扰。当然，成全了奴才的好事的同时，当年中了一半的美人计之后就彻底丧失了性功能（是何原因至今不明）的主子也大大地过了眼瘾。况且，从日后平圪寺民众纷纷前来索要狗崽，总不免装模作样拿上仨瓜俩枣表示感谢这一点来说，就足以让主子对其自觉地行使权利和义务了。

请不要误解，粥盆家的粥盆，除了不断变换配偶选择佳婿不能忠贞不渝之外（其实这也不算什么缺点，优化良种造福子孙功德无量），并非那种忘恩负义嫌贫爱富没有良心的货色。公正地说，它是条非常忠于主人的狗。

平心而论，主人粥盆仅在生儿育女下三路方面对他的粥盆给予厚爱，而在吃喝拉撒睡等诸多日常生活问题上，则放任自流撒手不管，也没能力去管。他自己都朝不保夕，常常为粥盆里的数量和质量发愁，哪还有闲情逸致养狗？再说也不怕"三只手"患者的偷摸和惦记，用不着投资看家护院，之所以形成今日儿女成群子孙遍地这个局面，纯属无心插柳柳成荫罢了。

粥盆对待主人则迥然不同，不仅忠心耿耿，还身兼数职，整个一个内当家的角色。主人没有猫，粥盆替其逮耗子，技艺不比猫逊色。耗子祖辈生来畏猫不惧狗，粥盆利用这种遗传基因的缺点大做文章。耗子溜出洞，它装作若无其事；可一旦耗子放松警惕，它便饿虎扑食般地一跃而起，捕杀目标十拿九稳，转眼成为它上好的果腹之物。所以尽管主人家没有猫，却也不曾闹过鼠害。

如果说这是多管闲事，那么保护主人和母鸡的劳动果实并将罪魁祸首绳之以法，则是粥盆的天才贡献了。主人当属平坨寺一养鸡户，但绝对够不上专业水平，顶多算个业余爱好，规模数量比之大名鼎鼎的姚广九牛一毛不如。鸡养得少，鸡蛋就珍贵。有那么几天，主人拾不到鸡蛋，便对有孕在身缺少营养的粥盆起了疑心，不问青红皂白骂它个狗血喷头外搭祖宗三代。粥盆蒙受不白之冤，决心弄清事实真相。它躲在暗中观察，待母鸡又一次完成它的使命离开产房大肆炫耀功绩时，从房梁上垂下一条红黑相间的大蛇，一口就将那枚带有血丝和体温的鸡蛋整个吞下去，腹部立即隆起一个椭圆。粥盆见状正要冲上去，只听一声大嚎，主人拎着裤子从茅厕蹿将出来，一路屁滚尿流地喊着逃出院门。原来，他在茅厕正在新陈代谢，无意中窥见那精彩的一幕。等粥盆回过头来再看，那条花蛇已无影无踪。此后一连数天，不再丢失鸡蛋，只是主人不敢进柴棚拾取，每次都让粥盆为他衔出。它深知那花蛇不会善罢甘休，每日一级战备。果然，没几天，那馋嘴花蛇又故技重演。粥盆如离弦之箭似的冲向前，一口咬住花蛇的七寸之处。这花蛇想必来者不善，死死缠住粥盆的脖颈，妄图迫其窒息。但粥盆死不松口，直到花蛇松开缠绕，命归九泉。不过，粥盆为此也付出了昂贵的代价，流产牺牲了四条狗崽，还从此丧失了旺盛的生育功能。即使这样，得到主人的最高奖赏也只是一句"这骚货还行"。

看家护院为主人牧羊这些小事，粥盆更不在话下。有几次过春节，它还神不知鬼不觉地衔回一个猪头或一副下水或一挂大油，以此来孝敬囊中羞涩正愁年关无米下锅的主人。至于这些年货是用什么手段顺来的又源自谁家，主人压根儿不做盘问，只管独自受用就是了。当然，若剩些边角下料骨头渣子，主人便慷慨地恩赐给粥盆，它也就心满意足了。

村民委员会主任和打狗队员们结束对草上飞的制裁之后，旋即踏进素有"生命之摇篮"称号的粥盆家，欲对平坨寺的狗祖宗采取革命行动。

粥盆家的粥盆见了那些站立行走的人儿便躲进狗窝，连大气都不敢出。它已嗅到飘在空气中的洋槐花的芳香里掺杂的一丝血腥，它也明知自己罪孽深重不加节制地繁衍出那么多被人追杀的子孙，真可谓万恶之源了。它对自己的生命置之度外，反正也圆满地完成了历史所赋予的神圣使命，死而无憾，且早死早托生。它倒替自己的主人担忧起来，若真没了它，谁还会给这个被人嘲笑愚弄曾被反复运动现已被遗忘的老人看家护院、放牧羔羊、捉拿耗子、捕杀花蛇乃至过年过节有所孝敬呢？没有，不会再有，空前绝后。

为了速战速决，同时避免呼吸光棍堂里五味俱全的空气，村民委员会主任拒绝了粥盆主人进屋歇息的邀请，在院子里与这位光棍进行了有关粥盆生死问题和料理后事的洽谈。

"把你那粥盆打喽，有意见吗？"

"有啥意见，打呗，压根儿没心养。"

"养了十多年，不心疼？"

"谁心疼我？反正也不开怀了。"

"有啥要求没？"

"啥要求？"

"就是说，狗皮狗肉啥的，你要不？"

"咋不要？还闹个肚圆呢。"

"好，那我们动手了。"

"等等，给它坐老虎凳还是灌辣椒水？最好施美人计，我将计就计，美美地睡了一宿，还是没说。"

"得了得了，又白话你那段光荣历史呢！你家粥盆在哪儿？"

粥盆听了不禁在窝里蜷起身子，但这并不能阻止主人对它的背叛和出卖。打狗队员三下五除二地将老气横秋肌肉松弛乳头干瘪的粥盆捆绑起来，反吊在主人家的门楣上。

也许正是主人给打狗队员提醒，也许打狗队员早就拟定好实施方案，结果给粥盆用的刑罚同它的主人当年所受的折磨如出一辙：灌辣椒水。只是目的不同：一个是迫其招供自首，保全性命；一个是将其置于死地，斩草除根。所用原料也有区别，当年给粥盆主人用的毕竟是货真价实的朝天椒面面儿，现在给粥盆用的是去了香喷喷的籽儿榨了油净剩些皮子的辣椒糊儿。

粥盆无可奈何地被一人捏了鼻子，一人将半碗漂着红皮子的辣椒水从它那一时代替呼吸的嘴里灌了下去。粥盆一阵咳嗽，呛肺而死，比吹灭一根蜡烛还简单。

打狗队员撤走之后，粥盆的主人将粥盆剥小葱似的收拾妥当，点火下锅。但对粥盆颇有建树的子宫是否食用犹豫不决。他提着那一条腺肉上下左右端详许久，最后还是放入锅内。

说来也奇，粥盆的主人自从食了粥盆的肉和子宫之后，精气神儿大长，并终于在某天夜里重温了一个睡美人的梦，醒来发觉被日本鬼子迫害致残多年不曾勃起的二先生，终于重新有了生机，且颇有硬度。不久就招引来一个老寡妇，与他同床共枕，不用招供就可天天中美人计了。

不过，这也属于后话，此文不做详述。

想儿当属平坨寺最乖巧最多情最通人性也最得主人爱怜的狗。

想儿不是粥盆的子孙或子孙的子孙。

想儿出身武门，亦是大家闺秀。

想儿是主人强哥解甲归田时从京城带回来的，不，确切地说，是想儿自己不懈追随的强哥。

平坨寺村北有个军需生产基地，专门生产不施化肥不打农药不用污水灌溉不追求数量，但要确保质量没有任何污染的蔬菜水果稻米鸡鸭鱼肉甲鱼。强哥的爹曾在这里帮过一年的厨。一位首长落难基地，用双手劳动改造脑中思想，对强哥他爹做的饭菜颇感兴趣，以致思想难说改造多少，反正体重无可置疑地增加了十多公斤。若干年后，官复原职继而又连升两级的首长，派人来请强哥他爹进京做家中厨师。强哥他爹考虑不能总让儿子修理地球，便力荐强哥前往。于是，强哥摇身一变，脱下马褂，换上军装，成为首长家掌勺的。起初，强哥的手艺令首长和夫人小姐公子很失望，险些被辞退。好在首长及时发现了强哥能把烧海参做成烤白薯干的味道，便举一反三因势利导，让强哥专做家常便饭，诸如曾一度冷落现又悄然兴起的贴玉米面饽饽熬小鱼和据说胖人吃了减肥瘦人吃了上膘，肥而不腻瘦而不柴的大碗扣肉以及红烧肉，等等。

强哥时来运转的另一条原因便和想儿有直接关系了。首长家里添人进口，喜得贵孙。满岁之日，有位老部下专程送来一条虎头虎脑、长有一截白尾巴尖儿的毛茸茸的小狗供贵孙玩耍，并给取名叫想儿。这其中的含义不知是提醒首长想着昔日的老部下，还是表示老部下想着昔日的首长，也许二者兼而有之。照顾想儿吃喝拉撒睡这一光荣任务，责无旁贷地落到曾在家里养过狗的强哥身上。

强哥与想儿的奇缘便由此开始了。

强哥待想儿无微不至，极为精心；想儿对强哥百依百顺，形影不离。

强哥常与想儿同一被窝睡觉，一觉睡到大天亮；想儿高兴了就亲吻强哥的脸蛋，一亲起来便没完没了。

强哥为改掉想儿随地大小便的陋习，不厌其烦地带它进卫生间，言传身教反复演练；想儿铁杆磨成针，功到自然成，拉屎撒尿入便桶，还聪明地按动机关放水冲洗。

强哥和首长的贵孙一国藏起来让想儿寻，想儿轻而易举大获全胜；想儿和首长的贵孙一国躲起来让强哥找，强哥十有八次落空，其余两次也是因为强哥叫，贵孙应，才露的马脚。

强哥训练想儿逐渐学会空中接物、站立行走等多种技能，为的是让大首长的贵孙及其一家开心解闷儿；想儿心有灵犀一点通，不负强哥苦心，而且常有创造性的发挥，每每让观看的首长拍着强哥的肩膀赞叹说"小鬼真行"。

强哥回家相亲，本该有半月假期，不到一个星期突然收到首长拍来的"速归"的电报。强哥不知何故，连夜返回。原来是想儿想念强哥想断肠，已经几天粒米未进，滴水未沾。见到强哥，想儿泪流满面，随即站立起来，前腿扒住强哥双肩，又亲又蹭，好不放肆，令在座众人愕然尴尬嫉妒吃醋猜测，由此产生一句玩笑，说想儿和强哥前世有缘不曾成为眷属，想儿来世托生成狗与强哥厮磨相守。

强哥要复员了。这倒不是因为他失宠，也不是因为他爹三天两头来信催他回家结婚延续香火，而是首长指挥的千军万马被大裁军的洪流席卷，部队番号成为历史，戎马一生的首长也退居二线，在宣纸上成瓶地泼墨打发日子。强哥再想超期服役做职业军人，恐怕只有立刻爆发第三次世界大战才有可能。当然，强哥最难以割舍的是想儿，想儿最牵肠挂肚的是强哥。但毕竟是无可奈何花落去，即使首长也无这回天之力。复员那天，首长亲自牵着想儿到火车站为强哥送行。列车徐徐开动，车上车下人儿无不动情，难舍难分，只有想儿不动声色，一副沉思状。

强哥回到平坨寺，洞房花烛之夜，二位新人正做好事，忽听有轻微敲门声。强嫂认为是闹洞房的人在捣蛋，忙将强哥推下身去，一手搂着强哥的脖子，一手抚慰强哥那受到惊吓的裆把儿。

敲门声消失了，强嫂长出了一口气，扳过强哥压在身上，刚觉得有点儿舒服，门又被敲响。强嫂火了，骂道："谁那么缺德呀？回家给你爹你妈捣乱去！"骂过，敲门声并未停止，反倒越来越响。强嫂正要大发雷霆，强哥突然说："我知道是谁了。"说着一个跨步翻身下马，提上裤子拉亮灯，打开房门，只见想儿趴卧在台阶上，强哥顿时热泪盈眶喉咙哽咽。待抱想儿进屋来，发现想儿由于沿着铁路线长途跋涉，四只脚掌均被路基上的石子磨烂，鲜血淋漓。强哥急忙为想儿清洗上药包扎，把新婚宴尔的强嫂丢在一旁，直到强嫂蒙被呜呜地哭了，强哥这才意识到想儿确实有些喧宾夺主，至少是在今晚。

待想儿脚上的伤养好，强哥牵上想儿搭乘运西瓜的卡车来到京城，将想儿送还首长。首长的贵孙正为想儿的出走哭天抹泪，答应给摘月亮都不要。见到想儿返回故里，一家老少皆大欢喜，大嘴小嘴咧成瓢儿，免不了款待强哥一番。饭后聊天，首长得知强哥复员仍在家侍弄二亩三分责任田，当即拨通平坨寺所属那个县的县委书记家的电话，指示当年的勤务兵，要给予强哥特殊照顾。强哥在一旁听到话筒里传来书记连连说是的声音，眼前出现了小鸡啄米的镜头。

不久，强哥大步走进县城新落成的宾馆重操旧业，拿手菜仍是扣肉红烧肉贴玉米面饽饽熬小鱼，并以此做资本，第二年就被提升为副厨师长（副股级）。这对新婚之夜就遭冷落的强嫂来说，总算有了一点点安慰。

县城距平坨寺虽说有三十里地之遥，但强哥从不住在单位，每天往返骑车上下班，似乎是弥补那晚对强嫂的欠缺。可是，却只有耕耘，不见收获，种子没少撒，底肥没少施，连生根发芽都不肯，更甭说给夫妻俩长出一株生机勃勃的幼苗了。转眼过了结婚两周年，强嫂肚子仍瘪瘪的，屁股仍尖尖的，胸脯仍平平的。她极为羡慕村里那些开花就坐果，大腹便便走路前腆后撅，不像鸭子也似企鹅的孕妇。

强哥和强嫂到县医院检查，经治疗不孕症的专家诊断，夫妻俩都没有毛病。说强哥的精子成活率达百分之九十以上，每次射精有成千上万个精子，只要有一个能顶事就足够了。说强嫂的卵子排放也很正常，甚至可以纳入那种一胞双胎或多胎令计划生育委员会有口难言之例。可到底为何总是放空枪，专家也一脸困惑。于是，中药西药加偏方一起吃，夫妻俩每天把这当作最重要的任务来完成。强哥提升为副厨师长后，虽说有了一张歇息的床，但他每日下班仍赶回家中，唯恐错过一线希望。

一天，强哥下班归来，在村口见三五条公狗对一条母狗围追堵截，妄图轮流施暴。强哥观了一阵才看明白，原来那母狗将尾巴紧紧夹在两条后腿之间，如同竖起一面坚不可摧的挡箭牌，任凭公狗们龇牙咧嘴又掐又咬百般蹂躏，宁死不肯就范。强哥忽然发觉那母狗的面相有些眼熟，定睛看了，尾巴尖儿是白的。这会不会是想儿？可怎又会是想儿呢？

强哥试探地叫了一声："想儿！"

那母狗猛一激灵，摆脱纠缠，奔到强哥身边，泪水横流，像受了莫大委屈的孩子。

想儿！我的想儿！强哥心如刀绞，百感交集。

这时，那几条公狗贼心不死，朝强哥和想儿围拢过来，嘴里虎一样地唬着。

狼怕竹竿，狗怕猫腰。强哥躬身做了一个捡石头的动作，那几条公狗反身夹着尾巴逃跑了。

强哥带想儿回家喜欢了几日，不忍心将首长的爱犬窃为己有，便再次进京送还想儿。他按响首长家的后门门铃，半天不见动静，又连续按了几次，仍没有反应。他望望架在高墙上的铁蒺藜网，正在想用什么办法进去，后门吱呀一声开了，门缝里露出一张陌生女人的瓦刀脸。

"按什么按？你找谁呀？你哪儿的？有什么事走前门！"

"哎，大姐，等会儿再关，我是找首长的。"

"首长？几号首长？叫什么？"

强哥道出首长的名字。

瓦刀脸愣神想了想，恍然大悟："啊，是那老家伙呀！死了，死了都一年了！要找上八宝山吧。"

强哥顾不上悲痛，还得满脸堆笑："那……那首长的家人呢？"

"搬了。"

"搬哪儿去了？"

"不知道。"

"谢谢大姐，您能告诉我吗？我原来是首长的厨师。"

"走吧走吧，烦人劲儿！"

后门不可抗拒地关上了。

日后，强哥看那叫什么女人和狗的电视连续剧，每听到主题歌"透心凉"一句时，便不由得想起在原首长家后门的那种感受。

无奈，强哥只好将想儿带回家。因为他十分清楚，首长一不健在，偌大的宅子都这么快地易了主，在京城养狗的特权肯定也毫无疑问地被剥夺了。

强嫂对强哥收养想儿很是不满。她永远不能忘记新婚之夜是不识时务的想儿搅了他们夫妇的好事，没准儿正是那晚二人受了惊吓，才落得光开谎花不结果的。不仅如此，强嫂发现自从想儿来到这个家，强哥至少把他三分之一的感情给了想儿，甚至觉得强哥每日不知疲倦地回家来和她交媾已不是唯一的目的。特别是看到强哥一进家门，想儿就抢先迎上去扒着强哥的双肩又亲又蹭，和到了晚上相互拥抱满炕打滚的情景，强嫂简直肺都气炸了。

终于有一天，夫妻二人为想儿的第三者插足大吵一顿，强哥把强嫂打得鼻青脸肿，强嫂把强哥抓得满脸花瓜。结果，强哥一气之下，卷起铺盖，牵着想儿，住进宾馆不回家了。强嫂哭天抹泪大闹三天，最终熬不过，加之担心宾馆里涂脂抹粉如花似玉的女服务员把强哥的魂勾了去，只好服下软来，求娘家老舅把强哥当然还有想儿请回家中。不过，强哥提出三个条件：一是强嫂不能虐待想儿；二是不许强嫂为想儿争风吃醋；三是要一门心思过日子，夫妻二人一如既往就地挖坑深打井。强嫂点头称是，心中却另有打算：强哥仅是晚上才归家，整个白天无论怎么整想儿那个畜生，只要不见红伤，想儿就是再伶俐也不会向它的主子喊冤叫屈。

想儿知道强嫂憎恨它，只好忍气吞声度日，夹着尾巴做狗，不给吃就不吃，不给喝就不喝，反正每天傍晚强哥总是给它带回一些猪骨头炖鱼头，有时还是仅被人享受去一半的酱猪肘子。想儿每日足不出户，趴在窝中静养，绝不同粥盆家的粥盆那样不断更换配偶，甚至对那天地合欢之事深感厌倦，仅对强哥一往情深。

村民委员会主任和英勇的打狗队员们进发的第三站是强哥家。

强嫂参观完对草上飞的升天仪式之后，早早回家沏了上等茶叶恭候着，见村民委员会主任等人一到，欢天喜地迎进屋里，点烟倒水好不热情。

"咋着强嫂，那想儿，杀不？"

"杀，早该杀，我就盼着这一天呢！"

"杀了想儿，强哥能答应？"

"他进京传手艺去了，等他回来呀，狗肉都变成屎上地里了。"

"强嫂，你看咋个杀法？"

"我看跟姚广家草上飞那样就不赖。"

"不好不好，总一个杀法多不过瘾。"

"那，大主任，你看咋杀好？"

"棒打灌水都用过了，活埋还得留着给那条癞皮狗美丽使呢。今儿你说吧，你说咋杀就咋杀。"

"依我看呀，想儿这害人精，千刀万剐了它也不解恨。"

"你说千刀万剐？"

"对，千刀万剐！"

"高，这招儿就是高！大伙儿听见没有？今儿好好给强嫂出出气，赶明儿好给强哥生个大胖小子。"

"对，这二年全是这个叫想儿的骚娘儿们妨害的我。"

想儿只有一点遗憾，临终也未能见上强哥一面。一片尼龙丝网将它紧紧兜起，嘴里支上玉米核儿，动不得，叫不得，呻吟的权利也给剥夺了。村民委员会主任和打狗队员一人拿着一把剃头刀，削面似的削那从网眼凸出来的皮肉。

强嫂把紫铜火锅的水烧得滚开，又撬开一瓶二锅头酒。

人们将削下来的新鲜得还在哆嗦颤抖的片片想儿的肉放锅里涮了，送进嘴里，禁不住连连夸奖，老处女这肉的味道不一样就是不一样。

一周之后，待强哥从京城传手艺归来时，想儿的肉真已变成人屎被上到责任田里去了。强哥得知，顿时昏厥。等醒来，人半疯半痴，一口一个想儿地叫，还将想儿的残骨殓起，埋在村西的小山下，又竖起一块木牌，上写：想儿之墓。

这次，强哥对强嫂没骂没打没闹，连铺盖也没要，住进宾馆再不肯回家。不久，便传来强哥以贴玉米面饽饽熬小鱼为诱饵，将一个女服务员的肚子搞大，在医院做人工流产时败露的消息。

强嫂也终于如愿以偿，骄傲地大腹便便起来。不过，很难说这是不是强哥的劳动成果。因为强哥掰着手指仔细算过，播种的具体

90

日期该是他进京传艺的第三天，而这天正是想儿的祭日。强嫂分娩那天，因大出血夭亡，而新出生的浑身长有茸毛的女婴却顽强地活了下来。有老者说，这是想儿再次托生，并向强嫂报了一箭之仇。

这又是属于后话了，只好改日再做追述。

美丽应该说是平圪寺曾经最美丽最高傲，而现今又最可怜最下贱最令人憎恶的一条狗，一条被主人遗弃的癞皮狗。

美丽属粥盆家的粥盆的第五代玄孙。

今日发生的这一场对狗的杀戮，都是因为美丽引起的，或者说是它点燃的导火索。

当年，美丽名不虚传，确实美丽，可谓仪表堂堂，人模狗样。每到狗的发情季节，美丽无须跑细了腿去四处流浪寻花问柳，村里那些自命不凡却又耐不住寂寞的公主们会不请自到主动送上门来，足够美丽受用的了。即便如此，还得要看我们美丽是否相得上或有无兴致。

诚然，仅仅相貌美丽是不可能使美丽在庙小妖风大、坑浅王八多的平圪寺这样高傲的，其中很重要的原因无疑与乳名唤作狗剩儿的主人的权势和地位有关。

美丽的主人在电力局工作，起初是给局长开车，后来在局办派车，再后来成了局里少数几个坐车的之一。何以青云直上？家乡平圪寺的父老乡亲一言以蔽之：还不是狗剩儿那小子靠舔当官儿的屁股沟子爬上去的。虽说有丑事瞒不过乡亲，但平圪寺人的这句话有些过时，至少是以偏概全。

随着主人狗剩儿一步步登上副局长的宝座，来家里问寒问暖关心疾苦的客人也涨潮似的涌来。不过，不要用那种世俗的传统观念来看待我们的狗剩儿副局长。狗剩儿副局长拒腐蚀永不沾，堪称廉政的楷模。他不仅自己从来不收受部下和用电单位的任何礼物，还给老婆孩子定下同样规矩。可他大智若愚，忽略了一点，没说美丽不许接收贿赂。于是，终于有一天，精明的经理厂长推销员们发现了这个秘密，便常来探望美丽。因为不管廉政到什么程度，总也不会将一条狗送进人民法庭给予审判吧。至于借美丽的一点儿光沾沾，那也是无可非议，不必大惊小怪。综上所述，美丽借仗人势惯以相应的一副高傲之态，也就事出有因，顺理成章了。

可惜，美丽好景不长。主人狗剩儿荣升副局长不足半年，举家迁至电力局在县城建造的家属宿舍楼一步登天，老婆孩子的户口也按明文规定"农转非"合理合法，一跃成为吃商品粮的高等公民名正言顺。同样，县城明文规定不许饲养家犬，违反不得。所以，在狗剩儿副局长全家乔迁的那天，美丽就被主人无可奈何地遗弃了。显而易见，不能因为一条狗耽误了我们狗剩儿副局长的无限前程。

这一点，经理厂长推销员们不必多虑，狗剩儿副局长虽说不养狗了，却又新添了养猫的爱好，且不违反有关规定，而猫与狗的食物结构都属杂食类，也就是说荤素均可，这在《辞海》动物分册中说得再清楚不过了。主人搬走以后，再无任何一位经理厂长推销员来看望美丽。那些多情的母狗们不再争先恐后地光顾，甚至见了面连个好脸儿也不给它。美丽的身价一落千丈，高傲下去只有挨饿等死。黑漆大门被主人派遣的一位铁将军牢牢把守，美丽不能像以往那样堂而皇之大摇大摆地出出进进了，只好屈尊去钻那红砖墙下当初本就是为它设计的狗洞。

美丽开始了变着法儿讨人喜欢仅为讨口饭吃的卖艺生涯。

比如，在富翁姚广面前，摇头摆尾演出一副憨态可掬的样子，只要见姚广有所搭讪，它就扭扭捏捏地钻入其裤裆下羞羞答答地蹭来蹭去好不温柔。这样，或许得到一块口香糖；或许得到一只啃了一半的酱鸡爪子；或许得到一个鄙视的微笑；或许呢，得到一个消化不良奇臭无比的蔫儿屁。

再比如，在粥盆大人面前，装出一副毕恭毕敬专心致志的样子，听他口若悬河车轱辘话来回说那灌辣椒水坐老虎凳中了一半美人计的英雄业绩，甚至冒天下大不韪与它祖奶奶粥盆家的粥盆有名无实地勾搭一阵，以满足躲在幕后的他的眼瘾。这样，或许得到一截已经把髓油都吮吸干净的大骨头棒子；或许得到半个硬得敢同铁錾子相媲美的窝窝头；或许瞄准粥盆的手势飞身跃起一口衔住，得到的却是一个形似蛋糕而不便食用的驴粪蛋蛋；或许呢，什么也得不到，反而被一脚踢个趔趄，愤愤不平也得强作欢笑。

如此这般，美丽无论是相貌还是心灵都给平坨寺人留下不美的形象。以后，再使什么花活也难以讨人喜欢，从而也就讨不着一口吃的东西了。

美丽讨不着就偷。偷猪食，偷鸡料，偷猪崽，偷鸡雏，偷肉铺的猪下水，偷供销社的鸡蛋糕，偷装进竹篮里吊在房檐下的腊肉，偷切成瓣晾在屋顶上的白薯干儿，无所不偷，且屡屡得手。

后来，平坨寺人吃一堑长一智，亡羊补牢未晚，不分昼夜加倍提防窃贼，美丽的不光彩行为便暴露在光天化日之下。那么不难想象，美丽不是被一棍子赶走，就是连狗剩儿副局长全家所有女性都稍带上被骂个淋漓尽致。于是，美丽成了人人喊打的过街老鼠，对它事事小心处处设防。偷，对美丽来说，可真越来越艰难了。

有一天夜里，美丽翻墙踏进孙寡妇家，不承想中了孙寡妇为了防备淫棍性骚扰而埋伏下的大铁夹子，将它一条后腿打成骨折。好在孙寡妇对它宽宏大量，不仅特赦放它一马，还为它露着白茬儿骨头的伤口涂抹了一整瓶红药水，缠绕了一大卷白纱布，并将它安顿在空猪圈的干草上，又端来半盆稠米汤放至它眼前。这使美丽大大地感动，暗暗发誓，日后就是为孙寡妇上刀山下火海也在所不辞。

于是，当它伤口愈合，孙寡妇五岁的儿子拉完屎，高高地撅着秃腚喊着妈妈给我擦屁股的时候，孙寡妇说了一句："美丽，把孩子的屁股舔干净，然后把屎吃了吧！"美丽没有一点儿含糊和犹豫，离老远就伸出亮亮的舌头，接圣旨般地屁颠儿屁颠儿地凑上前，对准那完全是由皱褶组成的如一朵盛开的山菊花似的肌肉上残留的黄黄物质，津津乐道大舔特舔起来。舔得五岁的儿子乐不可支，连连大叫"妈妈真舒服"。孙寡妇长年累月阴着的脸，终于雨过天晴漾出笑意，眼神里迸发出一缕不易被人察觉的希望之光。美丽圆满地完成了舔屁股的光荣任务，又对地上那一座金黄色的宝塔山开练，咀嚼声，吧唧声，声声入耳，品尝山珍海味恐怕也不过如此。

这以后，美丽专门干起为孩子们添屁股和为其家长收拾残局的勾当，并以此作为谋生的职业。慢慢地，平坨寺人待它有了好感，不再视它为"三只手"患者，偶尔还针对自家技不如它的狗有贬有褒地感叹一句："您瞧人家美丽舔屁股舔得多地道！"当然，美丽舔得最多最认真最负责任的，还是孙寡妇的儿子。一来二去，美丽成了孙寡妇家的常客，孙寡妇成了美丽实际上的新主人，那座空猪圈成了美丽栖身的别墅。

不过，美丽有时也钻狗洞回老家巡视一番重温旧梦。一天，美丽正在老家墙荫下卧地小憩，忽听由远而近传来汽车响，随着一声宰猪叫似的刹车，汽车停在门前。接着，听见有人下了车；接着，听见有人在哗啦哗啦拨弄门上的锈锁；接着，门开了，狗剩儿副局长走进来。美丽又惊又喜，欢蹦乱跳迎上前。多日不见，狗剩儿副局长满面红光春风得意。他这肯定是念昔日的旧情，专程来接美丽进城做特殊公民的。但美丽想错了，狗剩儿副局长只象征性地朝它点点头，便忙着向尾随而来的房客介绍这一溜五间北房的营造日期建筑用料使用面积，走的时候也丝毫没有将它带上的意思，美丽得到的只是汽车发动时放出的一串黑屁。

从此，美丽不再有任何奢望，死心塌地做着成人之美的事业。一日，孙寡妇的儿子诚恳地说："妈妈，让美丽也给你舔舔屁股吧，比用纸擦滋润多了。"孙寡妇脸儿一红："再瞎说，让美丽把你小鸡鸡咬去。"美丽何尝不想为恩重如山的新女主人效劳，只是不敢造次。不过，机会终于来啦。次日晚，孙寡妇去茅厕大便忘了带手纸。美丽心领神会，用它那表面长有无数毛刺儿，具有去痛解痒增添快感作用的舌头，为新女主人解决了当务之急。其实，这只是举手之劳，完全不必客套。可新女主人却万分感激甚至声泪俱下，抱住美丽的头亲来亲去好一阵子，嘴里还不停地喃喃道："我的乖乖，我的好乖乖！"

该着美丽倒霉，好日子没过多久，美丽患了舔屁股的职业病，染上蛔虫。这不用说，肯定是人食用了带虫卵的猪肉，然后又通过美丽的舌头与人们肛门的频繁接触传给它的。

平坨寺人包括孙寡妇母子俩在内，谁也没有胆量再敢享受美丽的特殊服务了。举目无亲，饥寒交迫，缺医少药，美丽的病情一天天恶化。腹中囤积的蛔虫搞得它狼狈不堪，肚子像母狗怀了身孕似的大得出奇，身上长了一块块癣，奇痒难忍，不时抓挠，皮毛随之脱落，黄水流淌不止，成群的绿头苍蝇昼夜跟踪着它。美丽再也不美丽了，沦为一条让人提起就作呕的地地道道的癞皮狗。

美丽成了癞皮狗，谁想欺负谁欺负，不管怎么欺负，谁也不会为它伸张正义鸣冤叫屈。就在前几天，一群孩子围住美丽，使尽浑身解数对它进行百般摧残，有的往它身上扬土，有的往它脸上撒尿，有的往它嘴里塞泥巴，有的拿木棍往它肚子上如同擂鼓似的重敲。美丽一忍再忍，忍无可忍，急了，咬了一个孩子的胳膊一口。家长带孩子到乡卫生院治疗，医生听了家长对美丽的描述，认定美丽乃疯狗无疑，当即给那孩子注射了狂犬疫苗，并及时报告给乡政府。乡里近日已连续收到几起有关被狂犬咬伤的案例，于是，乡各个部门联合发出紧急通知，在全乡内打一场灭犬的人民战争。所以说，这场对狗的杀戮都是因为美丽引起的，至少是它点燃的导火索。

村民委员会主任无须和美丽的新老主人商量，要杀要剐完全可以行使自己手中的权力。况且，没人要它的肉解馋，没人要它的皮做褥子，也没人要它的鞭当补药。所以，结果美丽的方案早就像村民委员会主任告知强嫂的那样：活埋！

一个桶状的深坑挖好了，打狗队员们将恶贯满盈的美丽扔进去，扬起铁锹就埋。美丽死不甘心，挣扎着往上蹿，但终究抵不过刚刚吃完想儿肉正浑身是劲的打狗队员们的轮番进攻，它只勉强地将脑袋露出地面，身子却被埋在地下，看去就像平地长出一个倭瓜。最后美丽用它那一双卫生球似的眼睛瞥了这个世界一眼，便永远地安息了。

平坨寺其他百余条狗也都被村民委员会主任带领的打狗队用与草上飞、粥盆、想儿和美丽大同小异的方法处以极刑。只有个别的狗幸免于难，沦为丧家之犬。从此，平坨寺只闻鸡鸣，听不到狗吠了。不过，偶尔也有野狗或傍晚或黎明，站在平坨寺村西的小山包上，对着天上那一弯月牙长吠几声，使人们不会忘记或重新想起，不久前曾发生过的一场对狗的杀戮。

黑凤冠

一

"起来，儿子起来，上学晚了，快起来穿衣服！"

妻急促的呼唤撬开连枢沉重的眼皮，圆形的顶灯，雪白的墙壁，翠竹的窗帘，乳胶漆的气味，一时间竟辨认不出这是在哪里。好在大脑仅仅混沌了一两秒钟，潜在意识提醒说，这是家，这是昨天才搬来的一间十三米八的新家。这比原来孩子姥姥家地震棚的那个家大出六米四呢！

"怪不得这间房，我们单位分谁谁也不愿意要呢，我这回可算明白了。"妻扯起睡眼惺忪的儿子，一边给他忙不迭地穿衣服，一边受了莫大委屈地嘟哝，"也不知是谁家的闹钟，一宿铃铃铃地响了好几次，害得我刚要睡着就被吵醒，刚要睡着就被吵醒，真烦死人了！"

闹钟？一宿响了好几次？我怎么一次也没听见？

连枢翻了一个身，每个骨节像是锈住，每块肌肉像是坏死，酸痛和肿胀使他肯定咧了不止一下嘴。想当年，插队时，十七岁的连枢扛起二百斤重的麻包，跑梯子上粮囤，脸不红气不喘。如今粉刷粉刷房屋，搬搬并没有多少家具的家，居然就累成这般德行？居然就倒下一觉睡到大天亮？邻居的闹钟夜里无端地响了数次竟全然不知？

"对不起，没时间了，委屈你把尿盆给倒了吧。"妻以温柔的语气吩咐给连枢一个说什么也不能算是光彩的任务，便拉着儿子匆匆出了屋门。家新搬来，连枢没来得及给儿子转学，妻还得骑车带孩子冒着随时被警察罚款的危险回姥姥家附近的府右街小学上学。

说来不知连枢是否惭愧，一个跑了十多年新闻的党报记者，一名北京作协的合同制作家，在广厦千万间的京城里竟没有能耐搞到一间归于自己名下的房子。

给妻当家属，连枢倒尿盆活该！

二

紧急刹车！依然唯恐违章，连枢连连倒退几步，眼睛透过近视镜片努力搜寻着没门的破门框，却不见有什么"女厕"的禁令标志。可里面的的确确有一个老妪，将手里的印花尿盆倾斜成恰如其分的角度，一股浑黄的液体冲破飞舞着的尘埃，涓涓地注入一截粗大水泥管子的便池里。这情景，在从天窗照射进来的一束探照灯般的明媚阳光下，连枢看得十分逼真，不容置疑。

连枢端着尿盆，进退两难。前院明明有女厕所，这老妪不去那里，跑到这里来干什么？也许仅仅是为了节省几步路？这对一个上了年纪的人倒是非常实际。连枢不大不小地干咳一声。老妪并没有回头看，但她肯定听到了那一声警示，迅速将剩余的液体一股脑儿地倒进便池，拎着尿盆走出来。

一时间，连枢很尴尬。打招呼吧，见面的场合不大对，假如看到你的顶头上司正在目中无人地对准器皿专注地小便，你能问他"您好"或"您吃了"吗？更别说又有性别的差异；不打招呼吧，似乎也不妥，老妪的年龄，绝对在连枢过世的母亲和健在的岳母之上，尊老爱幼的美德起码至今在他身上还顽固地存在。况且作为家属，昨天才搬到这西城区砖塔胡同七十七号院子里来，不具备鄙视任何人的资本。好在老妪没有一丁点儿要和连枢说话的意思，神情坦然地迎面而来。紧接着的问题是狭路相逢。左边是前院的后山墙，右边是邻居家的南房山，一步之宽的通道，两军对峙的局面。连枢侧过身，后背贴山墙，让闯到男厕倒尿盆的老妪走过去。老妪生得瘦小，不，连枢忽然觉得应该用"袖珍"这个词形容她的身材似乎更准确。一九六〇年的棒子核、白薯秧、柳树叶、洋槐花、榆树钱和苦苦菜、猪毛衣、车轱辘菜等等无数种野菜造就的连枢这个三等残废，在老妪经过面前的瞬间，忽然难得地体验到了高大伟岸的感觉，并居高临下地发现老妪生有老年斑的头顶上，玄妙地栽着十几根三四寸长的灰白毛发，而且稀奇古怪地分布在四面八方。

连枢走进厕所，完成着妻子出门前交给的任务。第六感觉敏感地提示：一双目光射过来。

果不其然，狭窄通道的拐角处，有半个探出的头一闪不见了。连枢无声地笑笑，笑她袖珍老妪有眼不识金镶玉，不把这个新搬来的武大郎当神仙。要知道，连枢的特异功能，似乎比他的文学作品在北京的文学界知名。透视人的五脏六腑，遥视交通肇事案件，预测出游是否凶吉，追视你有无情人……这一切全不在话下。

连枢回到被窝气味十足的房里，专心致志地叠着床上疲倦的被子，却忽然不知触动了哪根神经，下意识地朝玻璃窗外看去，只见袖珍老妪端着一个乳白色的搪瓷盆，夯着一双小脚再次走进男厕。连枢之所以说是搪瓷盆，是因为不敢断定那是尿盆还是痰盂。准备新婚用品时，他就曾在堂堂的西单商场露了一大怯。在搪瓷专柜前，他志忑地向女服务员说买个便盆（没敢直说尿盆），这位大姐却拿一个痰盂放到柜台上，叫他好不茫然，却又羞于启齿。从此，祖籍河北省献县出生在石匣重镇长于密云县城的连枢明白一个事理，敢情住在平房里的北京城里人把痰盂当尿盆。反正都是人体排泄物，不管是痰、是尿、是精液、是白带，只不过出口不同罢了，想来也便释然。

那么，这袖珍老妪二次端进男厕的搪瓷盆，到底是痰盂还是尿盆？直到此后好长时间，连枢听了袖珍老妪的女婿徐老师的叙述才恍然大悟。

三

开水倒进饭盆里，被挤压成牛粪干似的方便面如饥似渴地吸吮着失去的水分，发出吱吱的快感。将其作为早餐，对于从小接受世界上还有三分之二受苦人教育的连枢来说，已经非常知足了。只是有点不明白，这碗方便面与电视画面中放有大团牛肉和蔬菜的广告怎么也扯不到一块儿，莫非要食客也去享受艺术的真实不成？

人各有志。连枢嫌仕途的路太窄人太挤出卖的东西太多，便想到文学的战场上英雄一下子，浑蛋一下子。却不知，这条路上更是人满为患。凭借不惜秃顶和牺牲性欲的刻苦，连枢总算挤占了一个合同制作家的席位。

一年必须印出十五万以上铅字的条款，是降伏合同制作家的紧箍咒。连枢坐在新添置的写字台前，开始写一部现代淘金生活的中篇小说，已经起了一个故弄玄虚的题目——《鸡血红纱巾》，后来发表在《北京文学》一九九一年十二月号上。在"十亿人民九亿商，还有一亿要开张"的这个年代，中国人对中国文学早已失去了热情，如对待负心的情人一样丢弃了。连枢并不想被逼良为娼，却又总想把小说开头写得一鸣惊人。于是经过一番煞费苦心，"不怪婶子家的

104

炕短，只怨大洋驴的腿长"便成了这篇小说的开场白。说来，连枢至今心里竟没有一丝的不安，也不觉对不起京郊平谷县刘家店村的龚氏淘金兄弟。他去那里体验生活，人家好吃好喝将他待为上宾，可为了低得可怜的稿酬和过眼烟云的虚名，他却在小说里狠毒地让那哥儿俩被地下的暗河淹死了，并张冠李戴地把弟媳妇头上的红纱巾系在了哑巴大伯子肚子上。

连枢写作有不少坏毛病，瞻前顾后，不能一气呵成，起不出自认为满意的题目写不下去，又必须先打腹稿，再打草稿。当年，单相思地给爱慕的姑娘写的一生中唯一的一封情书，草稿打了不下八遍。话说回来，若真是半肚子屎半肚子屁，再怎么打腹稿打草稿反复折腾，排泄出来的东西也是臭不可闻，休想在文学史上留什么芳名。不过有一点，夜里不睡，早上不起，整天"坐家"的作家职业特点，给连枢和袖珍老妪结下不解之缘，因此后来才有了这篇《黑凤冠》。

咚咚咚，随着一阵凿击声，一个活物从顶棚上不偏不倚被震落到稿纸上。连枢定睛一看，竟是个大蝎子，毒尾倔强地高高翘起，两排尖爪挠得稿纸沙沙作响。而且肯定是雌性，因为有数只幼子攀附在母亲的背上。心惊胆战的连枢急中生智，折叠起稿纸放到院子里火化，一股青烟载着男女老少的灵魂上了西天。

凿击墙壁的声音不断。连枢跑出院门口察看，见一人蹬着梯子正往胡同口的山墙上钉一块木牌，上面详细记载着砖塔胡同的身世。

砖塔胡同

东起西单北大街，西止太平桥大街，元、明两代属咸

105

宜坊，元万松老人塔在胡同东口南侧，因塔系砖塔，名砖塔胡同，沿至今。

西城区人民政府核准

西城区文化文物局立

连枢早就听说，砖塔胡同享有盛名，是北京六百多条胡同中最古老的之一，至今已有七百多年的历史。别的不提，鲁迅先生曾在这条胡同居住过三个多月，据说《祝福》和《肥皂》两篇著名小说就是在这期间写成的。连枢欲借鲁爷的一点仙气，想把小说做好些算不算是野心？

是否野心暂且不论，要紧的是连枢起了疑心。回到院子，那被火化的老少蝎子们的尸骨不知去向，只有一股小旋风搅起破碎的纸灰在地上团团转……

四

一间住房用木框和玻璃制造的屏风切割成两半，里边半间做卧室，外边半间当会客室兼通道兼餐厅兼书房。连枢撕下一页写完的小说，这声响在夜深人静的时候显得异常夸张，搅得妻翻了一个身，引得床板嘎吱嘎吱响。一种难言的歉疚在连枢心中泛起，但很快就被儿子施放的一个嘹亮的响屁冲淡了。

烟瘾上来，连枢不忍再让这小屋增添毒气的含量，便到院子里吞云吐雾。全院十几家住户都睡了，各家的窗户黑洞洞的，浓重的夜色和厚重的窗帘把所有的秘密隐藏起来。忽然，北房最东头的那间屋子里亮起一束光柱，这显然是手电筒发出的，光柱在屋子里上

106

下乱晃，映得老式的窗户框时隐时现，看去有点狰狞的味道，职业的癖好驱使连枢产生无数种猜想。事后证明，没有一种谜底是对的。这时，不知谁家的座钟不甘寂寞地打起点，一下，又一下，深远，悠长，似乎渗透骨髓。当最后一响不甘愿地消沉下去之后，一阵剧烈的闹钟声便急风暴雨般地吵起来。连枢急切地寻找着声源，东厢房，西厢房，南倒座，最后判断这声源与刚才那手电光出自一个屋子。连枢望着这间与自家厢房毗邻的黑窟，大惑不解。

躺在床上，久久难以入睡，几次想钻进妻的被窝里讨些温存，又不忍心搅了妻的好梦。连枢便微闭双眼，摆平四肢，做着自编的修身养性益智功，让大海上初升太阳的紫气和森林里散发出来的精气通过百会轮番灌顶，将身体的污浊之气从脚下的涌泉排除出去，渐渐地心静如水，身如轻云，虚无缥缈，万念皆空，便感觉救苦救难的观音菩萨站在莲花盘上驾着祥云从东南方向飘然而至，用那不败的仙草向苦难的人间施洒慈善的甘露……突然讨厌的闹钟铃铃铃地破坏了这一切，幻化中的观音菩萨顿时隐去，身旁的妻鲤鱼打挺儿似的翻了一下身，把厚厚的棉被严严实实地蒙在头上。

……一条筷子般长短粗细的金色小蛇爬出砖缝，在被春日的正午阳光晒得温暖的窗台上盘成 G 状，一如既往地接受着每天一次的沐浴。它不知道这家女主人早已发现了它，把个窗台擦拭得一尘不染；它也不知道女主人在窗台下设置了祭台，一日三炷高香，每天更新供品。一只老猫跳上窗台，意外地发现了那金色的小蛇。它乄起周身的皮毛，瞪着蓝色的眼睛匍匐着摸过去。金色的小蛇全然不晓，太阳的光辉将它的胴体照得近似透明。老猫一步步地逼近，似乎已经领略到了戏蛇的乐趣以及佳肴的鲜美。就在这时，女主人一声大喊……

连枢惊醒，一头冷汗。妻使劲地摇着他的肩膀："你听听，这可叫人怎么睡呀？"恼人的闹钟又不知疲倦地响起来，而且比前两次时间都长，声音都大，似乎响彻整个夜空，又从夜空穿透窗户，一直射入人的心脏。不过这时连枢迷迷瞪瞪，还没有从刚才的梦境中完全醒来。这是童年时母亲给他讲的一个故事，时间发生在一九五二年，说那金色的小蛇保佑商贾云集的石匣镇北街刘记布铺的财源滚滚不断，一直到一九五七年公私合营的锣鼓点敲起来才画上句号。还说那金色的小蛇后来托生成人取名叫连枢，在四十二岁的母体里妊娠期长达整整十二个月，来到人世的那天本来晴空万里，却一时间狂风大作，电闪雷鸣。这个梦，连枢每年都要不走样儿地重复做上几次，每次醒来都是一头冷汗。

　　这里面冥冥中难道有什么暗示不成？

五

　　听住在隔壁的砖塔胡同居委会主任袁大妈讲，袖珍老妪的女婿徐老师就在附近的羊肉胡同小学任教。为给儿子转学，连枢拿着一本大美人挂历和一本他新出版的小说集《拥抱爱情》登门拜访。挂历是朋友寄来的，转送他人既不用破费，又显得比烟酒之类的东西高雅；小说集是体现个人价值的资本，教了二十多年小学语文的徐老师见到这本书，想必对新邻居不敢怠慢。在双脚未跨进北房最东头的这个门口之前，夜里乱晃的手电光和一宿数次的闹钟响使连枢的心里多了几分戒备。

　　屋门的玻璃里面绷着窗帘，可能是洗涤后缩水的原因，花布已不能完全胜任遮挡外人目光的使命，左右两边各露出一条寸宽的缝儿。

"徐老师在家吗?"连枢敲了敲门。

一声阴阳怪气的猫叫代替了主人的回答。

连枢迟疑片刻,推开门走进去,一股阴森发霉酸腐的气息迎面袭来。他本能地调动起意念,用一层金光把身体从上到下包裹起来,以防邪气侵入。屋子里不见人,只有一只老黄猫卧在墙角的单人床上,用玻璃球般的双眼阴险地打量着来人。床头柜上放着一只旧式闹钟,两个猫头鹰耳朵似的铜铃铛擦得锃明瓦亮,泛着幽幽的寒光。这想必就是那搅得妻连续几夜难眠的声源了。

既然主人不在家,连枢犹豫着是否退出去。

"把门关上。"话音未落,套间的门帘一挑,袖珍老妪多多着一双小脚走出来,用一种说不清是哀怨还是祈望的目光看了连枢一眼,上前毫不客气地接过挂历和小说集,温柔地说,"洗一洗脸,我去给你把参汤煎上。"

浓重的山西口音和莫名其妙的话语叫连枢丈二和尚摸不着头脑。莫非袖珍老妪误将连枢当成女婿?

"不,您……您搞错了,我是新搬来的邻居。"连枢终究没叫出大妈这字眼,因为他觉得袖珍老妪与大妈的形象相差甚远。况且"袖珍老妪"这一称谓,自从那天在男厕所窄小的通道里难得地体验到高大伟岸感觉的时候就已经形成了。

"你给我乖乖坐好,到我这儿来就要听我的,要不你就走,回她那里去。"袖珍老妪硬是把连枢按坐在老式八仙桌旁的椅子上,转身走出屋子,很快端来一碗黄汤。

连枢瞟了瞟那碗黄汤,水面上汪着几滴油星和一两片烂菜叶子,这哪里是什么参汤,分明是一碗刷锅水。

"来，把参汤喝了，让我给你擦擦镜片。"不容分说，袖珍老妪夺下连枢的近视眼镜，扯过罩在茶具盘子上的绒盖布，认真地擦起来。

连枢掉进云里雾里，茫茫然，惶惶然。

袖珍老妪张嘴往镜片上哈了哈热气，露出了两排掉光牙齿的紫红牙床子，然后继续擦拭着镜片，神态专注，一丝不苟。

过分的异常，反倒使连枢镇静下来。他开启慧眼，倒要透视一番袖珍老妪哪个器官出了毛病。稍一定神，她身体的各个部位便显像出来，而且是彩色的，比 X 光更清晰精确。大脑组织开始萎缩，呈现出老化的特征，一些毛细血管的末梢被凝固的血液栓死；食管的保护膜遭到破坏，像是蜕皮的桦树；心脏有些衰弱，鲜红的液体随着一扩一收缓缓地注入各个粗细不等的血管；肺部有两块黄豆粒大小的钙化点，这说明她曾经患过肺结核；两块对称的肝结构松散，机能还算完好；胃有点下垂；肾一大一小，但没有炎症；肠子外表抽抽得像黄瓜，内壁却光滑顺畅，肯定不会得老年性便秘……再往下，连枢恪守规矩，若不是本人特意要求，绝不透视女人的下身。但这次连枢疏忽了那么一点点，子宫糜烂留下的痂痕很是明显。

忽然觉得一股寒气袭来，连枢赶紧收功，关闭慧眼，寻寒气的方向看去，原来是床上的那只老黄猫正恶狠狠地敌视着他，胸腔里发出一种听来就像从遥远的地方传来的闷雷声。连枢心里一颤，浑身发紧，头上渗出冷汗，梦里的情景浮现在眼前。从这一刻起，直到几年后搬出砖塔胡同七十七号院，连枢对袖珍老妪豢养的这只老黄猫始终有一种隐隐的难以名状的恐惧。

袖珍老妪擦好眼镜，执意亲自给连枢戴上。

就在这时，徐老师推门走进来，大声地喊道："妈！您要干什么呀？"

一看见女婿，袖珍老妪的神情顿时黯淡无光，蔫蔫地离开，走到单人床前坐下，抱过她的老黄猫，背对着连枢，再不敢回身。

谢天谢地，救星驾到。不然，即使是善于联想的合同制作家连枢也想象不出袖珍老妪下一步会做出什么样的荒唐事来。

六

"刘老师在家吗？"

连枢正伏案写他的淘金小说，忽听有人来访，透过玻璃窗看去，见是徐老师，赶紧起身迎接。

徐老师进屋后并没有落座，而是被两个装满图书的书柜所吸引，口里不断感叹："不愧是做学问的呀！"说着打开柜门，正想拿一本书看，却突然被烫着似的缩回手。连枢明白，他一准儿看到摆放在书柜里的贴在如来佛肚子上的那一行"本人藏书恕不外借"的小字。

"没关系的，徐老师您喜欢哪本儿尽管拿。"连枢的慷慨在很大程度上缘于有求人家帮助给儿子转学，同时又不忘找补一句，"看完还回来就是了。"

徐老师不好意思地笑笑，坐到椅子上。

"孩子转学的事我跟校长说了，校长开始不同意，后来不好驳我的面子，要家长掏点儿转学费才肯答应。"

"多少？"

"八百。"

"成。"

连枢咬牙答应下，同时不由得把这八百元转学费与书柜里那八个小字联系起来。事后从校长嘴里了解到，转学费本该是一千五，徐老师脸红脖子粗地讨价还价，甚至以二十多年教龄作资本才为新邻居省下七百块钱，可连枢却把好心当成驴肝肺。不过，从此连枢将忍辱负重、老实得近似迂腐、眼睛被粉笔末污染得总是害了红眼病似的徐老师当作这个院子里的知己，以补偿他此时犯下的罪过。

"那天没吓着你吧？"

"没有，不过多亏您及时赶回来。"

二人都明白，指的是袖珍老妪给连枢端"参汤"和擦眼镜的事情。

"老太太是不是有点儿……"连枢措辞谨慎，没把"神经有毛病"说出口。

"咳，老人嘛，一会儿明白一会儿糊涂，当儿女的不能跟他们一般见识。"徐老师的言外之意，老人不管干出什么事来都要给予理解。可他又情不自禁地叹了一口气，像是有一肚子苦衷："摊上了，你说能怎么办？"

"老太太高寿？"

"实不相瞒，从素珍我们俩结婚那天起，她就说六十五，今儿你要问她多大，还是六十五。"徐老师无奈地笑笑，"反正多大也得养活着，直到送终。"

接着连枢问了一句不识时务的话："搬来这么多天，怎没见您的孩子？"

徐老师的脸腾地红了："到医院检查了许多次，大夫说我们俩都没毛病，可就是……咳，听天由命吧。"

连枢心里说，恐怕只因徐老师夫人素珍过于肥胖。鸡有"鸡肥不下蛋"一说，人是不是也如此？

连枢本还想向徐老师询问袖珍老妪为何每天夜里要让闹钟响好几次，为何每天早上倒两个尿盆（这是连枢搬到砖塔胡同七十七号院之后发现的第一个秘密），但碍于情面，终究没好意思开口。

七

如同久居在火车道旁的人们对火车的鸣叫和车轮在铁轨上摩擦发出的巨大声响置若罔闻，如同与鼾声如雷的丈夫同床共枕安然入梦，一旦没有了鼾声反倒睡不踏实，没过多久，妻就已经完全适应了夜里闹钟的吵闹，不管那闹钟铃铃铃地叫得多响，妻照睡不误。

这可苦了夜里不睡早上不起患有神经衰弱的连枢。

连枢花费不知多少宝贵的睡眠和写作时间终于摸清了闹钟十二点、两点、四点一夜响三次的准确时间。更要命的是，生物钟已经随着闹钟的定时吵闹而定型。午夜的第一次闹钟响之前，连枢一般还在伏案跟他的小说较劲，但不管写得多么投入多么忘情，临到闹钟响前几分钟，脑子便不由自主地呈现一片空白，只有等到闹钟响过之后，思维才能延续下去。两点钟的这次也是如此，但有一点让自信特异功能不凡的连枢也解释不清的是，闹钟一旦响过，他便像完了房事，周身疲软，哈欠连天，倒头就睡。可到了三点五十五分左右，他会准时醒来，即使正做着美梦或不美梦、噩梦或不噩梦，眼睁睁地等待着甚至可以说是祈盼约会的情人那样，一门心思恭候着第三次的闹钟响，然后才能继续进入梦乡。

这一铁的规律有时也被叫春的猫们骚扰而破坏。

不知居住在北京大杂院里的众多居民是否有同感：猫，现今已经成为影响人们睡眠和身心健康的一大公害。反正从骨子里和血液中就对猫深恶痛绝的连枢这么认为并深受其害。每个月总有那么几个晚上，仿佛全砖塔胡同的猫都跑到七十七号院来了，它们跃上房顶，蹿上墙头，爬上树干，甚至钻进住户的顶棚，来一个大聚会大游行大合唱大交配大不要脸地耍流氓——尽管有的主人瞒着它们把从单位计划生育宣传员那里领来的避孕药掺在了它们的食物里，但扼杀的是性命并不是性欲。从此，连枢修正了以往对"叫春"只有春天才叫的误解，明白了敢情这"叫春"是特指性要求的呼唤。

这天夜里，猫们又不请自到，小孩的哭声模仿得惟妙惟肖，一声赛过一声。可当午夜的第一次闹钟一响，猫们立刻变得鸦雀无声，让闹钟声不受任何干扰地响彻夜空。等闹钟响过，猫们便叫唤得更加起劲，以致影响得连枢这篇淘金小说里的男人女人动不动就卖弄风骚，大段大段的荤谜素猜跃然纸上，险些堕落到淫秽文学的地步。这使连枢的愤怒达到了极点。他忍无可忍，拎着大侄子从白沟市场给他非法购买的五连发气枪，悄悄出了屋，悄悄来到院子，悄悄隐蔽在粗大的槐树后面，借着昏黄的月色，将房上一只带头可着嗓子哀号的猫与瞄准星、眼睛这三点连为一线。就在右手的食指将触动扳机的瞬间，一声好像是从地狱里发出的呵斥制止了连枢卑鄙的偷袭行为。

"嘿！你要干什么？"

连枢吓得一激灵，急忙转过身，见北房的前廊子下坐着一个瘦小的身影，怀里抱着一个活物，那活物的两只眼睛像是阴间打开的两扇窗户，发射出蓝蓝的幽光。这幽光使连枢心惊胆寒，两腿发软。连枢断定那是袖珍老妪和她的老黄猫无疑。

从此，不管公猫母猫黑猫白猫们再怎么尽情地叫春，连枢顶多抓起事先备在窗下的鹅卵石子，朝猫们聚会的地方掷上几颗，达到驱散轰走的目的了事，不敢再动用武力解决的念头。因为说不准袖珍老妪抱着老黄猫正躲在哪个旮旯儿警戒呢。

袖珍老妪莫非是这些肆无忌惮的猫们的守护神？

老黄猫莫非有将全胡同的猫招引来的非凡魅力？

不久，说不清怎么搞的，连枢摆弄气枪时竟把右手的食指夹破一块肉，露出白生生的骨头，以致耽误了半个月的写作时间，屁股蛋上还平添了实习女护士注射预防破伤风药物的两个针眼。连枢顿悟：这是众生灵的警告。同时暗自庆幸多亏没用这气枪袭击恼人的猫们，不然气枪会不会把食指整个夹掉或者走火打瞎一只眼睛那也难说。于是连枢把花将近二百元钱买的这支气枪拦腰砍断，枪管砸弯卖了废铁，枪托劈碎做了生炉子的引柴。

公安局的同志如果看到这个，就用不着劳神到连枢家收缴枪支了，免得废汽油或鞋底。

八

连枢儿子如愿以偿转学，分在徐老师教语文兼班主任的那个班，学习成绩大有长进，课堂纪律也能严格遵守，再不用蒙受原来那所学校的老师说他患有多动症的不白之冤。徐老师还亲自向学校做了"家里双职工上班"的伪证，叫他的小邻居兼弟子能够在学校入伙，免除了合同制作家中午为儿子忙厨的辛劳。

连枢和妻商量给徐老师送点儿礼物。当然礼物不能太重，又不能太轻，最好的名义是慰劳徐老师的夫人。住久了，连枢夫妇知道徐老师的夫人素珍是位卖菜的，国营菜店被走街串巷的小贩和雨后春笋般冒出来的集贸市场挤对得半死不活，逼得年过四十的素珍承包了店里的一辆平板三轮车，整天早出晚归，工资和奖金就全包含在那一车菜的利润里了。商量来商量去，连枢夫妇取得一致意见，决定送一块毛涤面料，即使徐老师的素珍夫人再胖也足够她做一件上衣的。

老实讲，连枢当记者的十几年里，曾接受过诸如相册提包名片夹子香烟打火机半导体收音机钢笔西洋参花生核桃栗子山里红蜂蜜盆景台灯罐啤等礼物。这回，轮也该轮到他体验体验给他人送礼的感觉。敢情并不舒服，就跟做贼似的，还有一种明码标价被出卖的滋味。这多亏是给有恩于连枢的教书匠送礼，若是换成给一个七品八品的官儿，绝对更甚。他把布料用报纸伪装起来，又此地无银三百两地放进尼龙绸书包里拎着走出家门。

连枢对北房最东边的这间屋子有点胆怯，倒不是怕袖珍老妪再做出什么稀奇古怪的事来，而是恐惧屋子里那股阴森森的气息和老黄猫那一双阴险的眼睛。受这种心态的影响，连枢的举止变得有些怪异有些滑稽。他没有像上次那样先敲敲门问声家里有人吗，而是真跟做贼似的蔫蔫地溜到门前，透过屋门玻璃那一道未被窗帘遮挡住的缝隙向里窥探，结果让他大吃一惊，目瞪口呆。

袖珍老妪坐在马扎上，一只脚泡在洗脚盆里，一只脚扳到眼前，正拿着一把小学生用来削铅笔的那种竖刀削趾甲。三寸金莲这个词对于连枢并不陌生，但毕竟是平生第一次看见。这哪里还像人世间成年女子的脚啊，它已经完全失去脚的含义，若单单从形状上说是脚，倒还不如说是煮熟的剥去叶子的糯米粽子更贴切。脚面异常地隆起，高度胜过长度，五个脚趾头委屈地蜷在脚掌下面，且变得扁平。为什么小脚女人都用脚后跟夅夅着走路也就不足为怪了，那是为了减轻脚趾的负重。脚趾甲长得也很奇怪，像一粒粒黄豆镶嵌在脚趾上。袖珍老妪龇着紫红的秃牙床子，咧着绣了一圈皱纹的嘴巴，痛苦得近似狰狞。竖刀削平每一粒"黄豆"，血便漾出来，她抓起团棉花一下又一下地蘸，雪白的棉花染成了红色。

躲在门外窥探的连枢被这一情景深深吸引并感染了，以至忘记了使命，忘记了时间，忘记了正在扮演着不光彩的角色，一直呆呆地看着袖珍老妪将十个脚趾甲削完，又用裹脚布一层又一层地缠好双脚并套上袜子，那双袜子比三岁的童袜只小不大。只有瞬间走了神，那是袖珍老妪一丝不苟裹脚的时候，连枢想起了"老太太的裹脚布——又臭又长"这句歇后语。

"袁大妈，下班了?"

"徐老师这个月的街道清洁费又该交了。"

"多少?"

"一人八毛，你们家三口，两块四。"

"怎么又涨了?"

"这年头除了你丈母娘的头发，啥不涨呀?"

"您真会逗闷子，我掏给您就是了。"

连枢迅速撤离到自家门前，一边听着发生在前院的这番谈话，一边等着徐老师走进后院。

"徐老师，给您这个。"连枢刚要把手里的尼龙绸书包递过去，发现袁大妈的身影在连接前院和后院的过道里一闪，便马上改变了主意，"走，进您家里说吧。"

想不到，进家之后，让徐老师在连枢面前非常难堪。屋中央摆着一个敞着盖儿的搪瓷尿盆，那团用来擦血的棉花漂浮在汪汪的血水里，乍一看与使用过的舒而美之类的卫生巾没有什么两样。这不可能不叫两个"过来"的男人浮想联翩。连枢知道，这出恶作剧的总导演肯定是袖珍老妪，可她却不知去向，又不便向徐老师解释，否则会越抹越黑。徐老师尴尬地看了一眼连枢，一声不响地端起尿盆走出屋子。

屋子的空气里弥漫着一股屠宰场的味道。连枢顿时产生无名的恐慌，他迅速调动意念，用金光裹身，但仍觉得有股寒气不可抗拒地袭来。他想到那只老黄猫，可老黄猫这时并不在。他在屋子里搜寻着，目光停留在一张张并排粘贴在墙的挂历上，苦心送给徐老师的挂历成了袖珍老妪床边的墙围子，十二位大美人形成半个包围圈亲密地搂抱着单人床，每个大美人的眼睛上画了一副眼镜，下巴处滋生出胡子，而且是一水儿的稀稀拉拉的山羊胡子。经过这么一整形，大美人变成了大黄猫，肯定还是公的。难怪连枢金光裹身也抵御不住寒气的侵袭呢！

九

住在岳母家地震棚的时候，倒尿盆的事都是妻干，那是她为了在娘家人面前努力维护丈夫的尊严。自从搬到砖塔胡同七十七号院的第一天起，这一光荣任务便责无旁贷地落到连枢的头上。连枢倒也不以为然，反正寒碜惯了一样好看。况且这时候院子里的住户大都铁将军把门，该上班的上班，该上学的上学去了，没有几双眼睛能有幸看到合同制作家的狼狈。对偶尔碰见袖珍老妪闯进男厕所倒尿盆，连枢也不再看作是什么了不起的秘密。

这天，连枢倒完尿盆走出厕所，袖珍老妪突然出现在狭窄的通道里。这使三等残废的连枢又一次有了领略高大伟岸的机会。可就在二人擦肩而过的刹那间，袖珍老妪抬头向连枢灿烂地一笑，从两排秃牙床子中间那孔洞穴里喷发出一股酒气，这酒气浓烈，醇厚，刺激，对酒不喝一口正好、喝一口便醉、患有酒精过敏的连枢，顿时就被熏得晕晕乎乎，听觉视觉嗅觉触觉等等所有的感觉一下子统统消失了，进入一种飘飘然的仙境，并恍惚看见一座残垣断壁的宫殿，在通往宫殿的一道牌楼前奇怪地布满了木制的泥制的陶制的瓷制的铅制的银制的玻璃制的酒坛子酒罐子酒瓶子，一个个长袍马褂的酒鬼西服革履的酒鬼对襟衣抿裆裤的酒鬼喝得酩酊大醉，或站或坐或仰或卧，鬼哭狼嚎地唱着乌七八糟的歌。不知过了多长时间，当连枢慢慢恢复知觉，发现自己和衣而卧在床，屋门四敞大开。想起刚才的情景，他也难以分清这到底是实实在在地发生了，还是连日来写小说过于劳累做的一个白日梦，或是练自编的气功因而走火入魔。

接下来的事情同样令连枢大惑不解。他到院子里提水，当水灌满红塑料桶，去关水龙头时，手突然被人一把攥住，吓得他眼镜险些掉地上。回头一看，见是袖珍老妪，好在她的脸上没有一丝邪恶，可她却紧紧拉着连枢的手，说了一大串近似天书的话。

袖珍老妪说，她娘家的一个黄花闺女叫土匪绑了去，因为赎晚了，被撕了票儿，插在钉有削尖木桩的祖坟上，不是从阴道就是从肛门……

连枢试图抽回手，但被铁钳子一样的手死死卡住。那手干硬，没有弹性，木乃伊一般。

袖珍老妪还说，为逃避日本鬼子的扫荡，她"跑反"跑得累吐了血，棉袄大襟上被三八大盖子弹穿了一个洞，半路看见一个产妇一胎生了六个孩子，搜捕八路军的小鬼子哇啦哇啦伸出大拇指……

连枢被攥住的这只手变得冰凉，凉意迅速传染到全身，他频频颤抖，致使几滴小便遗在内裤里。

袖珍老妪又说，管家老邱夜里溜进她守的空房，要和她睡觉，被她用剪子剪下一个蛋子……说到后来语无伦次，口齿不清，像是哭，像是唱，又像是病重难挨或做爱高潮的呻吟。直到不知谁家的座钟"当——当——"地打起点来，袖珍老妪这才松开连枢的手，没事儿人儿似的爹爹着两只小脚走进屋。

过了好几天，连枢被袖珍老妪攥过的那只右手仍然麻木，热水泡没用，温酒搓没用，火炉上烤也没用。后来他便在似睡非睡似醒非醒的状态里用意念求助大慈大悲的观音菩萨。观音菩萨默念如此这般这般，连枢心领神会，次日正午用一面凹透镜将太阳光聚起来，往手心上一照，一股股黑气顺着手指头尖打着滚儿地冒出来。此后，连枢看见袖珍老妪就躲得远远的，唯恐再被染上什么晦气。

有一天，找了个适当的机会，连枢掐头去尾地向徐老师讲起袖珍老妪，并小心地问这孝顺女婿：您那位一会儿明白一会儿糊涂的丈母娘，是否把我错当成她当年认识的什么人了？徐老师也不得而知，只是说全院十几户住家四五十口子人，别人都没有遇到这种情况，为什么偏偏发生在你身上？连枢又唐突地问了一句：素珍她母亲是不是嗜酒如命？徐老师听了，莫名其妙地盯着这位编小说的邻居看了足足有五秒钟，末了，显然不太高兴地说：这回你可编错了故事，她老人家压根儿就滴酒不沾。于是，连枢把那天的事情权当作一场白日梦。

后来，连枢参加《青年文学》杂志组织的长白山笔会，有幸结识了一位道人。连枢向道人讲述了被袖珍老妪吐出的酒气熏醉了的那个梦和袖珍老妪常把他错当成什么人的经过。道人听了，闭目不语，半晌，忽然问连枢：你家住厢房那老妪住北房？答：对。又问：

院子里有一棵大槐树？答：对。再问：老妪长得非常瘦小？答：对。还问：老妪秃顶并掉光了所有牙齿？答：对。道人又问了一些更具体的情况，全部被他言中，可见其遥视的功夫非凡，连枢自愧弗如。道人告诉连枢，若再发生类似怪异的事情，你一定这么这么这么办，绝不可那么那么那么办。随后千叮咛万嘱咐，不管在什么情况下，都不要将他的名字泄露出来。后来，更荒诞的事情发生了，连枢就按照道人教给的办法一试，果然奏效。这是后话。

后悔的是，连枢忘记向道人请教那一宿三次定时定点的闹钟响到底是怎么一回事了。不然，不会拖到连枢快搬出这所院子才弄清原委。这又是后话。

十

淘金小说接近尾声，连枢伏案做着最后的冲刺。

"沙沙沙……沙沙沙……"屋里响起一种奇怪的声音。

连枢打住笔，侧耳细听，那声音却戛然消失。他集中精力继续写下去，可那"沙沙"声又响起来，他再次停下笔，那声音又停止了。这样反复几次之后，连枢被搅得心神不定，思绪大乱，干脆放下笔静候，想闹明白到底是什么东西在有意跟他捣蛋。过了几分钟，那东西终于耐不住寂寞，又制造出"沙沙"的声响。

这回，连枢寻到了声源，那是由纸糊的顶棚上发出的，同时猜想一定是土鳖。当初收拾这间屋子时，从犄角旯旮打扫出半簸箕这种据说可以入药的甲壳虫。这所前后两套院的宅院，原是一座公主府，除了各家各户在屋檐下接出来的一间间厨房外，正式的房屋足有上百年历史，土鳖大量繁衍纯属正常。不过，影响了写作，这叫

121

连枢无论如何不能容忍。

连枢找来一根竹竿，瞄准微微颤动的顶棚，发狠地一捅，用力过猛，竹竿杵进顶棚里，待抽出来，顶棚纸破了一个鸡蛋大小的洞，却不见有土鳖掉下来。连枢不甘心，搬过板凳站上去，正要看个究竟，突然有一个东西不偏不倚落在镜片上。他吓得一闭眼，脚下踩空，摔到地上，咧着嘴爬起来，却怎么也找不到那个活物，怀疑是否趴在背上，只一想后脊梁骨就嗖嗖冒凉气，便抽风似的全身乱抖。忽听到噗唧一声，抬脚看了，原来是只大黑蝎子，脑袋已被踩烂，长有毒刺的尾巴仍然一翘一翘地寻找着攻击的目标。想起不久前被火化了的那些老少蝎子们的尸骨不翼而飞和那股搅动纸灰团团转的小旋风，连枢心里一阵阵发紧。难道这只大黑蝎子就是专门来报复的吗？为防止再发生意外，他腾出一个装五味子胶囊的药瓶，将这只壮志未酬身先死的家伙装进去，并拧紧盖儿，放到屋外窗台上，等倒垃圾时再一块儿扔了。

心境和情绪被破坏了，连枢过了半天才重新进入创作状态，可又传来猫的号哭。怪了，以往猫叫春都是在夜里，今儿大白天的怎么就闹起来了？而且叫唤得紧一声慢一声，长一声短一声，高一声低一声，搅得人心烦意乱，坐立不安。连枢气得把笔摔在桌子上，几乎是冲出屋子，抓起几个早已备好的石子，闻声搜寻着对象，以发泄埋藏在心中已久的愤怒。但他发现的却是另一幅情景。

袖珍老妪鬼鬼祟祟地躲在自家门口一侧，透过那道窗帘没有遮挡住的玻璃缝儿向屋子里偷看。屋子里，猫们折腾得正欢，一阵阵哀号哭天喊地，一声声锅碗瓢盆破碎的声音不断。

连枢不明白，袖珍老妪为什么把猫反锁在屋子里？这时，随着"呼啦"一声响，一只大白猫像个出膛炮弹冲破玻璃上方的窗户纸蹿将出来，嗖嗖嗖地爬上大槐树，跳上房檐逃走了，身上的累累伤痕斑斑血迹印证了它与老黄猫的撕咬拼杀是多么残酷。

袖珍老妪似乎看见了连枢，急忙拉开门走进屋去。

连枢猜想，这可能是袖珍老妪为她的那只老黄猫导演的一出拉郎配，没错！

错了，又犯了一个错误。路灯亮起来该倒垃圾的时候，连枢发现放在屋外窗台上的那个大黑蝎子连同五味子药瓶都不见了。问妻是不是给扔了，妻说下班回来压根儿就没看见窗台上有什么药瓶。又问儿子，儿子说不要冤枉好人。唯恐妻儿胆子小，受惊吓，连枢也就没再敢吭声，但心里不由增添了几分忐忑。

第二天上午，那个五味子药瓶神出鬼没地又回到了原处，不过是空的，黑蝎子残骸不知去向。难道这世上真的有鬼神存在不成？

十一

家庭小百科全书里说，孕妇馋什么就证明身体里缺少什么营养。妻怀孕的时候害口，今儿说想吃橘子，明儿说想吃哈密瓜，后儿又说想吃烤白薯，花样不断翻新。只有被广东人称作凤爪的酱鸡爪子常吃不腻，好在那会儿这东西还没被自傲的北京人接受，报社小卖部的玻璃橱窗里几乎天天摆出来，花上两毛钱买一盘，连枢就可圆满地尽到为夫的责任。后来儿子出世又慢慢长大上学，不知继承了谁的基因，总爱张牙舞爪，咋咋呼呼。这是否是在母体里过多地吸收了鸡爪子营养的缘故？

这天吃晚饭的时候，连枢看着妻贪婪而香甜地啃着一个又一个酱鸡爪子，真有点怀疑她又在害口了。可这是不可能的。独生子女证书锁在抽屉里，夫妻俩的工资单上每月两块五的独生子女补助照发不误，再说哪里有不怕被开除公职和缴纳几万元罚款的胆量去冒犯国策？

"嘿，是不是有重温旧梦的感觉？"当着九岁儿子的面，连枢把话说得很含蓄。

妻自然明白指的是什么，一边啃着酱鸡爪子一边自豪地说："那是，谁叫咱天生有这道口福儿呢。"

"现在这东西涨到多少钱一斤了？"

"不是你上街买回来的吗，怎么问我？"

"我今儿连院门都没出。"连枢为了证实自己的话，又说，"不信赶明儿你问《北京文学》的兴安，他来取小说稿子，我们一聊聊了大半天。"

妻先是一怔，随后急忙把啃半截的鸡爪子放回盘子里，似乎那上边有什么致命的毒药。"这可就怪了，我一下班就看见这鸡爪子放在厨房里，心里还说，你今儿怎么有空儿上街采购了。"

"想起来了，肯定是兴安拿来的。"连枢既是为了安慰妻，又是为了给这来路不明的鸡爪子找个理由，"要不，谁会给咱白送东西呀。"

妻抓起鸡爪子继续啃起来，看来她对丈夫的话深信不疑。因为兴安每次到家做客或约稿从不空手儿，不是拎上几斤苹果就是买上两瓶可乐什么的，以感谢连枢曾托关系把他美貌的夫人从内蒙古调到北京。

星期天，午睡起来，连枢发现厨房的案板上又有一包酱鸡爪子，包装的塑料袋上还清晰地印有"白塔寺副食商场"等字样，而一家人这天谁也没有出过门。这叫连枢夫妇忧心忡忡，好不生疑，自然不敢贸然食用，原封不动放进冰箱，待查清来源再做处理。同时加了小心，一定要把这暗藏的送礼人揪出来。

兴安很快把编辑部对小说《鸡血红纱巾》的意见带来了，说决定采用，但是要连枢删除几段荤谜素猜，以免被人扣以伤风败俗的帽子。然而他哪里知道，这恰恰是那叫春的猫干扰的后果。问起上次来家是否带了酱鸡爪子，兴安两只眼睛睁得大大的直发愣。正说着，连枢透过玻璃窗发现有个身影从自家的厨房闪出来，便出屋来到厨房，见案板上放有一包东西，打开一看，又是鸡爪子。不容多想，连枢急忙走出厨房。院子里空无一人，只有北房最东边的那扇屋门响了一下。是袖珍老妪吗？她为什么平白无故给邻居送礼，而且每次都是酱鸡爪子？连枢悄悄摸到门前，正要通过那道玻璃缝向里窥看，忽听袖珍老妪说话了，话语里蕴含着只有对亲人倾诉才有的那种语调。

"要进就进来，甭偷偷摸摸的，就是叫别人看见，也没啥寒碜的。再说了，哪次来我亏待你了？不是给你煎参汤，就是备下好酒好菜，还有你爱吃的酱鸡爪子……"

不等袖珍老妪说完，连枢只觉浑身发冷，赶紧蔫蔫地溜回屋中。兴安好生奇怪："你怎么了，脸变得煞白？"连枢不便多说，担心兴安一不留神把事情传出去，成为人们的笑柄，只好敷衍道："一言难尽，一言难尽。"

傍晚，连枢把下班的徐老师堵在院门口，交给他三十元钱。徐老师不知这钱的来路，死活不肯收。连枢只好半吞半吐说了实话，然后又补充一句："这回我可没给您编故事。"徐老师半信半疑的样子，把钱翻来覆去地看，似乎想从那"大团结"上面找到答案。

从此，连枢出来进去都把厨房门和屋门关得严严的，即使在起

125

床后倒尿盆的三两分钟里也要将门上锁，生怕再发生什么不可思议的事情。

十二

透过玻璃窗，连枢见一外地模样的男人走进院子，急忙奔出屋，厉声质问："喂，你是干什么的？"

男人吓了一跳，转过身来，点头哈腰地说："大哥别误会，我来找人。"语调儿里含有一种陕北民歌信天游的哏劲儿。

"找人？"连枢用怀疑的目光上下打量着来人。要知道，近来常有一些不三不四的外地人溜进院子，趁人不备顺手牵羊，大至自行车铁炉子，小到挂在晾衣服绳子上的背心裤衩。昨天妻把一件呢子外套晒在院子里，只因收晚了一会儿就再也不知去向。"你找谁？说上来饶了你，说不上来马上扭送你去派出所。"

"哎，别价呀大哥，你这是干吗呀？"来人一急，蹦出一句地道的北京话，"我找我姐。"

"你姐叫什么？"连枢的语气缓和了一些。

"我姐叫尹素珍。"来人说着掏出一个信封。

连枢接过来看了，信封皱皱巴巴，纸张发黄，字迹模糊，邮票还是"文革"时期的产物，信的落款确确实实写着北京市西城区砖塔胡同七十七号。连枢心想，不定是徐老师的哪门子穷亲戚呢，便也不再较真儿。

不知道什么时候，袖珍老妪走出屋子，站在前廊子下，眯着掉光了眉毛的双眼凝视着来人，那只老黄猫伴随在主人身旁，像个忠于职守的看家狗。"喵——"，一声长长的怪叫，连枢不禁打了一个

126

寒噤。

"大妈，您还认识我吗？"来人拎起地上印有"广阔天地，大有作为"的沉重手提包走过去，"我是顺子呀！"

袖珍老妪看了来人半天，一句话没说，反身回了屋。那个叫顺子的人跟进去，临进屋前没忘了冲连枢点头笑笑，一口黄黄的大板牙暴露无遗。

晚上，徐老师夫妇光临连枢家，并拿来半袋子小米，说是陕北产的，请尝个新鲜。连枢无功受禄，不肯接受。徐老师只好道出实话，说有困难求连枢帮忙。

原来，白天来的那个叫顺子的人是素珍同父异母的弟弟，一九六九年插队到延安，后来分配在当地农机修配厂，娶妻生子，安家立业。现在想调回北京，愁于没有接收单位，来找唯一有血缘关系的姐姐求助。

连枢觉得事非寻常，不敢贸然答应。

素珍苦着脸说："本来我们也不想管，可不看僧面看佛面，谁叫我是他姐呢。"

素珍还说，他们夫妇俩先搬回婆家凑合着住，腾出屋子给顺子，找接收单位这事就全靠连枢多费心了。

连枢没忘徐老师给儿子转学之恩，答应托托熟人试试，并保证只要有百分之一的希望就要做百分之百的努力。"不过，别指望找挣钱又多又清闲的好单位。现在只有环卫、市政、农场这几个系统接收返城知青。"

"只要能办回北京，扫大街淘大粪干什么都成。"徐老师夫妇俩几乎是异口同声。

连枢试探地问："老太太也跟你们一块儿搬走？"

徐老师看了胖胖的夫人一眼，没吭声。

素珍说："不，我妈先由顺子照顾，等赶明儿分了房子再接走。往后万一有什么事，还得麻烦你多关照。"

连枢知道这是客套，便马虎地应下。"素珍大姐，你们姐弟俩来往不多吧?"连枢想到那封信。

素珍有些为难地说："咳，说实话，我们有十好几年没联系了，要不是他想调回来，也不会来找我。"

于是，从素珍的嘴里，连枢又搜集到一份日后用来写小说的素材。素珍的母亲，也就是连枢口中的袖珍老妪，原是山西榆次一财主家的长媳，长子便是素珍的父亲。这位太原师范毕业的长子到北京谋职后，便连续多年不归家，只是偶尔汇些钱来。直到袖珍老妪千里寻到北京城，才知丈夫已又纳了一房小妾。争吵打闹自不必说。后来经人说和，建立了两个家。不过，那长子很少到大婆这里过夜。一九五二年，中华人民共和国第一部大法——《婚姻法》公布以后，不允许再一夫多妻，长子便毫不犹豫地选择了小婆。那个顺子就是小婆所生。"文革"时期，顺子的生身父母煤气中毒双双身亡。后来发现烟筒被人从外面堵死，只因当时的"公检法"被砸烂，无人深究，便不了了之。

不久，连枢利用当记者时的余热给顺子找到了接收单位，而且没有花费一分钱。这叫徐老师感激不尽，硬拉着连枢到白塔寺路口的西来顺饭庄撮了一顿。席间，敢情徐老师也不胜酒力，两小杯二锅头下肚，问什么说什么，不问什么自己也滔滔不绝了。连枢便了解和明晰了袖珍老妪一些古怪之举。比如袖珍老妪天天夜里用手电往徐老师夫妻住的屋子里照，套间屋门的窗帘被剪破好几个窟窿；比如几乎每天早上起床后，袖珍老妪都要抢着叠女儿和女婿的被子并检查一番；比如吃饭的时候，要给老黄猫一席之位，谁对老黄猫有一丝不满，袖珍老妪就不依不饶；比如女儿和女婿的尿盆必须要由袖珍老妪来倒，不然就摔家伙打碗发脾气，整天找碴儿闹不痛快。

徐老师的舌头有些打不过弯来了："小溪他爸……你我都是过来人……你能理解这倒尿盆的真实意图吗？"

连枢一时难以释解，仔细一想，猜到了其中的奥秘，可又羞于启齿，不便说透，只好嗯哈地搪塞过去。

徐老师又说："没办法，我们两口子……谁也不敢使那尿盆，只好……每天倒……倒些剩茶根儿，扔进点儿鼻涕纸什么的……滥竽充数。"

谈论的内容大倒胃口，满桌的佳肴黯然失色。连枢及时换了一个话题，想乘机从这位忍辱负重的女婿嘴里套出更多的秘密。"徐老师，有个问题我始终蒙在鼓里。你们家老太太每天夜里都让闹钟响三次，而且定时定点，一成不变，这到底是怎么回事呀？"

"不知道，真的不……不知道。"徐老师端起酒杯，一饮而尽，"她爱听闹钟闹，就……就叫她闹吧……反正这么多年也习惯了……蒙上被子，什么都……都听不见了。"

连枢不便继续追问，闹钟之谜愈加蒙上神秘色彩。

这天夜里，闹钟又一如既往地响起来，十二点……两点……四点，每次连枢都仿佛看见徐老师头蒙被子睡觉的情景……

袖珍老妪到底耍的什么把戏？

后来，袖珍老妪这一令人费解的怪癖，终于在她又将连枢当成死去的前夫时，由她自己一语道破天机。

第二天，徐老师见到连枢，不好意思地解释说，昨天喝多了，说的话全是一派胡言，千万不要当真。连枢也就佯装糊涂，说一句也没记住。

其实，昨天吃完饭刚一回到家，连枢就把徐老师酒后吐的真言记在素材本上，并写下几句杞人忧天的感慨。倘若自己摊上袖珍老妪这样一位怪癖的老家儿又该如何是好呢？看来徐老师夫妇婚后十余年来一直在默默地忍受，忍受心灵的锈蚀，忍受精神的折磨，忍受欲望的压抑。而且只要袖珍老妪活在世上，他们夫妇就得无休止地忍受下去。忍受是他们的唯一，也是他们所能做到的全部。忍受，忍受，忍受，这要忍受到什么时候才是个头儿啊?!

十三

徐老师夫妇搬走，顺子夫妇搬来大约一周之后的这天夜里，连枢伏案删改着小说，开始还算专心，邻居教训孩子的训斥，电视里播放连续剧"女人不是水呀，男人不是缸"的声响，以及附近地质礼堂卡拉 OK 歌舞厅迪斯科舞曲的噪音都不能形成干扰。可到后来，夜深人静之时，反倒心乱如麻，六神无主，看着自己写过的字，两眼直直地发呆，怎么也进入不了状态。点上支烟，稳定一下情绪，没抽几口，睡在屏风后面的妻便咳嗽起来，儿子也紧跟着响应。连枢不忍毒害妻儿，只好来到院子里当瘾君子。

在这城市的秋夜，竟也难得地听到蛐蛐的鸣叫，只是没有农村里那种一呼百应的合奏，有的仅仅是一两声的哀鸣，听来不免有些凄凉。忽然传来一声猫叫，连枢顿时头皮发紧，身上泛起鸡皮疙瘩。借着明亮的月光寻声看去，徐老师家的前廊子下，袖珍老妪豢养的那只老黄猫向关在铁笼子里的一只大白兔施发淫威。这只大白兔是顺子夫妇返城时带来的，从那一天起，院子里便弥漫了臊气。面对老黄猫的狐假虎威，大白兔置若罔闻，似乎根本不把它放在眼里。老黄猫得寸进尺，爪子扒着铁笼子，喉咙里发出阵阵闷雷般的声响。就在这时，连枢清楚地看见，大白兔转过身，如同狗撒尿似的扬起后腿，喷射出一股白色的液体。老黄猫嗷地惨叫一声逃走了。连枢好不幸灾乐祸，转念一想，都说兔子胆小，可这只大白兔却如此大胆，看来绝非等闲之辈。

抽完一支烟，连枢正要回屋，看见袖珍老妪住的房间里又亮起一束手电光，雪白的光柱忽而向上，忽而向下，忽而照墙壁，忽而照窗户。

顺子两口子能像徐老师夫妇那样忍受袖珍老妪的怪癖吗？即便老实厚道得近乎猥琐的顺子能忍受，那个五大三粗叫环的媳妇能忍受吗？倒尿盆，叠被子，闹钟响……猛然间，连枢明白了自己烦躁不安的缘由，敢情是没有听到闹钟的吵闹。踩灭烟头，疾步走进屋子一看，石英钟的指针已经指到午夜十二点半。

闹钟十二点没响，两点也没响，四点还是没响。

连枢因闹钟定时吵闹而定型的生物钟遭到破坏，在床上辗转反侧，彻夜难眠，心里总觉空空荡荡，没着没落，似乎整个身心都处于一种不甘绝望的祈盼之中。

早上起来，连枢昏昏沉沉，头重脚轻，小说算是修改不下去了。恍惚之中，隐约感觉到闹钟响，侧耳细听，却根本不存在。连续几次之后，连枢拍打着脑袋，嘲笑自己的荒唐，只一夜没听见闹钟吵闹，就变得神经兮兮，萎靡不振，以后可如何是好？

连枢出了屋，走向院子里的自来水管，想用冷水冲一下昏沉的头，却意外有一个惊奇的发现。只见老黄猫蹲在自来水管旁，两只前爪交替地撩着水坑里的水洗脸。这想必是洗刷大白兔喷射的臊尿。

可耻辱却永远洗刷不掉了，因为它每洗一下，爪子便带了许多黄毛下来，脸上显出一块块大小不等的红肉，像是长了秃疮。连枢插队时听乡亲们说过，老母猪一旦遇到狼的威胁，最厉害最狠毒的防御办法就是将口嚼的白沫喷到狼的身上，白沫喷到哪里，哪里的肉就会溃烂。想不到大白兔的浓尿竟也有如此神奇的功能，看来这家伙的道道儿不浅。老黄猫察觉到来人，颓丧地看了连枢一眼，羞答答溜走了，往日眼睛里对这位合同制作家的那种凶狠和阴险荡然无存。而且，直到大白兔被袖珍老妪整死之前，不仅老黄猫，所有的公猫母猫白猫黑猫们，再不敢贸然来叫春。俗话说：卤水点豆腐，一物降一物。莫非大白兔真的有什么叫猫们惧怕的魔法？

冷水一冲，连枢觉得脑子清醒了许多。耳畔却响起一阵噼里扑棱的声音，起初还以为是幻觉，愣神一听，声音确实存在，而声源恰恰来自袖珍老妪住的屋子。这时，又传来"咚"的一声巨响，像是暖瓶爆碎的那种声音。连枢溜到那扇露着两道缝儿的门前，偷偷向屋子里窥视，只见袖珍老妪从床下扯出一个尿盆，举起来向里屋的风门砸去，门上的玻璃稀里哗啦地掉下来，痰盂皮球似的在满是暖瓶胆残骸的地上滚了几滚，钻进老式八仙桌底下。接着，袖珍老妪又抄起八仙桌上的茶盘，正要重复刚才的动作，无意中瞟了屋门一眼，两只眸子顿时大放异彩，立刻放下茶盘，夛夛着一双小脚走过来。连枢吓得急忙逃离门口。但还是晚了，身后传来袖珍老妪哀切的呼喊：

"回来，别走，来了为啥还要走呀？我给你煎好了参汤，温热了酒，还备下你爱吃的酱鸡爪子……"

连枢抱头鼠窜跑进家，插上门闩，拉严窗帘。但无济于事。袖珍老妪显然穷追不舍，来到门前，屋门被她摇晃得咣当咣当响。

"出来吧，素珍她爹，那闹钟没了，今儿后晌黑闹钟不会再吵醒你，我也不再逼你干那事了，一准儿叫你睡个安生觉……啊，她爹，你出来吧。"

连枢躲在屋里，大气儿都不敢出。

毫无疑问，袖珍老妪把这位邻居又错当成她早已死去的前夫。这到底是怎么回事？前后院子各家各户的男人有二三十位，袖珍老妪为什么偏偏对连枢情有独钟？莫非模样长得像？再不就是练自编的气功影响了袖珍老妪的气场，使她丧失理智？或者因为连枢身上有什么异样的东西，袖珍老妪一经看见，便产生幻想？……连枢百思不得其解。

不过，连枢总算解开了萦绕在心中的那个谜团，敢情这一夜三次闹钟响，是为了叫醒男人和她……哦，连枢不敢再往下想了。搬到这所院子以后，他的生物钟已经随着夜里的闹钟定时吵闹而定型——午夜第一次闹钟响之前，他脑子不由自主地呈现出一片空白；听见两点钟的第二次闹钟响之后，他便像完了房事，周身疲软；而为了恭候四点钟这第三次闹钟响，他不管正做着美梦或不美梦、噩梦或不噩梦，都会提前几分钟醒来，仿佛眼睁睁地祈盼约会的情人那样……难道袖珍老妪有什么妖术，无须身体接触，通过空间便能掠走男人的精血？更别说一夜三次。倘若如此，即使再喝什么参汤再吃什么鸡爪子补养，也难免不变成药渣子。这想必是无稽之谈。可袖珍老妪为什么要在前夫与她分居多年甚至命归西天之后，还要一如既往地每天夜里让闹钟吵闹三次？这似乎只能用"精神疗法"解释，或者借用炎黄文化的祖师爷孔圣人以及近代文化运动的先驱鲁先生笔下有关"意淫"的说法来做注脚了。

"妈！妈您这是干什么呀？走，回屋去！"

听见徐老师的大声呵斥，连枢知道救星驾到，不禁松了一口气。不然，袖珍老妪说不定会破门而入，那样后果将不堪设想。

脚步声远去了，连枢这才战战兢兢地打开屋门。

北房里，徐老师这个孝顺女婿正责怪岳母大人："您把东西都给摔碎了，往后还怎么过日子？"

袖珍老妪说："顺子和环把我的闹钟藏起来了，不叫我舒心，我就不叫他们过好日子。"

徐老师说："好了好了，我让他们把闹钟还给您就是了。往后，您可不许再缠着小溪他爸了，人家是记者又是作家，不是您想象的什么人。"

没有听见回答。

当天夜里，闹钟又准时准点地响了三次，顺子夫妇肯定是听从了徐老师的劝说，将那只铜铃铛的老式闹钟交还袖珍老妪。不过，连枢一次也没听见。这倒不是他改变了生物钟，也不是靠气功赢得了睡眠，而是一连吞服了四片安定的结果。

十四

总算修改完《鸡血红纱巾》，下午打电话到编辑部，傍晚兴安就骑辆破二八车取走稿子。连枢目送着这位敬业的编辑渐渐远去，转过身，见顺子站在院子门口的大门道里，初亮起来的路灯把他的脸色映得愈加蜡黄。

连枢本想点个头打声招呼回家去看《新闻联播》，却被顺子叫住了："连枢大哥，占您点儿工夫。"说着递上一支烟，并殷勤地给点燃，"我思来想去，觉得这事只能跟您说说最合适了。"

"有什么事尽管说，只要我能帮上忙……"

"不，不好意思再麻烦您了。我有点儿事……咳，真不知道怎么开口。"

连枢猜想顺子一定有难言之隐，开导说："放心，既然兄弟看得起我，我还能给你到处散去?"

顺子刚要张口说，又立刻用烟卷堵上嘴。连枢回头一看，原来是同院住的居委会主任袁大妈走来。

"顺子，赶明儿见到你姐姐、姐夫，替我跟他们说，九九重阳节送给你们家老太太一个蛋糕，街道办事处今儿到居委会来摸底儿，我把你大妈的名字登记上了。"

"谢谢您，我一定告诉他们。"顺子卑躬屈膝地应着，等袁大妈进了院子，便拉连枢到门口对面架在电线杆上的变压器下，路灯的光亮在这里形成一团阴影。

连枢觉得顺子的举动有点儿过分，什么事至于这样诡秘?

也许阴影起了作用，顺子不再像刚才那样难为情，甚至有些迫不及待地让连枢听他的诉说。

其实，顺子吐露的心事对连枢来说已不是什么新闻。早在徐老师喝醉酒的那天，连枢就探得袖珍老妪每天包揽倒儿女的尿盆，夜里隔着玻璃向在里屋睡觉的夫妇照手电，一宿要让闹钟响上三次之类的机密。但连枢佯装不知，并煞有介事地问："真有这等怪事?"

顺子满腹委屈，一副无可奈何的样子："您说这事可怎么办呀?说不得道不得，哭不得恼不得。我还好凑合，我担心我们那口子环，她闹好几天的气儿了，说当初要知道这样，打死也不办进北京。环的脾气您不知道，刚搬来，碍着面子，不好发作。可老这样下去，我担心她这个炮筒子早晚有一天要爆发，那会把所有事都抖搂出去，

135

要是叫街坊四邻知道了，还不笑话死人呀。"

顺子的担心不是没有道理。从见到环的那天起，连枢就看出这个陕北婆娘不是个善主儿，别看见了面，客客气气，嘴也蛮甜，可笑起来的时候，脸上的肉丝每一道都是横的。连枢不止一次叮嘱妻儿，千万不要招惹环，不然她会翻脸不认人。

"连枢大哥，您经得多，见识广，这事我们到底怎么办才好呀？我真是没咒儿念了。您快给出个主意吧，馊的、嘎的、坏的、损的，什么都行，我一切听您的。"顺子近乎央求。

连枢想起徐老师夫妇对付袖珍老妪的办法，含蓄而又明晰地告诉顺子，不妨把尿盆里倒些剩茶根儿，扔些鼻涕纸，以此滥竽充数。睡觉时蒙上被子，既遮住了手电光，又降低了闹钟的噪音。此外，恐怕没有更好的办法。

顺子听了，哀叹一声："咳，也只有这样了，谁叫我们寄人篱下呢。"

十五

环的炮筒子脾气终于爆发了。

九九重阳节的这天下午，连枢躲在家里正练着自编的修身养性益智功，突然，屋门"咣当"一声被撞开了，环黑虎着脸闯进来，不管三七二十一，拉起连枢就往外走。

连枢赶紧收了功，问发生了什么事。

环说："今儿您无论如何得给我当这个证人，证明到底是我们做儿女的不孝呢，还是老不死的成心欺负人。"

连枢不想介入是非，可无法逃脱这陕北婆娘那铁钳般的手掌，

136

被环死鸡拉活雁似的扯到她家。

"您看看您看看，连枢大哥，这日子还叫我们有法子过吗？"环指着甩在地上屋顶上门把上墙壁上八仙桌上太师椅上的一块又一块白的红的黄的粉的稠状物大发雷霆，随后又拉连枢进了里屋，"您看，连床单上都给抹了一大块，这有多恶心呀。她这个老家儿当得也太缺德了！"

连枢没来得及戴眼镜，一时辨认不清那稠状物是什么东西。仔细一看，像是蛋糕。没错，是蛋糕，屋子里弥漫着一股甜腻腻的味道。

上午，居委会主任袁大妈领着街道办事处的几个干部给袖珍老妪送来一个大蛋糕，纸盒上附有两条红绸子交叉而成的十字，一条红绸子由上至下写着"八十"，一条红绸子从左往右写着"寿辰"。当时，连枢正好拎着空尿盆从厕所走出来，觉得有碍观瞻，又怕败坏了老人节的气氛，便忙将尿盆藏于身后。看到"八十寿辰"这四个字，连枢脑子不由得冒出一道数学题：1991 − 80 = 1911。这就是说，袖珍老妪是中国男人们剪去梳于脑后长辫子的辛亥革命那年出生的，今年整整八十岁，而不是她自己所说的六十五岁。

不便在人家卧室久留，连枢退到外屋。

环跟出来，一再质问："这还让我们活不活了？"似乎这罪过是连枢犯下的。

连枢又能说些什么呢？只好学着徐老师曾讲过的话敷衍道："咳，谁叫你们摊上了呢，老人嘛，脑子糊涂了，咱做晚辈的，就该多忍着点儿。"

"还叫我们两口子咋忍呀？"环急赤白脸地说，"我知道，顺子把什么都告诉您了，让您说，这老不死干的那叫人事吗？猪狗不如！

牲口不如！"

第六感觉提示连枢向院子里瞥了一眼，大门口的门道拐弯处，袖珍老妪的秃脑壳一晃不见了。连枢借故摆脱环，抽身回到家里。环站在前廊子下，冲着囚禁于铁笼子里的大白兔含沙射影地指桑骂槐："老不死的……光吃食狗屁事不干……一天到晚闹膜儿……"抑扬顿挫，此起彼伏，她那副高亢的嗓子和侉侉的声调，要是用来比赛唱信天游之类的陕北民歌肯定能夺得头奖。

环千不该万不该对一个八旬老人如此放肆。但话说回来，袖珍老妪做的也实在可恶。可她为什么要这样？是她清醒时故意搞的恶作剧？还是她糊涂时不受理智支配的结果？最后连枢断定，这是袖珍老妪蓄意采取的报复行为。因为就在环指着床单上的稠状物喋喋不休时，连枢发现里屋屋门窗帘上又绷了一层厚厚的牛皮纸，手电光休想再照射进去；再有就是对不久前顺子夫妇藏匿闹钟的不满。

事后证明连枢的分析是对的，袖珍老妪的报复心确实很重。没过几天，铁笼子里的大白兔就遭到灭顶之灾。这叫连枢展开无边的遐想，当年只要素珍爹到袖珍老妪这里来过夜，她便让闹钟一宿响上三次，以掠夺经营的办法来榨取丈夫的精髓，这是否也是一种报复方式呢？

这天午后，邻居几乎家家户户都上了锁，院子里一片寂静。连枢伏案看着一本叫《易经入门》的书，忽听传来一阵阵噼里扑通的声响，起身透过玻璃窗户向院子看去，只见北房的前廊子下，袖珍老妪从铁笼子里扯出大白兔，用曾附在蛋糕盒子上那写有"八十"和"寿辰"的两条红绸子分别捆起大白兔的前腿和后腿。强烈的阳光照在大白兔身上，映衬出耀眼的银白。她这是要干什么？连枢很想看个究竟，于是躲在窗户后面，注视着即将发生的一切。

这时，袖珍老妪进屋抱出老黄猫，放在四脚朝天的大白兔旁边，比比画画地怂恿着老黄猫向大白兔发起进攻。可老黄猫一朝遭蛇咬，十年怕井绳，显得没有一点儿斗志，把一块块掉了毛的脸埋得低低的，不断退缩。袖珍老妪嘴里含混不清地磨叨着什么，又抱起老黄猫将其干脆压在大白兔的身上。老黄猫吓得"喵"地叫了一声跳下来，躲得远远的，不断用前爪子洗脸。袖珍老妪抄起一根竹竿，一下又一下地抽打着地上的囚犯，似乎是在给老黄猫打气壮胆。可老黄猫只是"喵喵"地叫着，始终不敢上前。

竹竿扬落的频率加快了。

大白兔在地上只会一声不吭地挣扎，缄默地承受着皮肉之苦。这是它们这一种类的悲剧所在。它们只是在刚出生还没有睁开眼睛的时候，为了寻找奶头才发出轻微的叽叽声，待一周后睁开眼睛，看见了这个黑暗与光明交替的世界，便沉默不语了。默默地忍受一切痛苦，默默地享受一切幸福。驴会哭，马会啸，牛会哞，猪会哼哼，狗会汪汪，猫会喵喵，母鸡会咯咯，公鸡会打鸣……哪部辞典里有形容兔子的象声词？没有。

竹竿又一次抽下去，不偏不倚命中大白兔的耳朵根上。连枢知道，如同蛇打七寸，这是兔子最致命之处。大白兔激烈地抽搐了一阵，再也不见动弹。袖珍老妪解开红绸子条，把直到断气也没有吭一声的大白兔放回到铁笼子里……

傍晚，顺子下班回到家，发现大白兔死了。死了就死了，死了省得讨人嫌。居委会主任袁大妈曾多次警告说，市政府有规定，城区不许擅自饲养家畜家禽。

死了的大白兔被顺子剥去皮，剁成一块块的，跟猪肉一起炖着吃了。这天，整个院子里都弥漫着阵阵的肉香。顺子还给连枢家端来一碗，口口声声说尝个新鲜。但连枢没敢吃。他永远忘不了那天夜里，大白兔翘起后腿向老黄猫脸上喷射出一股白色液体的那一瞬间。

不久，顺子绷在墙壁上的大白兔的皮阴干了，风儿一吹，哗啦哗啦响。从此，以老黄猫为首的猫们又肆无忌惮地恢复了在砖塔胡同七十七号院子里的大叫春大交配大不要脸地耍流氓……

十六

连枢曾听母亲讲过一个怪诞的故事，说家住在密云县石厘镇北街的时候，邻居有个四五岁的男孩，一到晚上十点多钟就大哭大闹大喊大叫，吵得街坊四邻心烦意乱睡不好觉。母亲怀疑那孩子患了"夜狼嚎"，便来到邻居家看个究竟，推开院门，绕过影壁，就见院子里的月亮地儿上有一只白兔子，后腿站立，前腿挥舞，又蹦又跳，三瓣子嘴巴一张一合。屋里那男孩的身影映在窗户上，动作与白兔子如出一辙。母亲大喝一声："好你个兔崽子！敢跑到这儿祸害人来！"白兔子愣怔了一下，化作一道白光不见了。屋里的男孩顿时停止了哭闹……

想不到，类似的事情又在二十世纪九十年代的砖塔胡同七十七号院子里发生了，而且更扑朔迷离，更难以捉摸，更不可思议。以致后来连枢向妻儿和同事们讲起来，大家就同当年连枢听了母亲的讲述那样半信半疑，甚至还扣以封建迷信的帽子。

事情是这样的。这天晚饭后，妻带儿子到地质礼堂看电影，直到十点多了还没回来。连枢正要出门去接，顺子闯进家来，慌里慌张地说："连枢大哥您快到我们家看看吧，老太太她……她疯了，一个劲儿地说胡话！"

看到袖珍老妪的第一眼，连枢就想起了当年母亲讲述过的白兔子精附体的故事。只见袖珍老妪站在单人床上，手舞足蹈，又唱又喊。更为神奇的是，她平日尖细颤抖的嗓音变成了一副沙哑低沉的男中音，唱的竟是那首著名抗日歌曲"我的家在东北松花江上"。没唱上两句，忽然之乎者也地吟诵起司马迁的名篇《李将军列传》："李将军广者，陇西成纪人也。起先曰李信，秦时为将，逐得燕太子丹者也……"接着又大喊大叫"拿酒来"，伸手一够，便从高高的后窗户的窗台上取下一瓶酒，咕咚灌了一口。连枢清楚地看见，酒瓶子里泡着两个大蝎子。难怪它们从顶棚上掉下来就不翼而飞，敢情是被袖珍老妪偷来泡酒了。

顺子上前欲夺袖珍老妪手里的酒瓶子，却不想，平日手无缚鸡之力的袖珍老妪只轻轻一挥手臂，顺子便一个跟头摔倒在地上。

眼前这位还是袖珍老妪吗？过去的那个袖珍老妪从里到外已经荡然无存。那么她不是袖珍老妪又是谁？

连枢一边将金光裹身以防备邪气附体，一边开启慧眼，运用透视功能对袖珍老妪进行一番诊断，结果令连枢大吃一惊，毛骨悚然。

眼前的袖珍老妪，没有心没有肺没有肝没有胃没有肾没有脾没有肠子没有子宫没有膀胱没有肌肉没有血液没有脑浆没有眼珠没有舌头……人所具备的一切器官她都没有，全身上下不过是一副骷髅！

连枢猛然想起长白山那位道人的告诫，若再遇到怪异的事情，千万不可那么那么那么办，而一定要这么这么这么办。"这么办"，就是打破此时此地的气场，吹喇叭，打锣鼓，放鞭炮，砸锅摔碗，摇动铃铛……只要弄出大的声响，做什么都可以。急中生智，连枢拿起床头柜上的那只老式闹钟，快速地上了几圈弦，闹钟剧烈地响起来。这一招果然奏效！袖珍老妪立刻浑身颤抖，双手捂着耳朵，用沙哑的男人声音大肆地哭喊着："我走我走，别让闹钟响了，给我眼镜，我马上就走，别让闹钟响了！"

眼镜？

连枢似乎明白了，以往袖珍老妪为什么总将自己错当成她死去的前夫，原来，连枢和她前夫有一个共同的特征：鼻梁上都架着一副眼镜。

这时，连枢恍惚地看见从镜片前有道白光一掠而过。他追出门去，昏暗的月光下，绷在墙壁上的那张阴干的大白兔的皮无端地哗啦哗啦响了几声。可并没有一丝风。莫非前夫的鬼魂借大白兔的魂魄附体袖珍老妪？

返回屋子，袖珍老妪已经倒在床上昏昏欲睡。顺子吓得说话都变了音，问到底是怎么回事。连枢也无法回答。这一切确实令人难以置信。

十七

顺子夫妇搬走了。

徐老师夫妇又搬了回来。这位结婚十几年一直盼望要个孩子的教书匠，悄悄地向连枢透露，素珍怀孕了。从此，连枢否定了"人肥不受孕"的谬论。显而易见，多年不孕的直接原因，无疑是夫妇俩在进行房事的时候，担心被手电光照见，总是处于一种战战兢兢状态的结果。

自从那天晚上袖珍老妪犯过魔怔之后，她便病了，卧床不起，整天要女儿女婿伺候，喂吃喂喝，接屎接尿。手电也不照了，尿盆也不倒了，闹钟也不响了，袖珍老妪的所有怪癖一下子全消失了。

有一天，连枢上房调整电视天线，居高临下，又发现了袖珍老妪坐在屋里泡脚、洗脚、削脚趾甲、用长长白布裹脚的这一幕，便找个机会明确地告诉徐老师，老太太巴望你们伺候的那些事，她自己全都能干。徐老师问，那为什么还非要人伺候呢？连枢进一步解释说，过分的依赖性是老年痴呆症的初步表现，就像平时所讲的"老小孩"，若任其发展下去，大脑就会越来越萎缩，那样你们就真得伺候下去，直到寿终正寝。徐老师向连枢讨教有什么办法。连枢用自己母亲晚年的经历现身说法，要徐老师强迫袖珍老妪干一些力所能及的事情，锻炼她大脑的思维能力。

徐老师照办了。没过几天，却发生了意想不到的事情。袖珍老妪居然用水果刀扎破自己的腹部。徐老师慌慌张张把连枢叫过去的时候，血已浸红了半张床。送袖珍老妪到医院抢救的路上，连枢从徐老师嘴里得知事情的原委。袖珍老妪想吃苹果，徐老师要她自己削，并递给她一把水果刀。转眼再一看，袖珍老妪撩起衣襟，把水果刀插在自己的肚子上。其实，这是老年依赖性的另一种表现方式，苦肉计的根本目的还是要人伺候。但连枢不好再让徐老师坚持要袖珍老妪锻炼大脑了。因为人和人不一样，再锻炼下去，说不定锻炼出人命来。倘若如此，连枢可吃不起这么大的官司。

不久，妻的单位分配给妻一套两居室楼房。依然作为家属的连枢搬离了居住将近三年的西城区砖塔胡同七十七号院。至此，有关袖珍老妪的故事便断了线。

十八

大约半年之后的一天，北京作家协会在地质礼堂组织电影观摩，连枢看完电影，心血来潮，旧地重游，来到砖塔胡同七十七号院。难道有什么值得留恋的吗？那间顶棚上掉蝎子的破屋？那根全院十几户人家公用的自来水管？那所熏得令人窒息眼睛流泪且经常堵塞的厕所？那吵得人睡不安生经常响彻整夜的猫叫春？……所有这些似乎都不能构成连枢要到这所老宅来看看的动机。直到走进院子，走过通往后院的门道，一眼看见了北屋前廊子下沐浴在充足阳光里的那个瘦小身影，连枢这才明白，敢情心里一直隐隐惦念的牵动着脚步不由自主地迈到这里来的最根本原因是袖珍老妪。

半年不见，眼前的袖珍老妪令连枢大为惊愕：昔日秃光光的头顶滋生出了羊羔皮般的浓密青丝，乍一看像是一顶黑凤冠扣在头上。她正往铁丝上晾衣服，仰着脸半张着嘴，紫红的牙床子上令人不可置信地长出五六个尖利的牙齿，而且是那种雪白稚嫩的奶牙；脱落的眉毛也焕发了青春，两只眼睛上方各显出一道月牙形的浅黑。

这时，袖珍老妪从地上的洗衣服盆里拎出一条布，搭晒在铁丝上，并仔细地将布边沿的皱褶抻平。这条布，两寸来宽，一尺多长，一头有布带儿，一头有扣襻儿。这分明是女人的卫生带！

连枢愈加难以置信，年过八旬的袖珍老妪难道又重新来潮不成？

连枢开启慧眼，再次对袖珍老妪进行透视：大脑组织旺盛，毛细血管畅通，过去老化的特征不复存在；食管的保护膜完好无损，再也不像蜕皮的桦树；以往衰弱的心脏变得强劲有力，生机勃勃；肺叶上原有的两块钙化点消失得无影无踪；肝脏结构严密，造血机能大增；肠子内、外壁光滑顺畅；子宫糜烂留下的痂痕也已痊愈……整个身体状况与一位育龄妇女无异！

看来，这卫生带是袖珍老妪的无疑。那么，她为什么要把这个不便公开的女人用具暴露于光天化日之下？她是以此来向这个世间、向这个世间的人们炫示吗？或者是宣示？再不就是宣誓？即便借助特异功能，连枢也无法对这位返老还童、生生不息的袖珍老妪做出明确的判断……

红 房 子

一

这一切都是因为小红蚂蚁吸食了男人的高级蛋白质和女人的新陈代谢物之后诱发的。

不用闹钟吵不用老婆叫不用谁来催，每天早晨六点葛良定会准时醒来，这是葛良结婚八年多养成的习惯。新婚第一夜，老婆余帆用嗲嗲的语气向葛良发布第一道命令，以后准备早点的事，就都是你的了。葛良痛痛快快答应下来。通过考取大学才从农村落户城市的葛良，娶了位比自己年龄小一轮，比自己身材高一截，比自己家庭条件好许多，且脸蛋漂亮皮肤细嫩的女人为妻，别说是准备早点这区区小事，就是上刀山下火海也在所不辞。更何况那是她被他初夜洗礼后说的，那是她跟他躺在一个暖暖的被窝里说的，那是她用手抚摸着他茂密的胸毛时说的。能不答应吗？别说凡夫俗子，天王老子都得答应。

葛良蹑手蹑脚起床下地穿鞋，忽然发现床边地砖上有一团棕红的东西连着一条棕红的长线，一直延伸到靠窗户的暖气管子下面，在乳白色地砖上非常显眼。葛良戴上近视眼镜，弯腰仔细一看，妈呀，那一团棕红的东西原来是他昨天夜里和老婆余帆做爱时套过的一个雨衣，里里外外爬满了无数只小红蚂蚁，而那一条棕红的长线是小红蚂蚁正在往来穿梭搬运他排泄的高蛋白。葛良不禁惊叫一声，幸亏四十出头就谢了顶，不然头发根子准得一根根立起来。

老婆余帆被惊醒了，说："一大早儿你抽什么风呢？"葛良拉起老婆："不得了啦不得了啦，你快起来看看！"余帆就看了，看了就不仅发出一声惊叫，还扯过毛巾被护住乳房和下身，哆哆嗦嗦地说："你还傻站着干什么？赶紧想办法啊！"

葛良急中生智想出的办法是，抄起暖瓶一股脑儿地将开水浇在棕红的一团和棕红的长线上，一只只小红蚂蚁顿时命丧黄泉，缩成一个个小球球儿漂浮在水面。随后，葛良拿来笤帚簸箕，将那透明的橡胶制品连同无数蚂蚁残骸扫进簸箕，倒进马桶冲入下水道，又墩干净地上的水痕。

余帆埋怨说："全都怪你！"

"这……这怎么能怪我呀？"

"怪你怪你就是怪你！怪你软磨硬泡死缠烂打，不达目的不罢休。"

"我是严格按照咱们的做爱时间表，行使丈夫的权利和义务。"

"那我问你，为什么晚上完了事就跟死狗似的躺在床上不动了？为什么不把你那雨衣扔进马桶里用水冲掉？为什么把雨衣随随便便丢在地砖上，招来那么多蚂蚁吸食你那高蛋白？"

余帆把避孕工具叫作雨衣，兴许暗含着对性的厌恶和对男人的侮辱。

葛良处处事事让着任性矫情比自己小十二岁的余帆："好好好，怪我行了吧。你再躺一会儿，我上街给你买早点去。"

"谁还吃得下去呀，简直恶心死了！"余帆干呕几声，不知是佯装还是真的恶心。

葛良刚要走出卧室，又被余帆叫住："哎，回来！我说过多少次了，怎么还不收好你那些雨衣呀？万一叫儿子拿去，又该当气球吹了。"

葛良赶紧把放在床头柜上的一盒雨衣藏起来，藏到一万个人也找不到的地方。余帆的担心不是没有缘由的。前不久的一天，幼儿园阿姨给余帆打电话，请她火速赶到幼儿园。余帆以为儿子生病了，一路疾奔，忐忑不安。到了幼儿园，阿姨阴着脸从抽屉里拿出一个纸团，打开看了，竟是一个表面带有颗粒的橡胶制品。儿子小雨将这东西带到幼儿园当气球吹，惹得男孩女孩你抢我夺，打作一团。听了阿姨的介绍，余帆惊得目瞪口呆，羞得满脸通红。回到家，余帆瞪眼警告葛良："以后你的雨衣再随便乱放，可别怪我让你当出家和尚。"

葛良和余帆举办新婚宴席那天，出版社二编室的郭金宝和葛良同到卫生间小解，郭金宝抖动着家伙下流地说："你老婆水蛇腰大屁股俩眼放亮光，床上要求肯定强烈。"可谁想，老婆余帆白水蛇腰了白大屁股了也白俩眼放亮光了，对房事深深忌讳甚至达到厌恶的程度。葛良起初以为她害羞，以为她不习惯，以为她还没尝到甘蔗的甜头，每次不让动就不动，不让摸就不摸，让老实待着就老实待着，让逗逗咳嗽就逗逗咳嗽，反正老婆是自己的，慢慢享用急不死人。几个月后，新鲜劲儿一过，余帆越发地性冷淡，冷淡得葛良着急上火，尿黄尿，嘴起泡。可再性冷淡也不能不让丈夫做好事吧？余帆让葛良做好事，但不让频繁做好事，美其名曰，细水长流，益寿延年。葛良说："你就不怕肥水流入外人田？"余帆说："你敢，借你俩胆儿！"葛良当然不敢，借他仨胆儿也不敢。余帆说："不怕我把你残留在秃顶上的几根毛拔光，你就开闸放水。"葛良最怕这一招，本来头发脱得只剩下一片瓦盖着秃顶，再把遮风挡雨的那片瓦掀去，就更惨了。当年葛良与余帆第一次约会时，为掩饰自己的秃顶，葛良特意戴了一个假发套。可人家余帆是谁呀，一家著名妇产医院具有丰富临床经验的助产士，为数不清的产妇做过产前备皮刮去阴毛，早练就了一双火眼金睛。助产士一把摘下葛良的假发套，说假的就是假的，伪装应该剥去。

　　说起来，葛良对自己的秃顶百思不解。他的胸毛又黑又粗又卷，头顶上的毛囊腺却被堵死了，不管使用什么生发水护发水养发水都无济于事。葛良也试用过许多偏方，其中一个偏方说，将蛋清儿涂抹在秃顶上，对生发护发养发有奇效。葛良就买了一箱子鸡蛋藏在办公桌下面，每次到单位浴室洗澡时都悄悄放裤兜里一个，趁人不注意秘密实施生发计划。有一次他刚把鸡蛋清儿涂在脑袋上，忽然闻到一股又腥又臭的味道，原来是个散黄儿蛋。满满一箱子鸡蛋用光了，葛良的秃顶不仅没长出一根新毛，反倒被蛋清儿滋润得比原来更加光亮耀眼了。

　　都说秃顶的男人性欲强烈，葛良性欲不能算是强烈，但再不强烈也忍受不了老婆余帆一个月放一次绿灯，其余时间全是红灯高照。每次即使亮起通行的绿灯，除了想要孩子的那个月，不管是不是安全期，余帆必须要他戴安全套。余帆说："男人排泄的那东西又腥又脏又黏，与一团糨糊一口臭痰一抹鼻涕没什么区别，一见就恶心，一闻就要吐，甚至想一想身上都会起鸡皮疙瘩。"葛良说："横看成岭侧成峰，观察角度各不同。要我看呀，那东西对女人来说，是久旱的甘露，是治病的良药，是高级美容滋润霜。"余帆说："高级个屁！"葛良说："你简直不像一个女人。"余帆举例反驳说："废话，叫你天天看女人做流产生孩子时鬼哭狼嚎的惨相，你不阳痿才怪！"

　　后来，葛良经过反复谈判据理力争讨价还价，夫妻双方终于达成共识，制定了一份每月做爱时间表，明文规定每相隔十天做爱一次，其中包括节假日和结婚纪念日。这十天里，其中一方若遇到患病出差倒霉等不可抗拒的因素，将自动顺延。葛良如果胆敢违章闯红灯，将给予一倍时间的处罚，相隔二十天做爱一次，并扣掉每月十二个积分的六分；处罚期间若再敢以身试法，将罪加一等，扣掉全月积分。十二个积分扣光了，葛良必须要给余帆洗一个月脚，方可重新获得驾照资格。他们的做爱，就这样被量化了格式化了标准化了制度化了。

其实，昨天不是地球日不是环境日不是爱眼日不是无烟日不是排队日也不是葛良和余帆规定的做爱日，但葛良日了，严格来说并不违规。这全因为制定做爱时间表时，余帆一时疏忽大意，条款内容列得不十分缜密，忘记注明相隔的十天里包括两个人生日了。昨天是葛良四十二岁生日，四十如虎的葛良趁机钻空子说，四十二年前从娘肚子里爬出来，今天怎么也得让我衣锦还乡，返回老巢省一回亲吧。经过软磨硬泡死缠烂打，葛良达到目的才罢休。谁承想，竟招来了无数只小红蚂蚁吸食他留在雨衣里里外外的高蛋白。

二

出版社宿舍楼共有二十层，是那种节省地皮节省建材却不通风，许多房间不朝阳的塔楼，楼顶加盖有红色的坡顶。有人来访若打听出版社宿舍在哪儿，人们会一指那红顶子塔楼说，那红房子就是。葛良上班以后才知道，敢情不止他一家闹蚂蚁，整栋红房子里住的一百六十多户人家，几乎家家蚂蚁泛滥成灾。葛良到行政处讨要防治蚂蚁的药物，先后遇到办公室主任丁玲玲、保卫处长赵建勇、二编室编辑郭金宝、发行处女博士李一妹、一编室编辑田浩等许多职工也为同一个目的而来，都反映家里的小红蚂蚁猖狂至极，无孔不入。行政处的人说，只备有防治蟑螂的药，没有防治蚂蚁的药，答应马上去买，保证下班前让各位带回家。

　　葛良从图书室借来一些书和杂志，查找小红蚂蚁的信息，得知这种蚂蚁经常出没于厨房觅食，所以学名叫厨蚁，又名家蚁、室红蚁或室黄蚁，在中国许多城市均有分布，是一种世界性的室内害虫，对人类的危害超过白蚁。一只厨蚁身上常携有三四十种病菌，人若不小心食用了被厨蚁污染的食物，很容易染上肠道感染、乙型肝炎等疾病。如果人被厨蚁叮咬，皮肤会呈现小红疙瘩，又疼又痒。倘若遭到厨蚁群袭击，因其体内毒素作用，将使人的神经中枢产生阵发性迷乱。

　　下班回到家，葛良在厨房的犄角旮旯撒上从单位领回来的白药面面儿。次日再看，厨房里原来经常出没的三三两两的厨蚁果然不见了踪迹。

　　厨房不见了踪迹的厨蚁，跑到卫生间和双人床上兴风作浪来了。

　　余帆的经期比当下的股票行情还没准儿，短时二十五天，长时三十五天。遇到三十五天不倒霉，倒霉的就是葛良了。余帆疑神疑鬼自己怀孕了，对葛良鼻子不是鼻子脸子不是脸子孙子不是孙子。怀疑葛良套的雨衣是劣质产品，漏了破了过期了。猜疑葛良存心不良，在雨衣上扎了小孔，想让她同那些做人流的女人一样受洋罪。这个月，余帆的经期到了三十天，还没容她对葛良鼻子不是鼻子脸子不是脸子孙子不是孙子，喜讯就飞到边寨。睡觉前，葛良跟余帆逗了逗咳嗽，余帆觉得下身呼地一热，知道那个如期而至。

　　半夜，葛良到卫生间小解，发现余帆专门用来洗下身的白搪瓷盆里涂了一层厚厚的黑红色，过去蹲下看了，哇，余帆浸有经血的三角裤衩上爬满了无数只厨蚁，比前几天吸食雨衣里里外外蛋白质的厨蚁数量还要多，个头还要大，肚子膨胀得近乎透明，肚皮里的一缕缕血丝依稀可见。葛良沿用上次急中生智想出的办法，将暖瓶里的开水倒进搪瓷盆里。一只只厨蚁一命呜呼，水面上漂起一层层成团成团的小球球。

余帆忽然惊叫起来。葛良闻声跑回卧室，只见余帆赤条条站在地上，指着床单喊着："蚂蚁！床上有蚂蚁！"葛良伏身一看，果然发现床单上爬着三五只厨蚁，便一一捏起捻死了，手指肚上染有丝丝血迹。无疑，这是老婆的经血。葛良不敢把手指肚上的血迹让余帆看见，也不敢把厨蚁在卫生间兴风作浪的情景告诉她，不然余帆保准当即从密穴里取出卫生栓让他查找蚂蚁。余帆睡觉时总爱一丝不挂，要不是来例假，三角裤衩也不穿，说白天又是衣服又是白大褂，遮掩束缚一整天了，晚上睡觉还不无拘无束自由自在？余帆倒是无拘无束自由自在了，葛良身子时时摩挲着余帆的细皮嫩肉，却规定不到做爱日不许做好事。这简直是把活蹦乱跳的小鱼放在饥肠辘辘的馋猫面前只许看不许吃，简直是把葛良当小鱼似的放在烧得滚烫的饼铛里生煎活炮。

余帆不敢再赤身裸体睡觉了，从箱子底儿翻找出还是在谈恋爱时葛良给她买的睡衣睡裤全副武装起来。余帆穿上睡衣睡裤，葛良终于圆了他婚前的美梦，但毕竟已时过境迁，今非昔比。葛良经人介绍认识余帆不久，二人约会时路过一家针织品专卖店，葛良灵机一动硬是给余帆买了一套印花的睡衣睡裤，全棉精纺，很是柔软。葛良当时心怀的鬼胎是，余帆穿上他买的睡衣睡裤，就形同与他身贴身，心贴心。可哪知道，人家余帆要的是无拘无束自由自在，直到新婚之夜葛良才知道，余帆根本就没把他用心良苦买的睡衣睡裤贴过身，更不曾心贴心了。

穿上睡衣睡裤的余帆不能无拘无束自由自在了，加上余惊未消，怎么也睡不着觉，翻来覆去折饼子，瞎猜瞎想瞎琢磨。一会儿吩咐葛良到儿子小雨卧室查看是否闹蚂蚁，一会儿叮嘱葛良明天去单位一定再多要些防治厨蚁的药，一会儿又忽然想起整个一晚上也没看见他们家养的猫咪，要葛良立刻去找。

咪咪，咪咪！葛良找遍卧室厨房客厅卫生间，不见猫咪的影子。

咪咪，咪咪！葛良出了家门在楼道里找，还是不见猫咪的影子。

喵，喵！葛良隐约听见猫咪的叫声，闻声寻去，上了一层楼梯，来到十层，透过天井里的玻璃窗，发现办公室主任丁玲玲家亮着明晃晃的灯光，猫咪站在她家内窗台上喵喵叫着，网状窗帘后面，身穿吊带的丁玲玲若隐若现，用一个绒球逗着猫。这叫聪明的葛良好不纳闷儿。

超大龄女青年丁玲玲至今独身一人，总是不断变换对象谈恋爱，可总是不结婚，出版社若发生十条花边新闻，其中得有一半是关于她的。其实，丁玲玲各方面的条件都不错，有房有车，有模有样。身高一米七，不胖不瘦；皮肤白里透红，人见人爱；嗓音富有磁性，沙哑时髦。唯一不足的是，臀部两侧宽了一点点，屁股蛋蛋垂了一点点，两只乳房平了一点点。出版社"腰下株式会社"专爱谈论下三路的几个坏小子暗地里贬损人家是：上边轻，如浮萍；底盘重，赛猩猩。

前几年，丁玲玲到外面脱产学习很长一段时间，回来后，人整个变了一个样。臀部两侧一点儿也不宽了，屁股蛋蛋一点儿也不垂了，两只乳房一点儿也不平了。岂止是不平，完全可以用坚挺丰满来形容。走路姿势也发生质的变化，腰板挺直了，目不斜视了，皮鞋踏在地上的声音更响亮了。腰下株式会社的坏小子们又有话了，说丁玲玲肯定是借学习期间学影视明星整容了。这些坏小子审美层次太低下，说话太不负责任，你们怎么知道人家是整容整的？有确凿的人证物证吗？你们是脱下人家衣服看了，还是扒下人家裤子验了？就不兴人家女大三十八变，越变越好看了？

不过有一点葛良不能向着丁玲玲说话。丁玲玲的好干净为她挣得大名，干净到不折不扣的洁癖的程度，光手一天就得洗上几十遍。别说猫呀狗呀之类的宠物，就是住在一个宿舍楼里的同事也休想轻易迈进她家门一步。葛良倒是有幸光临过她家一次，从楼道走到她家过道，再走进她家客厅，直到在铺有地毯的沙发上落座，拖鞋和套在脚上的塑料罩就各换了三次之多。

幻想生活在无菌世界的丁玲玲，今天为什么把别人家的猫招进自己屋里逗着玩儿？这还能叫洁癖吗？

没等好不纳闷儿的葛良想明白，隔着玻璃窗，葛良看见丁玲玲抱起猫咪，回身从餐桌上夹起一块鱼嚼了几嚼，嘴对嘴地喂给猫吃。葛良惊诧得张大了嘴巴。妈呀！紧接着葛良又瞪大了眼睛。餐桌上摆满了各种佳肴和饮料，足够三两个壮汉暴饮暴食一顿，可一会儿工夫就被丁玲玲狼吞虎咽扫荡了一半。丁玲玲节食减肥坚持多年，饿晕了被送到医院输葡萄糖已不是新鲜事。但眼前这份饕餮大餐还叫节食吗？

第二天早晨，发生了一件震惊宿舍楼和出版社的事情。葛良买早点回来，在一楼等候电梯，不时和李一妹、郭金宝、田浩等几位同事聊上几句。随着一声叮咚的铃声，电梯门打开了，轿厢里的丁玲玲一丝不挂出现在人们面前，还不断和抱在怀里的猫咪亲嘴。人们被这突如其来刺进眼睛里的光芒，晃得目瞪口呆呆若木鸡，清清楚楚真真切切地看见丁玲玲丰满的乳房有缝针留下的痕迹，像是裤子膝盖处补了两块针脚很大的补丁。这时，丁玲玲冲人们灿烂地一笑，摆了一个模特造型，徐徐地转过身去，展露出两个屁股蛋，上面各有一块很大的伤疤，疤痕密致有序，肯定也是缝针留下的。要不说不长毛的脑袋瓜儿聪明呢，葛良以迅雷不及掩耳之势，当即脱下衬衣，刚想披在丁玲玲身上，瞥见腰下株式会社骨干分子郭金宝的眼睛眨巴了一下，立即停止本该是连贯的动作，义正词严地声明："大家眼睛都是雪亮的，我这是挺身而出舍己为人，没有任何私心杂念，以后若有什么流言蜚语，你们可都要给我做证。"葛良说完，将衬衣披在丁玲玲胸前，掩盖住两个乳房。侧下身一看，不行，还露着一片茂密的黑草地。总不能再脱掉裤子给丁玲玲穿上吧？那是傻人的主意。聪明的葛良上前一步用身体将丁玲玲整个遮挡在自己身后，同时也挡住了人们从眼睛里射出来的子弹。

"李一妹，你还傻站着干什么？快进来呀！"葛良叫李一妹进了电梯轿厢，共同护送丁玲玲回家。葛良拉上女博士李一妹不愧是聪明之举，不然电梯从一层运行到十层，虽说用不了一分钟，但这一分钟里，如果就他一个赤着上身的男人和一个裸着下身的女人，倘若让腰下株式会社那几个坏小子知道了，不定编排出什么黄段子呢。

电梯在十层停下来，葛良和李一妹搀着丁玲玲走出电梯。葛良从丁玲玲怀里要过自家的猫咪，放在地上。猫咪蹿下楼梯奔回家。一个男人不便进入一个女人的闺房，尽管这个女人不再年轻。走进丁玲玲家客厅，葛良知趣地让李一妹将丁玲玲送进卧室，他动手帮助收拾头天夜里丁玲玲留在餐桌上的残羹剩饭，却惊奇地发现所有盘里碗里都爬满了厨蚁，密密麻麻，成堆成团。葛良在墙角发现一瓶灭蚊灵，抄起来照着餐桌一通儿猛喷，厨蚁死的死亡的亡，没死没亡的四处逃窜，有的居然还一跳一跳地奔命。如果不是亲眼所见，葛良绝不相信蚂蚁还会蹦高。李一妹安顿好丁玲玲回到客厅，刚将那件有功的衬衣搭在葛良肩上，就被浓烈的气味熏得连连打了几个喷嚏。待静下神来，看清餐桌上蚂蚁尸横遍野的情景，女博士大叫一声夺门而逃。

丁玲玲裸奔的事，很快就传遍了出版社。腰下株式会社的坏小子们这回总算有话可说了，怎么样，说丁玲玲学影视明星整容没错吧，把屁股蛋蛋上的赘肉整到乳房上去了，这回是她犯了花痴病，自己脱下衣服让人看了，自己扒下裤子让人验了，人证物证确凿，不是诽谤诬陷。葛良呢，尽管声明在先也没脱掉干系，坏小子们借题发挥冒坏水儿，为他编了好几个段子。一说丁玲玲那一片黑草地扎得葛良两个屁股蛋蛋痒痒了好几天；二说那件遮掩整过形的坚挺乳房的衬衣，葛良一直到穿馊了才舍得洗；三说更离谱，有人亲眼看见女博士李一妹惊叫着冲出丁玲玲家，原因是葛良想要一枪打俩鸟。这毕竟是喷口水，最直接最严重的后果是，老婆余帆以趁机零距离接触大龄未婚女色为由，将做爱相隔时间从十天罚为二十天。至于十二个积分嘛，念葛良是初犯，认罪态度较好，又多少有见义勇为之成分，给予从轻处理，暂时不扣罚了。

不用从轻处理，不用相隔二十天，此后没几天，余帆一改婚后长达八年多的性冷淡为性亢奋，让葛良足足尝到了水蛇腰大屁股俩眼放亮光的女人的厉害。

三

作为助产士的余帆，协助医生给引产生产宫外孕的女人上钳子使刀子动剪子，脸不变色心不乱跳，见怪不怪习以为常，却偏偏对小小厨蚁神经过敏恐惧万分。半夜，葛良睡得正香，被一声大叫惊醒，余帆从床上跳到地下，非说衣服里有蚂蚁爬，脱下睡衣睡裤，又是抖搂又是翻腾，也不见一只蚂蚁的影子。葛良说："哪有什么蚂蚁呀，是你心理作用，躺下安心睡觉吧。"躺下不一会儿，余帆又一惊一乍蹿将起来，不说衣服里有蚂蚁了，说床单上有蚂蚁，令葛良又是仔细找，又是笤帚扫，末了还是不放心，从衣柜里取出新买的床单换上。这回总该踏实睡觉了吧？不等天亮，余帆再次翻身跃起，不说衣服里有蚂蚁了，不说床单上有蚂蚁了，说后背被蚂蚁咬了，快给我挠挠后背，痒痒死了，快挠挠呀！

葛良撩起余帆的睡衣，不禁一怔，细皮嫩肉的后背上泛起一块块红，如同铜钱大小，颜色深浅不一。余帆问："是不是有许多小疙瘩？"葛良不敢道出实情，一边挠着老婆后背一边谎说："哪有小疙瘩呀，光光溜溜的。"余帆不信："那我后背怎么这么痒痒啊？哎呀，使劲挠，别舍不得，有仇报仇，有冤报冤，快挠，再快点儿，使劲！"

看来余帆真是奇痒难忍，不然不会把身体扭动得像蹦到岸上的鱼儿一样。葛良一时走了神，如果做爱时她也这样剧烈地扭动身体，而不是像个木头人儿似的，那该有多过瘾多满足多幸福啊。

葛良挠着挠着，发现了问题。余帆后背的一块块红连成很大一片，颜色也明显加深，生出无数个痱子似的小疙瘩。葛良心里犯嘀咕，这真是厨蚁咬的吗？自己和老婆睡在一个床上，为什么单单咬她不咬我？莫非都是流氓成性的雄蚁不成？如果不是厨蚁咬的，或许就是老婆患上厨蚁恐惧症，因精神紧张而造成皮肤过敏。

余帆叫起来："哎，我觉出来了，后背有不少小疙瘩，你不许骗我，快说是不是有？"葛良只好如实禀报："是有一些小红疙瘩，不过我觉得不是蚂蚁咬的，没准儿是新床单惹的祸。"余帆听罢，身体立刻停止了扭动。

"新床单惹的祸?"

"你买的新床单洗了吗?"

"本来想洗，没来得及，今儿一急就铺上了。"

"没错，肯定是新床单惹的祸。凡是贴身的衣物，买回来都要用淡盐水洗一洗消毒除菌，不然很容易造成皮肤过敏。你是学医的出身，道理应该比我懂。"

"那你身上为什么不起小红疙瘩?"

葛良被问住了，急速转着聪明的脑袋瓜儿撒谎找说辞："我哪能和你比呀?你细皮嫩肉葱白儿似的，一掐一股浆儿;我糙皮老肉水牛似的，一掐一把骨头。"

余帆被逗笑了，竟然不觉后背痒痒了："哼，你今天总算讲了一句实话。"

葛良说："对你我什么时候说过瞎话呀?只要不瞎想，鬼魂不上身。来，让我抱着你睡一觉，天亮还得等一会儿呢。"

说着，葛良将老婆放倒在床揽在怀里，下边刚刚有一点儿反应，就被时刻保持警惕的余帆一把推开。余帆说："你不是想乘人之危乘虚而入浴血奋战吧?"葛良说："看你说的，我就这点儿出息?"余帆说："你可不就这点儿出息嘛，还能有啥出息?"葛良不无得意地说："男人有这点儿出息就足够了。"余帆拍着葛良的秃顶说："出息个屁，大头比二头还秃!"葛良的脸立刻沉下来，揭人不揭短，打人不打脸。余帆马上又安慰说："好吧，给我挠痒痒有功，许你摸许你揉许你逗咳嗽，但不许真枪实弹操练，必须严格遵守做爱时间。"接下来，葛良尽管也摸了也揉了，可再也没了激情。被想象中的蚂蚁折腾得几乎一夜未眠的余帆，在葛良摸和揉的爱抚下，还没等到

161

逗咳嗽就睡着了。

葛良六点钟准时起来准备早点，将一袋牛奶倒进锅里加热，特意剩下一些留给猫喝。当葛良来到客厅，发现冰箱旁边放猫食盆的地方，前几天厨蚁吸食他的高级蛋白质和老婆新陈代谢物的类似情景再次发生了。葛良不再惊慌失措，而是镇定自若，距猫食盆一米远停下来，凝神静气仔细观察。猫食盆是一个不锈钢的小盆，里面放了半盆水，这本是供猫咪夜里渴了时喝的，现在却成了厨蚁们的水源地。只见厨蚁组成一来一回两队，由冰箱底下爬出爬进。来的一队，依次从地上爬到盆沿，又从盆沿爬到盆里，每只厨蚁将头在水里探了一探便抽身离去，即刻加入返回的队伍行列。整个行动，组织严密，有条不紊。也有个别厨蚁失足滑进水里，它们挣扎着往边上游。爬上岸的，用触角和腿脚擦干湿漉漉的身子；爬不上岸的，溺水而死，渐渐沉到水底。借助从东窗照射进来的晨光，葛良清晰地看见，每只回巢厨蚁的嘴上都衔着一粒针尖大小、晶莹剔透的水珠，而且个个都努力仰着头，以防止搬运的水珠掉下来。这时，葛良又有一个惊奇的发现，一只棕褐色的厨蚁从冰箱底下爬出来，有四五毫米长，比一般厨蚁大两三倍。更不可思议的是，这大家伙竟然身子一挺，半蹲半站，向从它身旁经过的每只厨蚁手舞足蹈，耀武扬威，似乎在督促威胁鞭赶着来来往往汲水的蚁卒们。看来这是一只蚁王。葛良还发现，今天厨蚁的个头儿明显比前几次他看见的要大，腿脚腰肢也粗壮许多，身体颜色由棕红向黑红演变。这是不是厨蚁吸食了他的精液和老婆的经血之后产生了变异？

葛良呆呆地看着眼前的情景，简直被迷住了，竟一时忘却了他要实施的杀戮。

自不必说，开水的伺候！

打扫完战场，葛良走向儿子房间。小雨的屋门锁着，推了几下没推开。葛良敲着门说："小雨，把门儿开开。"听不见回答，葛良提高了声音："开门啊小雨！"片刻，听见里面门插销哗啦一声，当葛良推门走进房间，小雨已经又躺在床上，头朝里，腚朝外，适时放了一个嘹亮的响屁。"臭小子，迎接老爸用不着鸣放礼炮。"葛良骂了一句说，"你呀你，准是夜里蹬开毛巾被着凉了，肚子疼不疼啊？"小雨说："不疼。"葛良说："以后睡觉不许再插门了，有什么秘密不能让爸爸知道啊？好了，不早了，起床吧，吃完早点，咱该去幼儿园了。"葛良说完，透过窗户向天井对面的玻璃窗看了一眼。窗台上摆着一盆虎皮刺梅，紫红色的干上张牙舞爪地长着尖刺，一年四季开着圆圆的红艳艳的小花。这时，天井对面的玻璃窗拉开了，露出一个五六岁女孩的脸。"葛叔叔，今天你还送我去幼儿园吗？"葛良说："当然了，赶紧准备吧，过一会儿我到你们家找你。"女孩调皮地冲葛良做了一个鬼脸，葛良挤一下右眼算是回敬。

　　这个天真活泼长着浓密黑发的女孩叫小静，和儿子小雨同在一个幼儿园。小静爷爷刘轩在出版社当了几十年编辑，退休在家。小静母亲是出版社资料员，前几天到深圳探望丈夫去了。临行前，小静母亲特意来到葛家，请葛良夫妇帮助照看儿子大宝和女儿小静。葛良说："放心吧，远亲不如近邻，近邻不如对门，对门不如对窗。"小静母亲连连感谢，说："这我就放心了。"小静母亲不放心的是他们家的大宝。大宝十几岁时得了大脑炎，后遗症相当严重，至今快二十了还是不会说话，不会做事，连哭也不会，一天到晚就会傻笑，咧着大嘴傻笑。有一天，大宝将电视机碰掉地上摔坏了，大宝母亲打了儿子一记耳光。即便是挨打，大宝仍一如既往地傻笑。大宝母亲气急败坏地哭喊："你哭你哭你给妈哭一个！你给妈哭一个呀！你

163

怎么就不会哭啊!"大宝屁股被打肿了,眼睛里流着泪水,但依然咧着嘴一个劲儿傻笑,不会哭,疼死也不会哭。大宝大脑里哭的细胞被病毒干净彻底全部地扼杀了。

伺候老婆孩子吃完早点,余帆上班去了,葛良送小雨去幼儿园。临出门,小雨忽然跑回自己房间,还插上门插销。这孩子能有什么秘密呢?葛良悄悄走过去,将耳朵贴着门,隐约听见床头柜的门响了一下。莫非这小子又偷拿橡胶制品准备当气球吹?不要总往歪处想,孩子就不行有自己的小秘密小隐私了?没准儿哪天给爸爸妈妈一个惊喜呢!

葛良和小雨来到刘家门口,刚要按门铃,防盗门打开了,小静和她爷爷走出来。小静欢喜地说:"葛叔叔,咱们走。"葛良拉过小静的手,对小静爷爷刘轩说:"刘老师,我送孩子们去幼儿园了。"按常理,刘轩起码应该道一声谢谢,或者说上一句"麻烦你了"之类的感激话,但刘轩只是点点头,什么话也没说,布满皱褶的脸上甚至没有一丝表情。葛良并不介意。葛良曾和刘轩在一个编辑室工作,太了解这位出版界的前辈了。他性格极为内敛,处世相当谨慎,在葛良的记忆中,他似乎从来没有主动与人打过招呼。别人一天不跟他说话,他一天不说话;别人一周不跟他说话,他甚至一周不说话。即便是给老伴儿举行遗体告别时,亲戚朋友同事前去凭吊,他也是缄口不语,一言不发。这时大宝忽然从屋子里钻出来,冲着葛良先是咧开大嘴,随后发出一阵傻笑,笑得葛良心里酸酸的。咳,这孩子除了傻笑啥也不会,这辈子算是废了。

别说大宝只会傻笑不会哭,后来,大宝会哭了,是那种光打雷不下雨的干哭,而且无缘无故,惊天动地。每哭一次,都闹得全楼家家户户男女老少不得安宁,毛骨悚然。

四

葛良送小雨和小静去了幼儿园，回到家编书稿。做编辑最大的好处是不用天天坐班，每周到出版社点两次卯就可以了。上个月编辑室组织到郊外游玩，葛良看见蜂农沿山路叫卖荆花蜜，经不住蜂农说润肠通便滋阴补肾的诱惑，就买了一大瓶子。每天冲上一杯喝，效果立竿见影，坐在马桶上不用再使劲咬牙运气攥拳头了，性欲也有所增强，只是苦于有做爱时间表的束缚管制，不能随心所欲。葛良拿起蜂蜜瓶子准备冲一杯蜜水，忽然发现瓶子盖上有两只厨蚁被残留的蜂蜜粘住了、定死了。正是从这一刻起，葛良下定决心，由被动防守变主动进攻，誓与厨蚁血战到底，不获全胜决不收兵。凭一个堂堂副编审的聪明与智慧还斗不过你们小小的厨蚁？葛良主意已定，立刻实施诱杀，找出几个金属小盘，在盘子中间倒上几滴蜂蜜，然后将盘子放到厨蚁出没的厨房客厅卫生间，可谓请君入瓮，愿者上钩。倒要看看，是我诱杀你杀得快，还是你繁殖繁得快！葛良做完这一切，回到书桌前编稿，竟有一种不大不小的兴奋。这让他想起小时候在农村玩的陷阱游戏：挖好一个坑，搭上树枝树叶，蒙上一层地表土，在坑前面放上一块糖果或一个烟盒叠的三角或一个更诱人的东西，然后藏在暗处，窥视伙伴儿一步步走来，直到一脚踩入陷阱，摔个马趴啃泥。

忽然，从楼道里隐约传来一个女人的喊叫："救命啊！快来救命啊！"葛良顿时紧张起来。不久前，宿舍楼里发生一起盗窃案，盗贼蹬着一二三层的防盗窗，潜入四层住户家，偷走手机照相机金银首饰等物品若干，一直没有破案。莫非盗贼吃惯了嘴儿、跑惯了腿儿又来了？葛良起身奔出家门。随着一阵呼喊救命声和一阵砸夯似的脚步声，一个肌肉瓷实的女人披头散发沿着楼梯从楼上跑下来。葛良认出这是住在他家楼上的保卫处长赵建勇的老婆。葛良迎上前问："嫂子，发生什么事了？"不等保卫处长老婆回答，黑铁塔般高大魁梧的赵建勇沿楼梯追杀下来，手里握着一把理发的电推子，锯齿哗哗错动，电机嗡嗡作响。赵建勇瞪着布满血丝的眼睛喊叫着："站住！你往哪里跑？你这个资产阶级臭小姐，跑到太平洋我也要把你揪回来示众，不给你剃个阴阳头，你就不知道革命小将的厉害！"

聪明的葛良闹蒙了，赵建勇唱的这是哪一出儿呀？

保卫处长老婆一下子躲到葛良身后，把葛良当成挡箭牌。

葛良展开双臂，老母鸡护小雏鸡似的拦着冲过来的老鹰："哎，赵处赵处，你干吗呀这是？嫂子是你夫人，不是资产阶级臭小姐，你认错人了！"

赵建勇不管不顾左冲右突一心捕捉猎物，借助身高优势举着嗡嗡响的电推子，越过葛良的秃顶去够老婆，嘴里不断说着具有那个时代明显特征的语言："亲不亲阶级分，我必须和你划清界限。你烫卷发讲臭美，追求资产阶级生活方式，我今儿非给你剃个阴阳头，对你实行无产阶级专政！"

葛良扯住赵建勇一条胳膊："哎，醒醒，别撒吃挣了，赵处你快醒醒！你看看我是谁？"

别说你葛良是谁，赵建勇是谁他自己都不知道。赵建勇对葛良的话连同他这个人，充耳不闻，视而不见，不把老婆的卷发剃成阴阳头不罢休。葛良渐渐察觉到，此时赵建勇的眼里只有他自己和他老婆，其他人一概进入不到他的视线，或者说他此时的意识里根本就不存在一个外部世界。所以不管葛良怎么拦怎么劝，赵建勇都无动于衷置之不理，一直深深沉陷在他自己的臆想里不能自拔。

近几个月来，出版社隔三岔五发生盗窃案。不是哪位女士的钱包没了，就是哪个男人的抽屉被撬。有一位新上任的副总编，到食堂吃饭回来，发现放在办公室里的提包丢了，后来竟在女厕所里发现，所幸各种证件尚在，但刚发的一个月奖金不见了。更有甚者，二编辑室锁在小金库里的几捆人民币，被人神不知鬼不觉地偷换成假钞，直到私分之后到市场上流通时惹出麻烦才发觉。身为保卫处长的赵建勇，羞愧难言丢尽面子，查来查去没有结果，到底也不知是家贼还是外鬼。他一天到晚绷紧神经，睁大眼睛，把谁都当成作案的怀疑对象。可再怎么着，在部队服役时曾当过侦察连连长的赵建勇也不至于被逼成疯子吧？

多亏宿舍楼几个身强力壮的保安闻声赶到，揪住赵建勇连绑带架送他上了楼。赵建勇老婆余惊未消，理理蓬乱的卷发，面带惭愧地向葛良说了一声谢谢，扭动着浑圆的屁股回家去了。

葛良悻悻地走进家，坐在书桌前继续编稿，心里却一直想着赵建勇，由此又联想到丁玲玲。赵建勇和丁玲玲同住在十层楼，二人先后都疯了，一个花痴，一个狂想。这还不够蹊跷吗？是什么原因使他们举止无常神魂颠倒？

早就有传言，说出版社宿舍楼这块地方，过去是一大片野坟场，挖地基时确实挖出不少人和动物的骸骨。自从开始施工，事故就层出不穷。建主体工程时，塌了一次脚手架，民工死了一个伤了仨，被安全部门勒令停工整顿。重新开工不久，又莫名其妙地着了一次大火，消防车来了十几辆，等灭完火，地上的积水达一尺多深。这回停工整顿不行了，更换了一家建筑公司。宿舍楼总算盖好了，没等居民全部入住，地下车库就发生了命案，一个前来祝贺叔叔乔迁之喜的姑娘被勒死在自己新买的卧车里，人被奸，钱被抢，漂亮脸蛋也被刀片花了。住进楼里几年以来，已经有两三个职工或家属得暴病而死。有个司机更邪门儿，还不足四十岁，坐在马桶上就断了气。

丁玲玲和赵建勇的精神异常，莫非也是鬼魂作祟？难道宿舍楼这地方真有一种能使人疯狂魔怔的气场？葛良不信鬼不信邪，可发生的这些鬼事邪事，着实让他想不明白。

听见门铃响，葛良打开防盗门，见是赵建勇老婆，心里不禁一怔。"葛良，你家有安眠药吗，给我几片。"葛良说："有，我给您拿。"葛良找出安定片交到赵建勇老婆手里，叮嘱说："一次最多只能吃四片。"

"谢谢了。"

"嫂子，光吃药不行，还得带赵处去看医生。"

"等他过了这个疯劲儿再说吧。"

"赵处今天犯的是什么病啊？"

"谁知道他抽什么风呢！早晨起来就乱砸东西，满嘴胡说八道。"

"最近赵处受到什么刺激了吗？"

"要说刺激，那就是蚂蚁。"

"蚂蚁？"

"我们家的蚂蚁闹得可凶了，折腾得你哥他整夜整夜睡不着觉。"赵建勇老婆说完，急急忙忙离去。

葛良明白了，赵建勇的精神异常似乎与肆虐的厨蚁有关，而不是什么宿舍楼的气场。这么说来，丁玲玲也一定是这个原因了。

葛良忽然想起诱杀厨蚁的盘子，赶紧去检查。盘子里的蜂蜜皱起发亮的浆皮，居然没诱来一个厨蚁。罢罢罢，等着瞧，不信你们不自投罗网。

五

自投罗网自作自受的恰恰是自作聪明自以为是的葛良。

傍晚，葛良把小雨和小静从幼儿园接回来，两个孩子到小静家打游戏机去了。葛良回家开始准备晚饭，刚走进厨房，一脚踏在金属盘子上，结结实实摔了一跤，疼得他龇牙咧嘴，心里发慌。怪了，这盘子原本是放在灶台上的，怎么跑到地下来了？盘子里用来诱杀厨蚁的蜂蜜也没了，干净得如同被舌头舔过。葛良检查了其他盘子，均不在原位，蜂蜜也都不见了。葛良正在纳闷儿，传来一声猫叫，家里养的猫咪颠颠儿地跑到葛良脚下，撒娇地蹭着主人的裤子腿儿。明白了，盘子是被猫咪碰掉在地上，盘子里的蜂蜜也是猫咪偷吃的。从这天起，葛良家的猫咪被关进阳台，遭到禁闭，直到几天以后，全楼一百六十多户人家紧急疏散，才被喷施灭蚁药的戴有防毒面具的防疫人员释放出来。葛良刷干净盘子，重新往盘子里倒上蜂蜜，继续执行诱杀厨蚁计划。

当焖在锅里的米饭飘出香味时，老婆余帆恰好开门走进来。每次下班回到家，余帆都甜甜地禀报一声："我回来了！"一来算是向老公问好，二来是向老公发布信号，意思说可以开始炒菜了。今天余帆进了家却一声不吭，一脸沮丧。葛良问她为什么不高兴。不问还好，一问，余帆眼泪流下来。葛良说："哟，谁欺负咱宝贝儿了？快跟老公诉诉苦，我替你报仇去。"说着，殷勤地抽了一张面巾纸递给老婆。余帆擦干眼泪说："别提了，今天我特倒霉。"葛良故意打岔说："你倒霉不是刚完吗，怎么又来了？"余帆说："没心思和你臭贫，我说的倒霉不是那个倒霉。"葛良说："那是哪个倒霉呀？"余帆说："挨了主任一通儿臭批。"葛良说："哟，为什么呀？"

余帆今天协助医生为一位大出血的产妇做助产手术，医生伸手要麻药针，余帆递过去的是侧切剪；医生伸手要产钳，余帆递过去的是纱布。究其原因，全是因为余帆昨晚被蚂蚁恐惧症搅得几乎整夜未眠，导致精神萎靡，思维恍惚。看来除治厨蚁迫在眉睫。丁玲玲和赵建勇已经被折腾疯了，裸奔也好，剃阴阳头也罢，总还不至于殃及他人性命。余帆神经若不正常了，那可不是闹着玩儿的，人命关天啊！葛良原本想把赵建勇追着老婆剃阴阳头的事说给余帆，现在不敢了。要是知道丁玲玲和赵建勇的发疯是厨蚁诱发的，老婆肯定受刺激，后果很严重。若真为哪位产妇接生时她突发神经，把呱呱坠地满身带血的婴儿按进水池子里淹死，把做完剖腹产手术处于昏迷状态的产妇送到太平间，都不是没有可能。

吃完晚饭，葛良正在收拾碗筷，听见有人按门铃。葛良问："谁呀？"一个女人回答："是我，开门。"葛良听出是赵建勇的老婆。她又干什么来了，莫非还是来找安定片？葛良打开防盗门，不禁大吃一惊，赵建勇老婆脸上青一块紫一块，头发已经被剃成了阴阳两半，一半是枯草般的卷发，一半是和尚般的秃瓢。忽然，掩藏在老婆身后的当年侦察连连长赵建勇冒出来，手里依然握着嗡嗡响的电推子，嘴里依然说着极具那个时代特征的语言："反动的东西，你不打，他就不倒！你这个出身没落资本家的臭小姐，追求资产阶级糜烂生活作风，我以革命的名义对你实行无产阶级专政！"说着，赵建勇冲向坐在沙发上看电视的余帆，要给她剃阴阳头。

余帆吓傻了，张大嘴巴看着赵建勇。葛良想上前解救，但被一身瓷实肌肉的赵建勇老婆死死抱住，动弹不得。葛良呼喊："余帆，快跑！快跑啊！"余帆哪里还跑得了，呆坐在沙发上，不会说也不会动。儿子小雨听见动静从卧室跑出来，一点儿也不知道害怕，还以为大人们在玩游戏呢，拍手笑着说："真好玩儿！真好玩儿！"赵建勇一把揪起余帆，手中电推子哗哗作响，鼻子里挤出一声怪笑："哼，阶级敌人就像腊月的葱，叶枯根烂心不死。"

一场丧心病狂灭绝人性的暴行将不可避免。

就在电推子插向余帆头发里的一刹那，赵建勇裤兜里的手机响了，设定的铃声别具一格，一个尖嗓门儿的女声朗诵着："谁是我们的敌人，谁是我们的朋友，这是革命的首要问题，分不清谁是我们的敌人，谁是我们的朋友，这是最令亲者痛、仇者快的事情。"

奇迹出现了。赵建勇松开余帆，果断地向老婆一挥手："撤退，转移阵地！"

赵建勇撤退之后，将阵地转移到了别的楼层，依然以老婆作掩护，敲开好几家的门，见到大姑娘小媳妇老太婆，就要给人家剃阴阳头，直到被宿舍楼保安人员制服。

晚上，葛良安顿好儿子和老婆上床睡了觉，冲了一个凉水澡，沏了一杯龙井茶，坐在客厅沙发上，想把这几天发生在宿舍楼里的事情理理头绪，准备给单位主管领导写个汇报。忽然听见传来小雨的笑声。葛良走进儿子卧室，怕惊扰孩子没有开灯，床上熟睡的小雨又咯咯地笑了。葛良曾不止一次听到、见到儿子睡梦中发出的笑，每次心里都升腾起一股甜蜜和自豪。而今天葛良心中泛起的，却是几分惆怅，几分悲凉。当赵建勇揪住小雨妈妈要剃阴阳头时，小雨竟然拍着手笑，当作成人玩游戏。这能怨孩子天真幼稚，不谙世事吗？

葛良退出儿子房间，觉得脚下有些发黏，便脱下拖鞋看了，只见鞋底粘有一些薄薄的东西，说不上是胶水还是口香糖。这是在哪里踩上的？葛良返回小雨住的屋子，打开电灯，发现地上有一队厨蚁，队伍拉开一个脚印的距离，不用说是他刚刚踩断的。队的一头从床头柜伸出来，在床角拐了一个弯，消失在暖气管子的缝隙里。按说葛良已经见怪不怪了，但让葛良惊奇的是，每只厨蚁的嘴上都衔着一个乳白色的如芝麻粒大小的物体。开始他以为厨蚁又在搬运水珠，蹲下仔细一看，衔在它们嘴里的是蚁卵。葛良拉开床头柜门，柜子里放有一个纸箱子，一只只厨蚁从纸箱子缝儿爬出来。葛良掀开纸箱子，一个不可思议的情景呈现在眼前。箱子原本是装玻璃杯的，玻璃杯拿去用了四个，还剩下两个，四个空的纸格子里，起保护玻璃杯作用的如麦秸状的碎纸，形成了多层的空中阁楼，每层阁楼里都有许多白花花的蚁卵。几十只身体粗大健壮的蚁王忙得不可开交，它们将依附在碎纸上的蚁卵叼起来，递到厨蚁嘴里。一只只厨蚁接过一个个蚁卵，爬出纸箱子。

看来，这是一窝蚂蚁正在进行一场大迁移。

葛良找来塑料盆，轻轻将纸箱里的厨蚁和蚁卵连窝端起，放到盆里，再一次用暖瓶里的开水伺候。伴着纸箱子味儿和一股酸腐味儿，水面上漂起一团团棕红和一团团乳白。

怪了，这个装玻璃杯的小纸箱子，搬进宿舍楼后就放在厨房的橱柜里，除了去年家里来朋友从中拿出几个玻璃杯用，以后再也没动过，今天怎么跑到儿子房间的床头柜里来了？还不等问儿子，小雨醒来了，揉揉惺忪的睡眼，看见地上的情景，哇的一声大哭起来。葛良赶紧关紧门，捂住儿子的嘴，以免将老婆招引过来。不然，余帆准得又患上蚂蚁恐惧症。葛良从儿子嘴里得知，有一天，小雨打开厨房的橱柜，发现纸箱子里筑有一窝蚂蚁，就把纸箱子搬到卧室，放进床头柜里，每天喂食喂水，每次插上房门，不让父母知道。见到有人要给他妈妈剃阴阳头，他以为是大人玩游戏；发现一窝害人的厨蚁，他藏起来养着玩。咳，真是孩子啊！那么，这一窝厨蚁为什么要整体迁移到别处？直到之后葛良偶然看到报纸上的一篇文章，才终于解开谜团。

这时，真的玩成人游戏的人找上门来了。

听见门铃响，葛良打开屋门一看，是住在他家楼下的田浩，一手攥着一瓶白酒，一手拎着一袋花生米。不等葛良往屋子里让，田浩径自走进屋，一屁股坐在餐桌旁的椅子上，摇头晃脑说："来，大哥，今天我高兴，陪你喝两杯。"田浩说话时酒气扑鼻，熏得葛良直皱眉头。田浩似乎没注意到这一点，拿过一个杯子倒满酒，自斟自饮起来，又捏起几粒花生米送进嘴里，咯嘣咯嘣自管嚼着。葛良心想，这小子一定是喝醉了。可是碍于同事加邻居的面子，撵不得，赶不得，只好耐住性子陪着。

田浩出生于长沙一个县城，师大中文系毕业后分配到出版社工作，至今说不好普通话，"之吃师"不分，"湖南"说成"福兰"。他热衷儿童文学创作，常将草稿拿给葛良征求意见，发誓要当中国的安徒生，刻苦得近似痴迷，三十多岁了也不谈女朋友，说那玩意儿太耽误时间。童话和寓言田浩写了不少，发表的不多，刊物编辑在退稿信上常常说他的作品对儿童缺少教育意义。田浩身材瘦小，尖嘴猴腮，外号叫耗子，后来又改叫田鼠，反正耗子田鼠、田鼠耗子，如同一碗豆腐、豆腐一碗，没有本质上的区别。

田鼠又喝了一口酒，现出一脸媚态，拉过葛良的手，用比风月女子还娇滴滴的声音轻柔地叫了一声："黑猫警长大哥。"

什么什么，黑猫警长大哥？田鼠唱的这又是哪一出儿呀？难道他写童话写得着了魔，真把自己当田鼠了？葛良想抽回手，但手被田鼠紧紧攥住，不，是钳住，老虎钳子般钳住。

"黑猫警长大哥，您把我捉了来，不必急着忙着吃。我怀过十几次胎了，总共产下七八十只崽子，身上不是皮就是骨头，没有一块儿值得让您塞牙缝儿的好肉。就让我给您当仆人吧，我会精心地伺候您。如果哪一天您真的想打打牙祭了，我早晚还不是您的掌中物、盘中餐？"田鼠央求着，可怜巴巴的样子，完全进入了一个虚幻世界。田鼠接着说，"黑猫警长大哥您放心，我求您让我多活几天，绝不是要赢得时间伺机逃跑。我即使真的想跑，也逃不出您的手心儿。不过，您不妨让我假装逃跑一次试试，我刚跑几步您就可以一把捉回来，捉了再放，放了再捉，在一次次捉了放、放了捉的过程中，您肯定会体验到玩弄的快感。有了快感您就喊，大声地喊，千万别憋着。能为您提供快感，是我一辈子的荣幸。说到这儿，请您不要误会，我说的快感不是肉体的快感，而是精神的快感。其实，我巴不得给您提供肉体的快感呢，可这样岂不玷污了您一生的美德？再说了，我身上万一带有艾滋病病毒，一不留神把您给传染上了，我的罪过可就大了，千刀万剐也不能赎罪，您说是不是？"

葛良对酒精过敏，不喝一口正好，喝一口便醉，田鼠从嘴里喷出的酒气让葛良头晕脑涨。但葛良很想知道田鼠下面还说什么，便以黑猫警长的身份和口吻诱导说："既然不想让我立刻吃掉你，那你怎么报答我？"

"我可以给您擦屁股。"

"给我擦屁股？"

"对呀。您不知道，许多心怀叵测的家伙用猫盖屎儿形容您办事马虎，还嘲笑您拉屎不擦屁股。这么着，只要您一天不吃我，我就给您擦一天屁股，用纸擦，用棍擦，用晒得热乎乎的河光石擦，保证包您满意。"

"我可受用不起，你去给别人擦吧。"

"怎么着，您要是觉得不够档次，我可以给您……给您舔屁股。"

"耗子给猫舔屁股，这不是找死吗？"

"是呀，临死前，我向您尽尽孝心、表表忠心总可以吧？您就答应我给您舔屁股吧，别不好意思了。您放心，我会横着舔，竖着舔，转着弯儿地舔；我会慢着舔，快着舔，不慢不快地舔。舔得绝对让您舒服，比舒服还舒服，舒服得让您喵喵地叫唤。"

"你这般奴性十足，不觉得有失你们田鼠家族的尊严？"

"黑猫警长大哥，您以为奴才是那么好当的？我祖爷爷那会儿当奴才特容易，会见风使舵，会溜须拍马就行。到我这辈儿上，做个奴才太难了，除了会见风使舵、溜须拍马，还得有学历有能力有酒量，还需练得一手好字。不然，只会在电脑前敲键盘，写起字来七扭八歪蜘蛛爬似的，要是给领导起草份报告、给商家写块牌匾、给粉丝签个名字，谁瞧得起你呀？再说了，您以为我心甘情愿卑躬屈膝奴性十足？俺娘说了，百年媳妇熬成婆，千年小溪流成河；吃得万般苦，方为人上人。"

田鼠边说边不时扯开衬衣，前胸后背一个劲儿挠痒痒，皮肤上明显有许多小红疙瘩。是厨蚁咬的吗？葛良身上不禁也痒痒起来。坏了，田鼠敢情不是喝醉了，是不是也像丁玲玲和赵建勇一样，被厨蚁折腾得发疯了？想到这儿，葛良立刻制止了田鼠关于擦屁股舔屁股和做奴才的演说，将他连推带搡撵出家门。

田鼠走了几步，忽然又回过身对葛良说："黑猫警长大哥，您多亏没吃我，您知道吗，我误吃了耗子药，不然您也捉不到我，如果您吃了我，就把自己也给玩弄了，俩腿儿一蹬去见阎王。"

送走田鼠，葛良心想，田鼠如果把他讲的整理出来，兴许真是一篇不错的寓言，比他过去写的所有作品都好多了。至于对儿童有没有教育意义，另当别论。

想起要实施的诱杀厨蚁计划，葛良马上检查了所有放有蜂蜜的盘子，却没有发现一只厨蚁上钩。是狡猾的厨蚁识破了阴谋诡计，还是家里的一窝厨蚁迁移到了别处？再不就是厨蚁们的嘴越吃越馋，口味越来越刁，非人的精液和经血，别的全都看不上眼？

葛良坐在电脑前上网搜寻，有关厨蚁食性的介绍还真不少。厨蚁属杂食性、多食性动物，最大寻食距离可达四十多米，觅食时间大都在夜间或凌晨。厨蚁既喜欢吃蛋糕、糖果、蜂蜜、烧鸡、臭鸡蛋、奶制品等；还喜欢吸食人体分泌物，如痰液、精液、脓血以及喝奶婴儿的粪便；更嗜好动物的尸体，如苍蝇、蟑螂、蟋蟀、蜈蚣、鼻涕虫等；特别是对土鳖尤其是对母土鳖情有独钟，因为母土鳖身上会散发出一种名叫利它素的化学物质，对厨蚁有强烈的正趋性。

葛良拿定主意，厨蚁既然对母土鳖如此偏爱，那就投其所好，来他个一网打尽。还是那句话，看是我诱杀你杀得快，还是你繁殖繁得快！

可是，上哪里去找母土鳖呀？

葛良家原来住的是大杂院，屋子阴暗潮湿。往出版社宿舍楼搬家时，葛良发现床下墙犄角隐藏着几十只土鳖，有公有母有大有小，公的长着翅膀，母的肚子肥圆，大的赛鸡蛋，小的如铜钱，清扫起来有半簸箕之多。

这时突然听见余帆一声大叫，葛良奔到卧室一看，老婆坐在床上，神色惶恐，满脸是汗。不用问，她是被噩梦惊醒了。葛良将老婆紧紧抱在怀里,安慰说:"不怕不怕,有我在呢,什么也不怕。"余帆将头埋在老公腋下,一边哆嗦一边抽泣说:"我梦见被剃成了阴阳头,许多人向我吐口水,朝我投石头,骂我是地主资产阶级的臭小姐。"

哄着劝着,像待小孩似的拍打着,老婆余帆终于睡着了。葛良洗漱完毕,挨老婆身边躺下,心里依然念念不忘,明天要想办法找到母土鳖,将害人精厨蚁斩尽杀绝。

六

不费吹灰之力,葛良就找到了母土鳖。

距出版社宿舍楼东边不远,有个花鸟鱼虫市场,这里让他这个整天闷在屋子里的编书匠大开眼界。市场上卖的东西无奇不有,五花八门,只有你想不到的,没有你买不到的。植物类的各种奇花异草就不用说了,动物类的有米虫、蟋蟀、蝈蝈、蚯蚓、金鱼、乌龟、蜥蜴、蝎子、山鸡、孔雀、鸽子、百灵、鹦鹉、黄鼠狼、猫头鹰、穿山甲等,也有毒蛇和没毒的蛇,居然还有两箱蜜蜂。葛良看见,有个老太婆将一只手伸进用铁纱窗制作的笼子里,关在里面的十几只蜜蜂立刻蜂拥而上,一根根毒刺蜇进老太婆肉里,疼得老太婆皱起脸上所有的褶子。一打听才知道,这是蜂刺疗法,以毒攻毒,治疗风湿效果极佳。葛良想,这叫不折不扣的花钱买罪受,痛并快乐着。有这么多稀奇的东西,母土鳖自然不在话下。葛良将买的两只母土鳖让卖主整死,放进一个小玻璃瓶里。他想好了,绝不能让老婆看见这东西,也不能让老婆知道他在诱杀厨蚁。余帆对活物有一种天然的惧怕,即便择菜时偶然发现一条菜青虫,她都会吓得一跃而起，大呼小叫。

葛良出了花鸟鱼虫市场，一位脸蛋上一边长着一块疙瘩肉的女人迎面走来，低声说："要胎盘吗？"葛良一时没听清楚："你说什么？"女人警惕地四下看了一眼，提高声音说："要人的胎盘吗？新鲜的、冷冻的都有，买得多优惠多，要是给我介绍几个下家，三五个胎盘我豁出去白送您。"

葛良赶紧走开，心怦怦乱跳。这个世界真是疯了，居然明目张胆吆喝着卖人的胎盘，老虎还不食犊儿呢！

后来葛良向老婆提起此事，余帆说："这有什么大惊小怪的，许多动物如猫、狗、猪等，产后都把胎盘吃掉，以补充营养。"葛良说："可人不是猫不是狗不是猪啊！"余帆还说，在她们医院妇产科，要想搞到胎盘得走后门儿。将胎盘和猪下水一起炖，等炖熟了形状和味道跟猪肚儿似的，男人吃了肾虚补肾，女人吃了气亏补气。最近又有人收集妇科医生从子宫里刮下来的那一团血肉，放饼铛里用文火炮干，研成面面儿冲水服下，作为偏方，已经有人治好了癌症。葛良听了，胃里翻江倒海。而"偏方"两个字，让他不禁想起涂抹在自己秃顶上的腥臭的鸡蛋清儿。

回到家，葛良将装有母土鳖的小瓶子藏起来，等夜里老婆睡觉后再拿出来诱杀厨蚁。

葛良看完书稿的校样，想了解一下这本书的征订情况。要知道，发行量的多少直接与奖金挂钩。电话打到出版社发行处，无人接听。近水楼台，发行处的李一妹就住在楼下，干脆去向她询问。

楼道拐弯地方有个红箱子，玻璃门里放着斧子、水带等消防器材。葛良沿着楼梯走下来，见田浩正在用钥匙链上的一把小刀撬着玻璃门，便问了一句："嘿，田浩你干什么呢？"田浩侧过脸，先是

178

一怔，待看清是葛良，扔下手中的钥匙链就跑，一蹦一跳的，动作很夸张，说他是模仿田鼠吧，倒不如说更像是一只猴子。葛良捡起钥匙链，喊着："钥匙，你的钥匙链！"田浩一脚踏空，摔倒在地。葛良赶过去，搀起田浩，晃动着钥匙链说："没有钥匙你怎么回家呀？"听见钥匙链哗啦啦一响，田浩将两个手腕并在一起，举到葛良眼前，哆哆嗦嗦地准备束手就擒。葛良说："你睁大眼睛看看，这不是手铐，是你的钥匙链！你叫田浩，不是田鼠！我叫葛良，不是黑猫警长！"田浩一声不吭，浑身筛糠，用余光瞥了葛良一眼，又赶紧低下头。从这眼神里葛良看到了田浩内心的惊恐，认定他还沉浸在田鼠的幻想里，便换了一个角色和口气说："好了，不让你擦屁股了，不让你舔屁股了，不让你当奴才了，我也不想捉了放、放了捉地玩弄你了，拿上钥匙回家吧。"葛良将钥匙链放进田浩的裤子兜里。田浩缩着脖，躬着身，眼睛死死盯着葛良，倒退了几步，猛地一转身，蹦着跳着逃走了。葛良心里有些不是滋味，平时挺聪明挺刻苦的一个小伙子，怎么变成了这样？

葛良来到住在八层楼的发行处女博士李一妹家。按了门铃，没人应答，门却虚掩着。葛良怕吓着女主人，轻声慢语地问："李一妹在家吗？"说着走进门来，不见有人，却看见房间里从墙壁到地下，从餐桌到椅子，甚至电视上沙发上茶几上，贴了无数张明黄色的纸，一看就知道是那种"报事贴"，上面涂了一些类似文字的符号，中文英文并用，不成词不成句。电扇左右摇着头，吹来阵阵微风，报事贴随风起舞，像是一面面飘扬的小黄旗子。这让葛良想到了那部曾让他感动得一塌糊涂的电影。难道李一妹正在家里演绎《幸福的黄手帕》？

这时，李一妹从卧室走出来。葛良向她打招呼，她没有任何反应。她眼睛直视，神情木讷，头发凌乱，服饰妖艳。上身着一件紧身无袖衫，显出两个并不丰满的乳房轮廓；下身穿一条迷你裙，露出大腿已经略显松弛的肌肉；脚上踩一双高跟鞋，鞋跟儿高有十厘米，走路一步一摇晃；唇上涂着猩红色的口红，厚厚的，有几处越过了唇线。总之，李一妹从上到下打扮得性感摩登，让人联想到深夜在大饭店门前拉客的性工作者。平时李一妹的穿戴可不是这样，或一套休闲装，或一身运动服，或一件连衣裙，朴素得甚至有点儿土。

有了与丁玲玲、赵建勇和田浩遭遇的经历，葛良不觉得惊慌了，倒想看看李一妹如何将《幸福的黄手帕》演绎下去。

李一妹手里拿着一叠报事贴，哗地撕下一张，啪地贴在葛良衬衣前襟上，将平日的轻声慢语变成一种盛气凌人的口吻：

"别以为你李一妹是个博士生就觉得了不起，不就多读几年书吗，现在谁还把知识分子当宝贝儿啊？我这里洋博士、博士后的简历一堆一堆的，都是名牌大学毕业，你们学校根本不入流。你如果想得到这个高薪岗位，必须满足我的要求，包括陪我和客人喝酒，陪我到外地乃至外国出差，陪我……啊，就不用我直说了吧，凭你博士的脑袋瓜儿自然明白。不然，等三个月试用期一过，我炒你鱿鱼没商量。怎么样，答应我，就在这份用工合同上签字，否则你立刻从我这屋子里滚出去！"

葛良猜想，李一妹莫非找工作时碰到过类似境遇？

李一妹又扯下一张报事贴，贴在葛良一马平川的秃脑门儿上，似乎怀疑报事贴上的不干胶粘得不牢，又用手使劲按了按。李一妹改变了一个角色，改换成一种咄咄逼人的语气：

"我是本科毕业怎么了？我和前女友同居过又怎么了？告诉你李

一妹，男人三十一枝花，追我的辣妹可多了。我年轻英俊事业有成，要找的是一个漂亮性感现代时尚的女人，不是一个心灵美而相貌丑的。当然了，说相貌丑有点儿冤枉你，可再怎么让我违心地恭维，你也不算是美女吧？你知道吗，人都说世界上现在有三种人，一种是女人，一种是男人，再一种就是你这类快成发黄的线装书的女博士。醒醒吧，我的大姐！好了，就说到这儿吧，我手机快没电了。不过，以后你哪天想和我做爱了，就给我打电话，如果不与别的女人幽会冲突，我一定赴约。但避孕工具由你来准备，还是那种进口超薄的。拜拜！"

葛良假想，李一妹是否被男朋友玩了一把后狠狠地甩了？

李一妹又撕下一张报事贴，葛良吓得转身就跑。李一妹疯了，真是疯了！再不赶紧脱身，李一妹不定还有什么更疯更痴更离谱儿的言行呢。倘若扒下他的衬衣，脱下他的裤子，把报事贴贴在他因长期坐椅子而生出茧子的屁股蛋蛋上，那可就毁了他半生的清白，跳进黄河也洗不清了。

聪明的葛良失算了。李一妹一把揪住葛良的衣服领子，双手掐住葛良又细又长的脖子。葛良背对李一妹站在原地，不敢再动弹一步，生怕万一激怒了李一妹，她那双手若再使些劲儿，他的小命儿可就难保了。渐渐地，葛良感觉到李一妹的双手慢慢移开脖子，停留在他的后背上，十个手指头频繁地触击，像是在键盘上敲字。李一妹的语气也变得舒缓轻柔，悄声低吟：

"我爱你，这个世界，世界你爱我吗？我把一个幼女的童贞给了你，把一个年轻姑娘的激情给了你，把一个成熟女人的坦诚给了你，可是你奉还给了我什么？世俗，浅薄，丑陋，卑鄙，虚伪，贪婪，奸诈，诬陷，刻薄，矫情，滑稽，以及损人利己，见利忘义，同流合污，黑白颠倒，装腔作势，物欲横流，花天酒地，行尸走肉。但是，我不相信世界就是这个样子！人世间的一切应该是美好的。我真得感谢那些跳楼自毁生命的女博士，你们做了我想做但没有勇气做的事情。世道合理不合理，你都得要去适应它，只有适应它，才有可能去改变它。不能靠男人的光辉照亮自己，只有自己才能证明自己的价值。不能自弃，不能颓废，不能泄气。努力啊，一妹！你能行，宝贝！"

葛良断想，李一妹是在重温她命运低潮时写在博客上的内心独白？

李一妹说完，坐到沙发上，脸上现出一副心静如水的神态。

一个声音提醒着，还等什么，还不赶紧溜走！葛良一个箭步奔出房门。

然而，不可思议的故事紧接着上演。

葛良逃离李一妹家，在楼道里遇到郭金宝迎面走来。葛良心想，坏了，自己神色慌张，脚步匆忙，从一个大姑娘家蹿将出来，特别是撕去衣襟和脑门儿上报事贴的动作，很容易让人猜疑是在扣衣服扣子、擦脑袋上的汗，再正派的人看了也会起疑心。况且郭金宝是出版社腰下株式会社的骨干成员兼秘书长，有黄色幽默大师之称，能把没影儿的事编得有鼻子有眼儿，能把死去八百年的人说活喽。虽说不做亏心事，不怕鬼叫门，可葛良脸上尴尬的表情，足以证明他做了亏心事。等着吧，葛良和李一妹婚外恋的花边新闻，明天肯定在出版社传得满城风雨沸沸扬扬，而且很快会传到老婆余帆耳朵里。住单位宿舍最大的便利是，不管谁在出版社或在家里出了点儿事，会迅速传播到各家各户。如果这样，葛良和老婆再别想按做爱时间表规定的每相隔十天做爱一次了，也再别指望扣掉十二个积分后被处罚洗一个月脚便可重新获得驾照资格了，余帆准得哭着喊着铁了心地和葛良闹离婚。

躲是躲不开了，葛良向走到眼前的郭金宝笑了笑。葛良自己都能想象得出，他的笑容要多假有多假，要多装孙子有多装孙子。可是郭金宝根本就不和葛良过招儿，甚至没有正眼看他一下，管你葛良和李一妹搞不搞婚外恋呢，管你葛良是不是刚扣上衣服扣子、刚擦去脑袋上的汗呢，只管低头从自己斜挎的鼓鼓囊囊的帆布书包里拿出一张纸，小孩巴掌般大，用签字笔在纸上胡乱画了几下，双手递过去。葛良接过来一看，是彩票。葛良释然了，同时又被搞糊涂了，给我一张废彩票干什么？

郭金宝一改平日的猥琐，慷慨大方地说："这是十万元现金支票，你拿去随便怎么花都行，冲咱哥们儿多年的交情，冲咱两家楼上楼下住着，你一定要收下，不然就是嫌我烦我看不起我。"说着，郭金宝从葛良手里夺过十万元现金支票，塞进葛良衬衣兜里。郭金宝话锋一转："说起来，钱算什么呀？钱是三孙子，钱是王八蛋，钱是那流氓男人的阳物，钱是那浪荡女人的阴户。"

不愧是腰下株式会社秘书长，郭金宝三句话不离本行。

葛良扫了一眼郭金宝挎的帆布包，里面鼓鼓囊囊装的都是废彩票。不用说，郭金宝肯定也疯了。顺着陡坡骑驴，蹬着锅台上炕，葛良和郭金宝玩起猴爬杆儿，故作惊奇地问："兄弟，你哪来这么多钱呀？不会是绑了大款、抢了银行吧？"

郭金宝身子一斜，鄙视地说："哎哟，我说老兄，你也太孤陋寡闻了，太不食人间烟火了，真是两耳不闻窗外事，一心只编你的书。你不知道我买彩票中大奖了？扣完个人收入所得税，还净剩两千多万呢！给你这十万元，简直是九牛一毛。以后，如果哪个吃皇粮的人敢不全心全意为我服务，我就以一个高额纳税人的身份训斥他们。对了，我中奖的消息好多家报纸都登了，我一再叮嘱那些记者，不许用我郭金宝的真名，要用匿名，用郭金蛋、郭金锭、郭金砖都行；更不能让读者看清我照片的真面目，眼睛、眉毛，最好连鼻子也用马赛克遮住。为什么你知道吗？这年头儿哪能露富啊！俗话说得好，不怕贼偷，就怕贼惦记。万一让哪位江湖大盗惦记上了，早晚得绑了我的票，破费几十万元倒没什么，就怕黑了钱又撕了票。如今的绑匪，太缺少职业道德，一点儿行规都不懂。"

从中国发行彩票开始，郭金宝就迷上了这也许是一本万利，也许是血本无归的爱好。但好像压根儿没听说他中过五十元以上的奖，纯粹算是为光荣的博彩事业做了贡献。不光是买彩票，只要有抽奖活动他就积极参与。有一次中了一套不锈钢餐具，每天在食堂排队买饭时，他就把勺子当锤子把饭盆当铜锣，敲得当当作响，很有节奏，生怕别人不知道那是他抽奖得来的。

郭金宝换了一个话题对葛良说："下辈子呀，如果我托生成猪，我才不傻吃傻睡傻长肉呢，肉长得越快被人宰杀得就越快，还专爱挑你的瘦肉吃。当然了，我是打一个比方。下辈子，我才不托生成猪呢。钱嘛，既然能使鬼推磨，就能买通阎王爷，让他把我托生成……比如说鱼，对，就托生成鱼，海阔凭鱼跃；托生成鸟也行，天高任鸟飞。但说什么也不愿意再托生成人了，人活着太他妈的累，太他妈的虚伪，太他妈的贪婪，太他妈的……老兄，你给补充一句。"

"太他妈的装浑蛋！"葛良说完，忽然觉得不对劲儿，怎么不由自主上了这家伙的套儿了？我的神经可没不正常啊！

郭金宝弃葛良而去，走进李一妹家。葛良悄悄跟在后面，扒着门缝儿看见，郭金宝和李一妹两个发疯之人配合得倒是很默契，你给我一张十万元现金支票，我给你脸上贴一张报事贴，谁也没吃亏，谁也没占便宜。

葛良回到家，将郭金宝给他开具的十万元现金支票顺手夹在书的校样里，伏在桌前，奋笔疾书，给出版社领导写了一个报告，详细描述了这几天发生的怪现象和弥漫在宿舍楼里的恐怖气氛，建议迅速采取措施，根治楼内厨蚁，不然还会有人精神异常。并透露，在单位没有实施统一行动之前，他已用从网上获得的办法，以母土鳖作诱饵，开始对自家厨蚁进行捕杀，率先向人民公敌宣战了。

七

让葛良聪明的秃脑袋瓜儿想不到的是，用母土鳖为诱饵捕杀厨蚁果然比用蜂蜜效果好多了，只是这个成果太巨大、太辉煌，招来了至少成千上万只厨蚁。当他发现时，两个肥大的母土鳖已被厨蚁蚕食得只剩下两具骷髅。

按照预想的计划，待老婆孩子睡着，夜深人静以后，葛良将小玻璃瓶里的两只母土鳖分别放在盘子里，盘子一个搁在厨房，一个搁在卫生间。母土鳖身上发出一种特别的气味，说不上是酸是腥是臭还是咸，像是馊了的豆腐、变质的带鱼、腌了几年的老咸菜混合在一起的味道。葛良本想躲在书房，昼夜看守，谁想连打了几个嚏喷，鼻子有些酸，嗓子有些紧，脑门儿有些热，便吃了几片感冒药。而感冒药里的扑尔敏具有镇静安神催眠之功效，葛良半躺半坐在摇椅上想打个盹，却睡着了。

余帆夜里起来上厕所，先是闻到一股怪怪的味道，循着怪味儿看去，只见地上有个盘子，盘子里，盘子外，盘子四周，集结了一队队一帮帮一群群的蚂蚁。

葛良被老婆扯破嗓子的喊叫声惊醒，疾步奔进卫生间，只见余帆屁股坐在抽水马桶上，身子后仰着，双脚高抬着，两臂半举着，四腿不着地，像是耍杂技，嘴里哭爹喊妈地叫唤。葛良冲上去，英雄救美人，将老婆抱到床上后，又马上回来收拾残局。

事后每每想起来，都让聪明反被聪明误的葛良的头皮阵阵发麻。葛良永远也不会理解，仅仅两只母土鳖，总共没有半两肉，招引来的厨蚁数量竟如此众多。厨房和卫生间里的暖气、天然气、自来水管子，各家各户连着，再严也有缝隙。厨蚁沿着缝隙从楼上楼下钻进家来，形成几十支来来往往的队伍，争先恐后奋不顾身你抢我夺地蚕食盘中的母土鳖。有一队厨蚁和另一队厨蚁交叉通过一处时，谁也不给谁让路，发生群殴，死伤遍地，看来肯定不是一个窝的。葛良用开水浇，用药水喷，用双脚踩，厨蚁大都被弄死了，也有侥幸逃脱的，钻进管子缝儿和墙面瓷砖缝儿里。最后，葛良扫起厨蚁残骸，足有一簸箕，到底有多少只，谁也无法统计。再看盘子里的母土鳖，脑袋、眼睛、肢体、肌肉、内脏，全没了，只剩下一副硬盖儿。这种场面多亏没有让余帆看见，不然她就不仅仅是惊得杀猪般地号叫，坐在马桶上耍杂技，而是非得吓疯了不可。

夜里，葛良做了一个梦，是那种和辨认不清模样的女人交合的春梦。年轻时他做过这种梦，精满自溢，不足为奇。后来他醒了，发觉不是梦。黑暗中，一个女人劈开双腿骑在他身上。当葛良意识完全清醒过来，看见骑在他身上的不是别人，而是余帆。老婆今天这是怎么了？为了消除内心的恐惧吗？来者不拒，正中下怀，葛良积极配合着，明显感觉到自己那东西没套雨衣。这又为何呀？老婆刚来完例假，处于安全期，不用担心怀孕。但过去，不管是不是安全期，她都必须要他戴安全套。她不嫌男人排泄的那东西又腥又脏又黏了？她不嫌一看见就恶心一闻到就想吐了？她真的把这当成久旱的甘露治病的良药高级美容滋润霜了？她也不管今天是不是规定的做爱日了？余帆一概不嫌一切不管了，只管上下跃动埋头做爱一声不吭，甚至连气都不喘，像个老农耕耘，像个老牛拉犁，像个哑巴推磨。后来时间长了，动作剧烈了，体力消耗多了，才渐渐有了由细变粗的呼哧呼哧的喘气声。葛良平生第一次觉得这么忘情，这么尽兴，像发情的公驴似的嗷嗷叫床。听见老公叫床，余帆还是一声不吭，更不说我还没怎么着呢，你瞎叫唤什么呀，而是腾出一只手捂着老公嘴巴。葛良咬住老婆手指头，肯定咬疼了，但余帆还是一声不吭，抽回手拿过枕巾塞进老公嘴里。

这一夜，余帆一改过去性冷淡，主动要了三次，每次都一声不吭，每次都不许开灯，每次都不让老公套雨衣。结婚这么多年，葛良真真切切体会到了什么叫云里雾里，什么叫水里火里，什么叫酣畅淋漓，一切烦恼都不存在了，仿佛步入空灵的仙境。

第二天，葛良多年养成的早晨六点准时起床的习惯第一次被打破了。等葛良从睡梦中醒来睁眼一看，已经七点多了，再一看身边，人去床空。小雨也不见了，定是余帆送儿子去了幼儿园。

起床后，葛良身体很爽，心情舒畅，肢体感觉和心理感觉都十分美好，并不像有些劝人节欲的书里说的，纵欲过度将导致萎靡不振，两腿发酸发软。恰恰相反，葛良浑身轻松，精神倍增，似乎所有关节都活动开了，所有筋骨都舒展开了。这许是性压抑太久的缘故吧。

葛良热了一杯牛奶，煮了两个鸡蛋，又从冰箱里取出一块儿酱牛肉，以补充身体里缺失的蛋白质。刚刚吃完，正准备收拾碗筷，就听见传来一阵傻笑，隔着天井的玻璃窗看去，只见临窗屋子里，刘轩举着鸡毛掸子一下又一下地打着傻孙子。大宝一边用胳膊护着脑袋一边傻笑。大宝惹什么祸了，让爷爷这么狠打？不行，得马上过去管管。小静妈妈探亲前托付葛良夫妇帮助照管两个孩子，既然应许人家，就要负起责任。

葛良来到刘家，刘轩已经不打傻孙子了。葛良说："刘老师，大宝脑子有毛病，做了什么错事，您也不该打他，更不能生真气，如果把您老气坏了，多不值得啊。"刘轩不说话，死死盯着葛良看了好一会儿，忽然扔下手里的鸡毛掸子，上前一把拉住葛良的胳膊，竟然号啕大哭。葛良猝不及防，一时惊呆了。以往，这位性格内敛的老先生，别人一天不跟他说话，他一天不说话，别人一周不跟他说话，他一周不说话。今天这是怎么了？不仅如此，刘轩还认错了人，拉着葛良的胳膊使劲儿抖着说："李支书，我对不住您，对不住乡亲们啊！"葛良想，我什么时候荣升为支书了，加入组织的申请交了几年一直没讨论呢，老先生别是得了老年痴呆吧？

"李支书啊李支书，这事儿的责任全怪我，全怪我啊您知道吗？全怪我呀！我上大学时，到你们村里搞社会调查。有一天，我看见一个人在大街上边走边哭，肩上扛着一面黑布做的旗子，我见过红旗绿旗黄旗白旗，头一次见到黑旗，黑旗上贴着一只白鸭子，后面跟着一帮吹鼓手，奏的曲调儿跟送殡似的。我问那扛黑旗的人是谁，您说是公社书记。我问为什么扛黑旗，您说因为上报的粮食产量低，就得扛黑旗。我问为什么黑旗上贴一只白鸭子，您说那是比喻前进的步伐慢得就像笨鸭子，如果再慢就该贴乌龟了。这简直是侮辱人，不是简直，纯粹就是侮辱人！您冲我瞪大眼睛说让我闭嘴。我不明白您为什么发那么大的火，嘴是闭上了，可嘴巴半天半天才合上。回到村里，您跟我说，以后不许再当着人胡说八道。我说的是实话，怎么会是胡说八道？好好好，您说是胡说八道就胡说八道，我以后不再胡说八道了。过了没几天，公社书记陪着一个记者来到咱村，要拍粮食亩产放卫星的照片，拍了几张都不理想。我看见房东家一个小男孩站在旁边看热闹，就心血来潮，灵机一动，抱起孩子放在稻子垛上。等拍完照片，公社书记和记者拉我到一边儿，再三叮嘱我，这件事以后永远也不许说，跟谁也不许说，死了也不许说。我直纳闷儿，为什么不能说？有什么不能说的？等照片在报纸上登出来，小男孩明明站在稻子垛上，却硬说成是站在田里等待收割的稻穗上，踩都踩不倒。站在稻子垛上，当然踩不倒了，还把亩产稻谷说成二十八万斤。公社书记扛上红旗了，旗子上贴的也不是白鸭子了，是一颗卫星，跟在后面的吹鼓手，奏的曲调儿也变成喜庆的了。这不符合事实啊！事实是亩产不到四百斤。报的产量高，交的公粮就得多，村里交了所有打下的粮食，不够，把留下的种子也都交了，仍没凑够数。到年底，乡亲们一粒粮食也没分到手。野菜吃光了，树皮吃光了，草根吃光了，全村五百多人，饿死八十多口。这全怪我心血来潮，灵机一动，把房东家的男孩抱到稻子垛上。没有我心血来潮，灵机一动，怎么会造成这么大的罪孽？罪孽啊罪孽，这罪孽我有不可推卸的责任！房东家那小男孩，躺在炕上饿得昏迷不醒，十个脚指头让饿疯的耗子咬掉仨，走路一瘸一拐的。这件事过去几十年了，我由一个小伙子变成一个黄土埋到下巴的老头子，我一直照公社书记和记者叮嘱的，永远没有说，跟谁也没有说，把舌头咬断了往肚子里吞也没有说。可我心里愧疚啊，恨死自己了，常常梦见我吊死在咱们村那棵歪脖子榆树上，舌头吐得长长的，被一群野

189

狗撕着吃……我对不住李支书您，对不住乡亲们，对不住房东家那个小男孩！报应啊报应，我孙子是个傻子，一天到晚就知道傻笑，不可能娶到媳妇。这是我造了孽，老天爷让我断子绝孙啊！"

刘轩说到这里，泪流满面，浑身痉挛。

尽管这位老人的忏悔是在病态之下，而且有些语无伦次颠三倒四，但总算把埋藏在内心多年的话倾诉出来，心病兴许就好了。葛良以李支书的口吻安慰刘轩，要他放心，现在乡亲们的日子不愁吃不愁穿，房东家那个小男孩都已经抱上孙子了，欢迎他有时间再到村里看看。不知是葛良的话起了作用，还是年纪大了经不起激动，刘轩情绪渐渐平静下来，拉着葛良胳膊的双手慢慢松开，身子一点点儿矮下去，要不是被葛良及时扶住，就会瘫坐在地。葛良将刘轩扶到床上躺下，不等葛良找来毛巾被给他盖在身上，刘轩就睡着了。葛良看着眼前这位发出轻轻鼾声的前辈，鼻子一阵发酸，眼眶也湿润了。

葛良忽然想起，自从进屋还没看见大宝，几个房间找了一遍，不见人影。推开卫生间的门，发现大宝躲在墙角，双手攥成拳头放在胸前，嘴唇紧闭，脸涨得通红。葛良走上前说："大宝，没事了，爷爷睡着了，不会再打你了，走，跟叔叔到外屋去。"就在葛良伸手拉大宝的瞬间，大宝忽然从嘴里喷出一个字："渴！"

葛良吓了一跳，退了两步。大宝自从得了大脑炎就变傻了，变得不会说话了，只会傻笑不会哭，即便挨了打，流着泪也不会哭。今天怎么居然开口说话了？虽然说得有些含混不清，但葛良真真切切地听见了大宝吐出的字是"渴"。

大宝说完渴，停顿片刻，大哭起来，哭声震天，哭声拉得很长。

今天可真邪了，大宝会说话了，也会㤭哭了。更让葛良不解的是，随着大宝的哭声，洗手池的水龙头、淋浴的喷头和抽水马桶的阀门都一齐自动打开，水哗哗地流出来。等大宝哭声一停，水流立刻止住了。

怪了，真是怪了！安顿好大宝，葛良回到家，心里一直想着那件怪事，为什么大宝一哭，所有水管阀门都自动打开，而大宝哭声一停止，阀门又都自动关上？若不是亲眼所见，葛良怎么也不会相信。

让葛良不会相信而又不得不信的事情再次发生了。隔着相邻的天井窗户，葛良看见大宝站在他家窗前，又将双手攥成拳头，放在胸前，紧闭嘴唇，脸很快又涨红了，随后蹦出一个字："苦！"这一声苦，音量显然比说渴时大多了，吐字也清晰多了。紧接着，大宝又是一阵大哭，哭得人心惊肉跳，哭声拉得更长。伴着哭声，葛良手机骤然响起。葛良以为是谁来了电话，翻开机盖，手机依然响个不停。与此同时，家里的闹钟也"铃铃铃"地大叫起来。这就更怪了，自从养成早晨六点钟起床的习惯，闹钟再没派上用场，也没上过弦，可为什么忽然铃声大作？大宝哭声停止了，手机不响了，闹钟也不闹了，大宝身影也从窗前消失。

这位患大脑炎并留下严重后遗症的傻孩子，莫非有什么神奇的通灵之处？葛良有些不放心，生怕大宝闹出什么惊天动地的事来。葛良返回大宝家，在他爷爷刘轩的房间找到大宝。只见大宝坐在床边的沙发上，又一次攥紧了拳，涨红了脸，接着又冒出一个字："憋！"如同前两次一样，大宝随即大哭起来。哭声中，葛良莫名其妙地上下一块儿排气，打了俩饱嗝，放了仨响屁。大宝哭完了，头一歪，依偎在爷爷身旁，像是耗尽了所有精力，睡着了。

葛良回到家，点上一支烟，思索着大宝说的三个字。大宝说的渴，是渴望，是渴求，还是渴盼，是说自己还是指别人？大宝说的苦，是苦衷，是苦难，还是苦痛，是指别人还是说自己？大宝说的憋,是憋闷,是憋气,还是憋屈,是说别人同时也是指自己?葛良思来想去,不得其解。

后来听宿舍楼里的许多居民反映,那天,一会儿水龙头自动打开流水,一会儿手机和闹钟无缘无故响起,一会儿人们比着赛地打嗝放屁,甚至连家里的狗呀猫呀都跟着一起排气。只有葛良知道其中的奥秘,但他不能说。说了又有谁信呢?谁也不会相信,因为谁也不能解释这到底是为什么。

晚上,葛良洗了澡,擦干身子和头发,刚上床熄了灯,余帆立刻骑到他身上,似乎早已等候多时,依然一声不吭,埋头做爱。一番云雨,一身大汗之后,葛良觉得有些累了乏了,不想再连续作战了。但余帆岂能容老公挂起免战牌,再次骑了上来。葛良只好疲于应战。葛良揽住老婆腰,忽然感到老婆不再细皮嫩肉了,手指触摸到许多小疙瘩。是不是被厨蚁咬的?想到这里,葛良心里一紧,身上发毛,下边顿时软下来。葛良推开老婆打开灯,看见余帆后背上果然有一片片小红疙瘩,几乎每个疙瘩上都冒出白头儿,如果使劲儿一挤,定会流出脓血。余帆怎么就不知道痒痒呢?怎么就不知道让葛良帮她挠挠呢?

葛良照余帆脸上不轻不重地拍了几下,大声地问:"嘿,你这两天怎么了?不会也是被蚂蚁折腾疯了吧?"似乎一语道破天机,点到致命穴位,余帆愣怔了一下,哭起来,越哭越烈,泣不成声……

突然传来小静一声尖叫,紧接着又是一阵大哭。葛良立刻奔出家门,一个身影在楼道里一闪不见了。葛良走进刘家,看到小静不禁大吃一惊!小静脑袋中间从前到后被推了一推子,茂密浓黑的头发一分两半。一个天真可爱的小女孩,怎么受得了这般摧残?罪魁祸首肯定是赵建勇,对一个幼童下如此毒手,真是惨无人道!这让她怎么见幼儿园的小朋友？怎么面对这个纷杂的世界？等小静妈妈探亲回来，你葛良又怎么向人家交代呀？葛良安慰小静："叔叔把你的头发全推了吧，用不了多久就会长出新头发，肯定比原来更好看。"小静眼神发愣，表情无动于衷。葛良说："如果你同意就点点头，不同意就摇摇头。"小静不点头也不摇头，似是自闭了。葛良推光了小静的头发，回家找出儿子的一顶运动帽，想给小静戴在头上。葛良返回刘家时，只见小静正在拔着芭比娃娃的头发。葛良没有阻拦，默默地看着，直到小静一根根地把芭比娃娃的头发全都拔光了。葛良感到眼眶一阵发酸，用手抹了一把，并没有泪水，这才意识到是心里在流血……

葛良激灵一下醒了，原来是做了一个梦。幸亏是个梦。早晨起来，葛良送小雨和小静去幼儿园，看见小静的头发茂密浓黑，芭比娃娃的头发也一根没少。葛良想不明白，自己为什么要做那样一个梦？咳，幸亏是个梦啊！

八

葛良写的宿舍楼有人精神异常的报告，起初没有引起出版社领导的足够重视，后来又有几个人出现类似症状，领导这才觉得事情非同小可，请来有关专家现场勘察会诊。专家们一致认定，这是因宿舍楼内厨蚁泛滥成灾，导致人的心理长时间地焦虑和恐惧而引发癔症，也叫歇斯底里。癔症具有很强的暗示性，一个人出现精神问题，处在同一环境下的人就会增加潜在的心理压力而被感染。换句话说，瘟疫是通过病菌传染，而癔症则是通过心理传染。从目前情况看，已经显现出爆发群体性癔症的苗头，若再发展下去，后果不堪设想。防疫部门责令出版社紧急疏散楼内所有居民，彻底干净地歼灭厨蚁，铲除产生癔症的病原。

专家们还通过诱测，对宿舍楼内厨蚁存有量进行了估算。每窝厨蚁一般有二三十万只，全楼住着一百六十多户人家，如每三个家庭里筑有一个厨蚁窝，全楼大约有一千三百万只。这一千三百万只到底是个什么概念？葛良凡事都爱追求完美认真，所以活着就累，但他不嫌累，用计算器计算了一下：一只厨蚁有两毫米长，一千三百万个两毫米连起来排成队，等于两千六百万毫米；折合成米，是二十六万米；折合成公里，是二百六十公里。妈呀，这么说来，那天夜里葛良用母土鳖招引来的厨蚁只是个小小的零头儿。

情况紧急，刻不容缓，宿舍楼所有居民在一天之内就疏散完毕，临时住进各家旅社宾馆饭店招待所，当然不是高级的那种，不然出版社可掏不起那么多银子。

按照宿舍楼每两层或三层入住一家单位的安排，葛良、刘轩、丁玲玲、赵建勇、李一妹、田浩、郭金宝等二十多户人家，被分派到一个叫"红房子宾馆"的二星级招待所，好吃好喝好招待，又有医务人员定时送医送药。没过几天，离开了宿舍楼那个环境，所有患癔症的人精神逐渐恢复正常，与病前没什么两样。

刘轩缄口不语，别人一天不跟他说话，他一天不说话。

大宝不会说话，只会傻笑，不会哭，挨了打也不会哭。

赵建勇睁大眼睛，绷紧神经，看谁都怀疑是作案对象。

郭金宝继续热衷于为博彩事业做贡献，赌注下得更大了。

田浩一如既往痴迷地写童话和寓言，似乎比原来还要着魔。

至于丁玲玲和李一妹，为尊重人家女士，不便多说什么。

住在红墙壁红窗框红屋顶的红房子宾馆里，未经许可不得随便出入。葛良闲着没事，看书翻报消磨时间。一篇养什么样的花好的文章吸引住了葛良的眼球。文章告诫人们，不要在住家特别是不要在卧室摆放虎皮刺梅，还引用一位防治鼻咽癌专家的研究成果说，虎皮刺梅的茎干、叶子、花朵会放射出一种剧毒物质，而这种剧毒，人根本闻不到。人如果长期呼吸含有这种剧毒的空气，患鼻咽癌的几率将增加几十倍。想不到，这种一年四季花开红艳艳的植物，竟是人类健康的杀手。人闻不到虎皮刺梅放射出的剧毒物质，比人的嗅觉不知要灵敏多少倍的蚂蚁是否会闻到？儿子养在床头柜里的一窝厨蚁为什么大举迁移？葛良似乎从中找到了答案。等回家以后，一定把小雨房间窗台上那棵虎皮刺梅，连盆带花一起扔进垃圾桶，不能再让它用美丽的鲜花来毒害孩子了。

夜里，葛良钻进老婆被窝，很想意思意思或逗逗咳嗽，却被余帆断然拒绝。不仅如此，对她曾一夜主动和葛良做爱三次，每次都不要葛良套雨衣，一概矢口否认。甚至还说："是你想和我做爱想疯了吧？不行，必须严格遵守做爱时间表，如你胆敢违规，执行怎样的处罚你是知道的。"葛良还能说什么呢？性疯狂是余帆患有癔症，性冷淡是余帆精神正常。况且领导已经明确说了，不管是谁，癔症发作时其所有言行一律不负有责任，也不给予法律追究。

居民被紧急疏散以后，防疫人员开始了灭杀楼内厨蚁的行动，撒药面，喷药水，放烟雾。为了保证灭蚁效果，必须将宿舍楼严严实实密封起来，不能泄漏一点儿空气。问题出现了，到哪里去找能罩住整栋楼房的东西啊？当人们对此一筹莫展之际，葛良想出了一个主意，一个只有绝顶聪明的葛良才能想出的主意。最终防疫人员采纳了葛良的主意，请一家中外合资企业，定做了一个特大的橡胶制品，自上而下将楼套住。出版社腰下株式会社的坏小子们说，嘿，真绝了，楼房顶子红色的，楼体涂料肉色的，罩上一个橡胶套，这简直像一个特大阳物，应该申报吉尼斯世界纪录。葛良心里痛骂，这帮坏小子真该枪毙，楼体是男人的阳物，楼里住的居民成什么了？特别是郭金宝，身为腰下株式会社秘书长，你居然赞同这个淫秽的说法，别忘了，你也是住在这楼里的一分子。赶明儿你买彩票中了大奖，记者报道时，你的匿名也别叫什么郭金蛋郭金锭郭金砖了，干脆就管你叫郭精子，一个被囚禁在橡胶制品里的精子，永远永远也别想拥抱着卵子洄游到温暖的子宫里去，让你同男人排泄的那又腥又脏又黏的东西一起，成为厨蚁们吸食的美味佳肴。

不管到底像什么，楼房罩上那个密不透风的橡胶制品，灭蚁效果极佳。几天后，防疫人员在每个楼层进行了多点诱测，没有发现一只活厨蚁，但也没有发现一只死厨蚁。真奇怪，难道那一千三百万只厨蚁上天入地，不翼而飞？

癔症治好了，厨蚁灭绝了，居民们从各个宾馆饭店招待所迁回来了。搬家这天，宿舍楼的三部电梯非常繁忙。一开始还好，运行平稳，上下正常。后来，每部电梯都出现同样的小故障，轿厢下降到一楼，按说应该与地面保持一个水平才对，但渐渐高出地面有十厘米。等陆陆续续搬完家，电梯闲下来，请电梯公司的检修工一检查，发现电梯轿厢底部堆存了近一米厚的厨蚁残骸。

过了些日子，当人们对厨蚁和厨蚁造成的灾难渐渐忘却的时候，有一天葛良翻看旧报纸，发现有一条消息，急于寻找中了八百万元大奖却一直没来领取的人，再一看中奖号码，感到有些眼熟。葛良从书的校样里找出郭金宝给他开具的那张十万元现金支票，彩票上的号码与中奖号码一模一样！

郭金宝拉上葛良当证人找到兑奖处兑奖，可人家却说中奖的彩票过期了，作废了，不如一张擦屁股纸了。郭金宝当场晕倒。

当第二天葛良在宿舍楼楼道里看见郭金宝时，他又斜挎着鼓鼓囊囊的帆布书包，里面又装满了废彩票。郭金宝拍拍书包对葛良说："你听说了吧？我中了大奖，八百万元啊！"葛良应付说："好，中八百万好。"郭金宝说："我要用这八百万，买通阎王爷。下辈子，我不托生成鱼，也不托生成鸟，更不能托生成猪，我让阎王爷还得把我托生成一个人。"葛良说："我记得你原来说，再也不愿意托生成人了，说人活着太累、太压抑、太虚伪，我还给你补充一句，太装浑蛋。这回怎么又想托生成人了？"郭金宝说："我求阎王爷把我托生成一个能人强人巨人，我让别人压抑，我让别人虚伪，我让别人装浑蛋！"葛良顿觉后背嗖嗖冒凉气，赶紧抽身溜走了。

这天早晨，在红房子宾馆四楼的一个房间里，一位性消费者醒来，发现性工作者已经走了。这位性消费者穿鞋下地，忽然发现地砖上有一团棕红的东西连着一条棕红的长线，一直延伸到靠窗户的暖气管子下面。他戴上近视眼镜，弯腰仔细一看，妈呀，那一团棕红的东西原来是他用过的防止染病的套套，套里套外爬满了无数只小红蚂蚁，而那一条棕红的长线是小红蚂蚁正在往来穿梭搬运他的排泄物。吓得这位性消费者大叫一声，从此阳痿，吃了各种补药也不见效。后来听说吃人的胎盘管用，就买来与猪心猪肝猪肺猪肚猪大肠一起炖成吊子吃了，效果果然神奇，性消费的次数更多了。

不久，葛良下班路过红房子宾馆，望着四楼他曾住过的从东面数第二个房间，心中不禁油然升起一种亲切感。他看见大门口挂着一块牌子，醒目地写着"因故停业整顿"。葛良一打听才知道，停业整顿的"因故"是，红房子宾馆从服务员到炊事员，从管理人员到总经理，一个个都癌症了……

半个月亮掉下来

一

地道里的阴暗潮湿吸食了手电的光亮，微弱的落点还是照清了两扇石门，上面映着细小的水珠，泛着幽幽的亮光。钌铞儿和一把老式锁锈成了铁疙瘩，只一拧就酥碎得失去把门的作用。试探地推了推，石门竟然开了，一道道黄光白光红光蓝光刺目耀眼。定睛看了，闪黄光的是金条，发白光的是银锭，泛红光蓝光的是宝石。这些金银珠宝原本装在箱子里，可箱子板已经朽成末儿，宝贝堆在地上形成一个个小山。回身看看，不见有人，这才把手伸向一根金条——啊！金条似乎是刚刚浇铸的，烫得他大叫一声……

王一斗醒了，手掌上虽没有灼伤的痕迹，但分明感到火辣辣的疼。

满囤妈被惊醒了："又做你那发财梦了吧？"

王一斗扳过老伴儿："你听我跟你念叨念叨。"

满囤妈有些不耐烦："你穷得发神经，自个儿不睡觉，也不让我睡是不是？"

王一斗认真地说："这回梦得真真儿的，比过去哪次都清楚。"

满囤妈揶揄地说："再清楚也是梦，有能耐真的拿回一根金条来，让我过过眼瘾也行呀。"

"你别损我，赶明儿真发了财，看我不把你休喽。"

"得得得，那我就不打搅你了。不然赶明儿一搬家，想在这老宅子做发财梦也做不成了。"满囤妈翻过身去，亮出发面饼似的圆滚后背。

几十年来，王一斗重复地做着同样的梦，有时清晰，有时朦胧，内容大同小异，几乎一成不变，结局都是被金条烫醒，每次醒来，手掌都感到火辣辣的疼。王一斗请过不少睁眼的瞎眼的睁一只眼瞎一只眼的算命先生，但都无法解析这个梦，也说不清为啥这些年总做同样一个梦。只好认同满囤妈的话："都怪你不开眼的爷爷给你起了个一斗的名儿，你这辈子顶多就是一斗粮食的命，穷疯了就做发财梦呗。"

起风了，院门口老槐树的枝杈借助月光把影子投到院子里，映到窗户上，不停地摇啊摇，摇得王一斗神情恍惚，好像躺在漂泊的小船里。二十岁那年，一个月明星稀的晚上，他和当年的满囤妈在河北定兴老家的小河边幽会，躺在船篷里，相互拥抱着。怀里的姑娘可不是现在发面饼似的圆滚后背，一条家织布的大红裤腰带在她细腰上系了三圈，他给她宽衣解带，一圈圈地觉得是那样烦琐和漫长……第二天，王一斗就来到北京城一家煤铺送煤拉脚。就像如今四川、安徽盛产小保姆一样，早年的沧州、静海常出太监，三河、乐亭常出老妈子，北京城里送煤的、摇煤球的大多来自河北定兴，这都是因为彼此引导推荐介绍鼓吹的结果。有了糊口的营生，没有住的地方，王一斗请"跑房纤儿"的租下三小间东厢房。俗话说，有钱不住东厢房，冬不暖，夏不凉。虽说租的是东厢房，因有老槐树的枝杈挡住了夏天毒辣的阳光，所以也不觉得有多热。安个家不容易，一切都要现置买，可哪有那么多富余钱呀？于是从煤铺借来一块铺板，没有铺凳，就自力更生，因陋就简，找来四根木桩、两块木板。木桩一头削尖，砸进地里当立柱；木板按铺板的宽窄长短钉在木桩上做横梁，代替铺凳使用。有一根木桩砸进地里不到半尺就咚咚地钉不下去了，心想遇到了砖头，一时犯懒就没有再往下钉。

闹得他睡觉时，一翻身床就摇晃，一摇晃就让他感觉是躺在船篷里，就让他想起大红裤腰带在细腰上系了三圈的姑娘。也就是从躺在这张摇摇晃晃床上的那天夜里开始，王一斗做起了在暗道里发现金银珠宝的梦。几十年了，每年都梦见那么一两回。

这天夜里却不然。也许是因为即将搬离居住了四十多年的宅院的缘故，也许是第六感觉此时此刻发挥了神灵作用，也许是命运使然注定要让"一斗粮食的命"的他梦想成真一回，冥冥中，王一斗想到了如同躺在船篷里的那张摇摇晃晃的床，想到了那根砸进地里不到半尺就钉不下去了的木桩。可为啥发出"咚咚"的空声，应该是"噔噔"的实声才对呀，莫非砖头底下盖着……王一斗不敢再往下想了。他从褥子边摸出一盒清凉油，打开，用食指抿了一块，涂抹在太阳穴两侧。这是他多年养成的习惯。只要遇到急事、烦事、愁事或后悔的事、不顺心的事、想不开的事，太阳穴两侧的大筋就突突，一突突脑子就炸开似的疼，一疼就必须赶紧涂抹清凉油。但只是起麻木作用，脑子不一定有多清醒。

王一斗摇着发面饼般的圆滚后背："哎，醒醒，别睡了。你说咱住的这个院子，早年间会不会是太监的暗宅？"

满囤妈没有正面回答："你是喝高了，还是撒呓挣呀？"

"别瞎扯，跟你说正经的呢。"

"本来嘛，大后晌黑的不睡觉，胡思乱想啥呀？"

"我要是早胡思乱想，兴许早就成阔佬儿了。"

满囤妈起身拉亮电灯："你不是还在做梦吧？"

王一斗忽地坐起来："睁开你俩窟窿好好瞧瞧，我是做梦吗？"

满囤妈索性也盘腿坐定："那好吧，有话说有屁放，二踢脚摇铃铛，是带响儿的我都听着。"

"当年八国联军攻打北京的事，你听说过吧?"

"前些天，电视上还演了呢。"

"八国联军攻进北京前，慈禧太后把皇宫里的金银珠宝装了八大马车，藏到一个太监暗宅的井里，这你也听说过吧?"

"这一片儿上了年纪的谁不清楚呀，就差地球上的人都知道了。"

"后来，八国联军撤了，八大马车金银珠宝藏在井里，直到慈禧太后归天也没挖。"

"那都是人穷疯了瞎传，要是真的还能留到今儿个让你惦记?"

"要是瞎传，天下大乱时，为啥把南屋的夏五爷整成神经?"

"整成神经的多了，又不是夏五爷一个。"

王一斗有些恼了："你娘那臭脚! 我没工夫跟你抬杠。你想过没有，藏着八大马车金银珠宝的那眼井，就埋在咱家南屋地下。"

满囤妈一点儿不觉得惊讶，张圆了嘴巴打了一个哈欠："这样吧，我睡我的觉，你自管在南屋地下挖地三尺，反正要不了几天一搬家，这房子也就拆了，当心老胳臂老腿儿的别扭着。要真是挖到金银珠宝了呢，叫我一声，我帮你拿，省得金条把你的手烫破了皮。"

满囤妈的挖苦和贬损没能阻止王一斗对梦的解析，他打定主意非要刨开南屋地，看看当年挡住那个削尖木桩的东西到底是啥，要是一块砖头也就死心了，真要是那……别说自个儿后悔一辈子，儿子孙子重孙子祖祖辈辈都要悔断肠子。难道这辈子一轮到他烧香，灶王爷就掉屁股的事还少吗?

王一斗起身下床，提了提大裤衩子，穿过堂屋来到南屋，拉亮电灯，搬开紧挨南房山的破木箱子，露出水泥地面。其实，王一斗不止一次地想刨开屋地看个究竟，但都鬼使神差地错过了机会。到了京城煤铺送煤拉脚，那个大红裤腰带在细腰上系了三圈的姑娘要进城来看他。他在信托买了一张双人床，摆放在北屋，就将南屋那个用木桩和铺板搭建的单人床拆了。当拔出那个摇摇晃晃的木桩时，他本想刨开屋地看看，就在这时，从院子里传来夏五爷一句"王一斗有人找"的喊声。他出屋一看，是细腰姑娘，但细腰不复存在，变得大腹便便。王一斗不禁脱口而出："你……你咋成这样？"怀着后来叫满囤的孩子的女人说："光撒种子不管收，门儿也没有呀！"王一斗明白这都是临进京城那天晚上在船篷里惹的祸，赶忙把女人拉进屋里，免得街坊四邻说三道四。半年不见，干柴烈火，一阵亲热，一番云雨，哪里还顾得上刨开屋地看看呀。再一次想刨开屋地看个究竟，是把砖地改成水泥地的时候。这三小间东厢房地面铺的是青砖，一到夏天就返潮，王一斗求房管所在砖地上抹了一层水泥。当房管所工人师傅用大木抹子将和好的水泥铺摊开来的那一瞬间，王一斗又冒出把靠房山的那个地方刨开看看的想法，可当着几个外人的面，不便暴露自己心思。就这么一犹豫一恍惚一愣怔，水泥在大木抹子的挥舞下把青砖地严严实实地覆盖起来。这以后好长一段时间，王一斗莫名其妙地觉得心里空空荡荡，没着没落，而且至少有一年工夫没有再做那个发财梦。

王一斗从工具箱里找出錾子和锤子，蹲下身刚要操作，又停下来，走过去拉上窗帘。夜深人静，偶尔有一辆载重汽车呼啸而过，震得窗户微微地颤抖。尽管轻手轻脚，不敢用太大劲，但铁锤子砸在钢錾子上发出的清脆尖厉的声音，足以惊醒睡梦中人。王一斗支棱着耳朵听了听，院子里没有什么动静，便又举起锤子照錾子砸下去。这次用劲大了些，錾子发出一阵"嗡嗡儿"的颤音，水泥地上只显露出一个白点儿。这样下去怎么了得，满世界的人都会听见。

王一斗找来一只破鞋底子垫在錾子上，锤子再砸下去，只有地颤动，声音小多了。

窗户忽然亮了，西厢房白炽的灯光映过来。

王一斗停下手，专注地听。

"哗啦啦……哗啦啦……"，尿水注入尿盆发出的声响，清晰地钻进王一斗的耳朵。这个娘们儿！王一斗心里骂着，一时走了神，脑子里闪现出枝子妈大脸庞大嘴巴大眼睛大耳朵的形象。

西厢房的灯灭了，东厢房暗下来。王一斗重新操起錾子锤子与水泥地较劲。不一会儿，两三厘米厚的水泥地就酥了碎了，撬开了，露出原来的砖地。掀起一块块砖，用铁锨挖不到半尺就发现当年挡住木桩的一块青砖。这青砖很大，王一斗一圈圈儿地扩挖着，亮出青砖的真面目，二尺见方，三寸来厚。活了六十多岁，王一斗还没见过这样大的砖。他用力一撬，青砖裂成了几块。他不知道，此时他犯下一个大错误，损坏了一块就算不是国宝级至少也是极有收藏价值的文物。后来听枝子的二叔郑考古说，这砖叫金砖，是专门用来铺设皇宫大殿地面的。这天，如果没有做贼般的感觉，如果心情不是太急切，如果手脚再轻一些，如果早一天知道有关金砖的常识，那么即使藏在井里的八大马车金银珠宝一点儿也没得着，得上一块完整的价值不菲的金砖，王一斗起码也少吟诵一次"后悔哟后悔死喽，后悔哟后悔可喽"的咏叹调。

王一斗将裂成几块的青砖搬开，露出一个口有水缸大小的黑窟窿，他激动得几乎窒息，一时竟不知所措。这就是那眼藏有金银珠宝的井吗？这不会又是做梦吧？王一斗定了定神儿，猫腰想看个究竟，一股阴冷的潮气撞在脸上，不禁打了一个冷战。他蹲下身来，战战兢兢地打量着黑窟窿，似乎这不是一眼井，而是一头张开大嘴的怪兽。让王一斗不解的是，这眼井的井壁不是砖砌的，而是用弧形大瓦构成，四周夯的是三合土，土里白灰的颗粒依稀可见。王一斗抄起一块碎砖头，试探地投进井里，发出"嘭"的一声响，好像落在了木质的东西上，也不是想象的那样深。王一斗回到北屋，本不想叫醒满囤妈，免得再遭她"金条把手烫破了皮"之类的挖苦，但手电筒压在满囤妈的枕头底下，自从嫁进这个院子她就总感觉屋子里阴森森的，夜里只要有个风吹草动，她就开亮手电筒，满屋乱照，疑神疑鬼。

王一斗刚把手伸到枕头底下，就被满囤妈一把按住了。

"你拿它干啥？我新换的电池。"

"我用一下不行呀？"

"我看你真是神经了，深更半夜不睡觉，叮叮咣咣闹耗子呢？"

王一斗无心恋战，压低声音说："我挖出井来了。"

"井？出水没？赶明儿咱吃水不用交水费了……"

不等满囤妈贫完，王一斗把老婆子死鸡拉活雁似的扯到南屋，指着黑窟窿说："睁大你那狗眼好好瞧瞧！"

满囤妈的"狗眼"睁得大大的，她被眼前的情景惊呆了。

王一斗打开手电筒，照向黑窟窿，一束光柱穿透翻滚着的团团雾气，照亮了井下三四米处铺着的木板。他让满囤妈找来支蚊帐的竹竿，伸进井里，竹竿的一头杵到木板上，发出"咚咚"的声响。"听见了吧，是空声儿，木板底下一准儿还有井。"

后来证明，王一斗的揣测是对的。在用弧形厚瓦衬砌的井壁中间，横铺着一块块木板，而且是一水儿的柏木，足有半尺多厚。木板下掩盖着一眼青砖白灰砌的大口井，井底部还有卧井，卧井把口安有两扇石门，打开石门，里面豁然开朗，别有洞天……与王一斗梦中的景象几乎一模一样。

满囤妈缓过神来："就说木板底下有井，你敢保证有金条银锭？"

王一斗说："咱挖开它瞧瞧不就知道了。"

满囤妈说："咋挖？这么深，你我都老胳臂老腿儿的。"

王一斗说："你是绝户呀？咱把儿子从老家叫来。"

满囤妈说："满囤能听你的吗？媳妇打个喷嚏他都哆嗦。"

王一斗想了想，编出个主意："就说这次房子拆迁补偿了好几万块，钱多得咱俩不知咋花了，媳妇立马会给满囤插上翅膀飞来。"

"你以为小两口儿傻呀？真要得好几万块钱，你会告诉他们？"

"你少跟我抬一句杠，不会得噎食憋死！"王一斗命令着，"明天一早儿你就给我回老家去叫儿子。"

满囤妈有些犹豫："再过十来天咱就搬家了，破东烂西的我还都没收拾呢。"

"要不说你头发长见识短呢！挖出金银珠宝来，家里那些破东烂西的你还要哇？卖给收破烂儿的还要看我有没有工夫。"

满囤妈低声说："老头子，咱这么干，犯法不？"

王一斗说："犯啥法？犯谁的法？咱在这屋子住了几十年，埋在地里的东西就应该是咱家的。再说了，神不知鬼不觉的，只要咱不说，神仙也不知道。"

这时，突然传来一声"喵——"的惨叫，长长的，怪怪的，鬼哭狼嚎一般，划破了整个夜空。王一斗吓得心惊胆战，头发根子都立了起来。满囤妈两腿一软，瘫坐在地上……

奇耻大辱啊！一个堂堂几万万人的泱泱大清民国，让区区几千个洋毛子就给整治了……噢，对了，不是大清民国，还不到民国呢，

208

男人还留着辫子，是大清帝国，大清帝国。几千个洋毛子，还是八国联军，不远万里来到中国，凭着船坚炮利，没费吹灰之力就攻陷了天津卫。北京离天津二百多里地，快马也就一天的路程。京城皇宫里一下子慌了神，真是慌了神。宫里的大臣太监娘娘妃子可以跑，金銮殿的金银珠宝可没长着腿儿，万一洋毛子攻进北京，闯进紫禁城哄抢怎么办？李莲英鬼点子就是多，伏在老佛爷耳朵边嘀咕了几句。老佛爷一听，骂开了："你们这些狗东西，别看没了坠着身子的秤杆秤砣，花花肠子一点儿也不少。就说你吧，瞒天过海在宫外建了两三处暗宅，还娶妻纳妾，收养继子，没有冤枉你吧？"李莲英小脸刷白，扑通一声跪倒在地："老佛爷圣明，奴才该死！天下事甭想瞒过老佛爷您。"老佛爷只好依了李莲英的主意，火烧眉毛，兵临城下，屎堵屁股门，不依不行了。吩咐马上装箱，金银珠宝连夜转移出宫。这时候，有探马来报，八国联军出了天津，直奔北京而来，先头部队已经过了武清。

二

半夜里那一声猫的惨叫，全是因为一只独眼龙黄猫闯进夏五爷收养的几十只瞎拐秃瘸猫的领地引起的。就像号子里来了新的囚犯，往往要受番折磨，俯首称臣才算过关。大约是十几年前的一个冬天，夏五爷从街上捡回一只断了一条后腿的大白猫养在家里。打那儿起，也不知哪儿来的那么多的被遗弃的猫，纷纷投奔夏五爷的门下。有时二三十只，有时四五十只，来去不定，多少不详，闹得院子里一年四季臊烘烘的。倘若谁要问夏五爷您收养了多少只猫，夏五爷一准儿会说"不知道，打死也不知道"。不仅"打死也不知道"到底养了多少只瞎拐秃瘸的猫，对人世间的许多事，夏五爷也是一会儿明白，一会儿糊涂，动不动就"不知道，打死也不知道"，这是天下大乱时留下的后遗症。

王一斗折腾了多半宿，身子骨和神经都累得不轻，一觉醒来，天已大亮，以至连满囤妈什么时候离开家去找儿子搬救兵也不知道。王一斗正猫腰撅腚洗脸，听见院子里有夏五爷和枝子二叔郑考古说话的声音，就支棱起耳朵。

"夏五爷您哪天搬家呀？"

王一斗脑子里闪现出郑考古戴着的那副永远雾蒙蒙的眼镜。

"说好了，全院同一天搬。"

一个院住了几十年，王一斗想不明白，夏五爷为啥一辈子不婚不娶，而且整天啥事不干，却从来不愁吃穿。

"这回给您多少房子呀？"郑考古再问。

"你大嫂家多少我多少。"夏五爷回答。

"赶明儿搬了家，这些猫，您怎么安置它们呀？"

"不知道，打死也不知道。"

听到这儿，王一斗迎出屋，向郑考古打着招呼："大兄弟，今儿咋这闲在？"

"咳，这不是拆迁要搬家吗，我来看看能帮嫂子什么忙。"郑考古扶了扶雾蒙蒙的眼镜。他本名叫郑高古，叫白了就叫成了郑考古。

"光说不成，这亲的呀就是亲的，打断骨头连着筋。"王一斗的话里多少有巴结的味道。

"咳，谁叫我大哥走得早呢。"郑考古说话时总爱在前面加一个"咳"，这许是北京大学考古系的高才生至今在考古方面也一事无成的由衷叹息吧。

"她二叔，来，进屋坐吧。"方头大脸的枝子妈高挑着竹帘迎小叔子进了西厢房。

光顾跟郑考古说话了，王一斗没看见给猫喂食的夏五爷向这边瞥了一眼。进了家，王一斗心里犯嘀咕，刚才的话是不是说多了？郑考古在文物考古所做事，要是叫他闻到了风声，井里那八大马车金银珠宝可就一件也得不着了。

吃完晚饭，王一斗沏上一壶茶，点上一支烟，静下心来，琢磨着待满囤妈找来儿子，怎么才能下到井里取宝。看来，绝不能大挖槽，费工不说，动静也太大。再说，已经跟拆迁办签了合同，不几天就搬家了，时间不允许。只有悄悄地进军，钻透横在井中间的木板。这个并不难，来京城送煤之前，他跟着舅舅学过几个月木匠，现在家里的桌椅板凳还都是自己打的呢。锛凿斧锯也现成，钻透木板应该说轻而易举，先用凿子将木板凿开一个洞，再伸进刀锯一点点儿地锯，不显山不露水地把事就办了。噢，对了，家里那把刀锯锛掉了好几个齿儿，要买一把新的才行，舍不得孩子套不住狼……正想得入神，满囤妈满头大汗地回来了，一屁股坐在椅子上，胸脯一鼓一鼓的，光生气不说话。王一斗开开电扇，递上毛巾，问搬来救兵没有。

"别提了，就你这儿子，脊梁骨算是酥断了，媳妇不吭声，他连个蔫儿屁都不敢放。"满囤妈抄起茶壶咕咚咚灌了一肚子，汗水愈加流淌不止。

"那你没说井里藏着宝贝，叫满囤帮我来挖？"

"不说还好，说了以后，媳妇一个劲儿损我是财迷心窍。"

"满囤没留你吃饭？"

"媳妇一立眼，王八脑袋立马儿缩回去了。"

王一斗急得在屋子里走遛儿。钻透横在井中间的木板，起码要两个人，一人下到井里凿，一人井边拽着绳。满囤妈虽说也算个人，可只有嘴上功夫，干点儿活就喘成捣蒜杵子似的。

"要我说，这也怪你。办事没个准星儿，不长后眼，不然你们爷俩也不会闹得这么生分。"

"说说的，怎么冲我来了？"

"本来就是嘛！"满囤妈把矛头转向了老头子，"让你自己说，这辈子，你干了多少养活孩子没屁眼儿的事呀？"

"你也就是事后诸葛亮。要知道尿炕，早睡筛子了。"王一斗嘴上依然硬气，心里已经软下来。

满囤妈忽然抹开了眼泪："现如今，啊，咱这个家，亲不亲热不热的，谷糠贴饽饽捏不成团儿。"

"陈谷子烂芝麻，还提它干啥。"王一斗明显没有了底气。

满囤妈不依不饶："不是我埋怨你，这辈子你干的事，有一件对得起儿子吗？整天后悔哟后悔死喽，后悔哟后悔可喽！明知道后悔药难吃，可就是不长记性。"

王一斗无话可说了。这辈子，他觉得最对不起的人就是儿子。不然，儿子户口在北京，月月拿工资，怎么也不会窝憋在老家种地，被媳妇拿捏成软骨头。唉，话又说回来，能怪自己吗？谁让一轮到他烧香，灶王爷就掉屁股呢！

刚到京城送煤那会儿，一起送煤的老乡先后把家眷接进京，有的干脆娶了城里姑娘。王一斗却想，水流千遭归大海，树高千丈叶归根。等醒过梦儿来，晚了。后经三番五次申请，才把老婆孩子也接进京城，上了户口。没过二年，那股人有多大胆、地有多大产的热闹劲儿一过，立马挨起饿来，饿得前心贴后心，做梦都在吧嗒嘴。

212

在乡下，茅草根、榆树皮、洋槐花、烂菜帮子、白薯秧子都能充饥，更不要说还有遍地的马齿菜、蒲公英、车前子、猪毛衣等等野菜了。城里有什么？除了水泥地柏油路，就是汽车屁股吐出的废烟，还有下水道冒出的臭气。城里二级工，不如地里一畦葱。回去！王一斗以响应国家支援农业号召为名，把老婆孩子的户口迁回到河北定兴老家。等日子好过点儿了，想把老婆孩子的户口再办回北京，门儿也没有哇！王一斗长吁短叹，后悔哟后悔死喽，后悔哟后悔可喽！

前些年，有项政策规定，老工人退休，允许一个子女顶替接班，户口办进北京。人家机灵的，甭管够不够岁数，甭管有病没病，反正一个个退休回家，让在农村的子女来北京接班了。王一斗呢，论岁数，还不到退休的年纪；论身体，一年四季身子骨倍儿棒，吃吗吗香，即便有个头疼脑热，也不用吃药，往脑门儿上抹点儿清凉油，准好。谁承想，敢情啥事都不是板上钉钉儿。等他到了退休年龄，变了，外地农村的子女不许到北京顶替老子上班了。这一变可不要紧，儿子满囤搞了好几年的对象小喇叭吹了，后来娶了现在的这个媳妇，厉害得母老虎一般。不仅耽误了儿子的前程，有了孙子，户口也落在农村。这就是说，子子孙孙，祖祖辈辈，只能土里刨食。王一斗短叹长吁，后悔哟后悔死喽，后悔哟后悔可喽！

后悔的后遗症一直延续到这次拆迁。区里搞危旧房改造，拆迁补偿办法，既按房屋面积也按现有人口。王一斗家的户口簿上，只有他一个人，只能分到一套两居室。如果户口簿上有儿子媳妇孙子孙女，起码能分到两个两居室。如果户口簿上再有闺女女婿外孙子外孙女，完全可以分到三个两居室。就按少了两居室算，等于少了一百平方米楼房，这得值多少钱啊！只因当初一念之差，白白地丢了。王一斗长吁短叹，短叹长吁，后悔哟后悔死喽，后悔哟后悔可喽!

老天爷饿不死瞎家雀儿。灶王爷这回怎么也该把屁股掉过去,把正脸转过来了吧?挖出慈禧太后藏在井里的八大马车金银珠宝,什么户口呀房子呀吃喝穿戴呀,等等等等等算个屁呀,足可以把这辈子所有的后悔事,全都找补回来。

可是,儿子满囤不来帮忙,这井……且慢,满囤来了。

第二天,满囤带着儿子热闹儿从定兴老家赶到北京。一年多不见,热闹儿长高半头。王一斗高兴地把孙子抱在怀里,核桃皮似的老脸扎得孙子嗷嗷叫。王一斗忙得有好几天没刮胡子了。

"想爷爷了吗?"

"想。"

"想吃啥?"

"大米干饭炖猪肉。"

王一斗转脸对老伴儿说:"听见了吧?咱孙子想吃肉,马上去买回来炖上。"

满囤妈不接老头子的话茬儿,没好气地问儿子:"媳妇不发话,你哪儿借的胆儿呀?"

长得敦敦实实且已发福的满囤吭哧憋肚,不知怎么回答。

孙子热闹儿抢过话说:"奶奶我告诉您吧,是我妈催着我爸来的,说要是来晚了,金子银子就全让爷爷奶奶昧起来了。"

"去,不许瞎说!"黑黢黢的肌肤也没掩盖住满囤的脸红。

"不说别的,来了就好。"王一斗打圆场,帮儿子下了台阶。

满囤妈带孙子热闹儿上街买肉去了。临出门王一斗又嘱咐说,别忘了买一把刀锯和一根粗点儿的尼龙绳回来。

王一斗向满囤讲了藏有八大马车金银珠宝的传说,又来到南屋,移开破木箱子，露出黑洞洞的井口，然后把具体行动计划说了一遍。

满囤听得满脸冒汗，眼睛都直了："爸，咱……咱这样干行吗？"

"想发财不？"

"那还用说。"

"想发财就啥也别怕。"

"好吧，我全都听您的。咱啥时动手？"

"大白天儿的可不行，等夜里再说。"

满囤疑惑地问："爸，这井里，真的藏着金银珠宝？"

王一斗有些不快："你就放心吧，这次不会再吃后悔药的。"

满囤打了一下磕巴："要是真挖到金银珠宝，闹儿他妈说……"

"我知道你要说啥。我都六十多了，黄土埋到脖子，还能再活几年？等赶明儿一蹬腿儿，还不全都是你们的？"

老实的满囤非要把憋在心里的话全说出来："不是还有我妹妹一家子吗，到时候……"

"瞧你这没出息劲儿！有一点儿当哥哥的样儿吗？现在我就告诉你，除了姓王的，外姓儿的甭想沾光。这回你放心了吧？"

"其实，我不是……"

"不是啥？你呀你，赶明儿有了钱，把腰板儿挺直了叫我瞧瞧。"王一斗恨铁不成钢地拍拍儿子的肩膀。

满囤还真挺了挺腰板，不免有些滑稽。

夜里，当全院邻居家里的灯都关了，父子俩的挖宝行动开始了。

尼龙绳一头拴在满囤腰间，一头攥在王一斗手上。王一斗慢慢地放着绳子，满囤脑袋朝下徐徐地降到井里。突然，满囤"啊"地大叫一声，音儿都变了调儿。王一斗不知发生了什么事，赶紧往上拉尼龙绳。可是，井口小，满囤胖，拉到半截儿，一下子卡住了。

满囤吱哇乱叫，两腿乱踹。慌乱中，绳子松了，满囤出溜一下又滑到井里。于是，井里传出杀猪般的号叫。

满囤妈在北屋哄孙子睡觉，闻声跑过来，帮助老头子连拉带扯地总算把儿子弄到地面。满囤面如白纸，身子筛糠，再看脚下，水泥地上洇湿了一大片，一股臊尿的味道直扑鼻子。

王一斗问："到底怎么了，叫唤得这么吓人？"

满囤余惊未消，结结巴巴地说："我……我摸到一团凉凉的、肉乎乎的东西。"

凉凉的、肉乎乎的，莫非是蛇？王一斗只一想，身上就立刻起了一层鸡皮疙瘩。对蛇，他有着刻骨铭心的惧怕。

满囤妈打开手电筒照进井里，横在半截儿的柏木板依稀可见，连个草棍儿也没有。"是你看走眼了吧？哪有什么蛇，自己吓唬自己。"

"没错，绝对没错！就是凉凉的、肉乎乎的，盘成一团儿，我好像还看见它动了一下呢。"满囤这时才发现自己尿了裤子，先是双手捂住裆，觉得不妥，又嗖地蹲在地上，以掩饰尿裤子的尴尬。

王一斗相信儿子满囤的话是真的，他隐隐约约感到，挖井取宝不像他原来想象的那么轻而易举。

月黑天，好做贼。神武门打开了，八辆马车出了皇宫，八辆，每辆车上的东西都用油布盖得倍儿严。老榆木车轮子上绑了布，马蹄子也都绑了布，是那种厚实的小帆布，走起来鸦雀无声。也不是鸦雀无声，驾辕的马呼呼地吐着粗气，所以不能算鸦雀无声。十六个侍卫，加上疤瘌脸的侍卫队长，一共十七个侍卫。俩人押护着一辆马车，一个在左，一个在右，侍卫队长走在最后压阵，脸上的疤瘌泛着光，标枪的枪头也泛着光，是看一眼就浑身发冷的光。马车出了神武门，往东，沿着景山东墙又往北，到了鼓楼，然后七拐八拐，停在一个门脸不大的四合院门口，开始卸车。宅子的用人都被关进北房，不让出来，出来就杀头，看见就挖眼。听见院子里喊喊喳喳的脚步声，有个老妈子胆子大，胆子也忒大了，大得不怕杀头挖眼，舌头尖儿贴在窗户纸，舔破一个洞，换上一只眼。只见侍卫们把重箱子抬进来，抬进东厢房，把空箱子搬出去，搬出院子，一趟又一趟。有个侍卫脱了手，"咣当"，红木箱子掉地上，"哗啦"，金银珠宝撒一地。胆子大的老妈子赶忙用手捂住嘴巴，多亏捂住嘴巴，要不非得喊出声来。这时就听见从院子里传来扇耳刮子的声音，噼噼啪啪有好几下。这以后，胆子大的老妈子后半生再也没有睡过安稳觉，一直到死也没有。

三

满囤没有说错，他在井里摸到的那团凉凉的、肉乎乎的东西，的确是蛇，而且是一条秃尾巴的粗大黑蛇。夏五爷管它叫"秃尾巴老李"，这是他把家乡流传的神话里的内容套用在了这条黑蛇上。

夏五爷的祖籍在古北口外的巴克什营，村名沾满了牛羊肉的膻味儿。小时候，他听奶奶讲过一个故事。很久很久以前，李各庄有一位姓李的姑娘，到村西的小河边洗衣服，洗着洗着，只见从上游漂下来一个野果子，红彤彤的。姑娘从水里捞上野果子，擦巴擦巴就吃了。没过多久，姑娘有了身孕。姑娘的爹娘非要除掉这个累赘，又是让吃堕胎药，又是让闻麝香块，使尽办法也不管用，姑娘的肚子一天比一天大起来。分娩的这天晚上，本来满天星斗，月牙高悬，却突然狂风大作，电闪雷鸣。姑娘产下一个肉球，在炕上蠕蠕滚动。用剪子挑开肉球，从里面蹿出一条黑蛇，吓得一家人昏死过去。这以后，黑蛇每天晚上飞回来吃奶，每次姑娘都失去知觉。这天黑蛇又回来吃奶，却不想中了埋伏，尾巴被姑娘的爹娘砍掉一截儿。黑蛇再不敢回来吃奶，整天施展法术，刮黑风，下黑雨，百姓算是遭了殃。黑蛇没了尾巴，又生于李家，人们就管它叫"秃尾巴老李"。天上的玉帝知道了黑蛇在人间造孽，派遣小白龙下凡降伏。小白龙和黑蛇在河里打起仗来，当地老百姓赶来助战，见白水一过来，就往河里扔馒头；见黑水一过来，就往河里撒石灰。小白龙终于把黑蛇打败了。黑蛇逃到云蒙山东麓的一个深潭里，再也不敢出来，这个潭后来就取名黑龙潭。小白龙呢，潜到万福山西麓的一个深潭里，被人奉为神，那个潭取名白龙潭，并建了道家的五龙祠，供奉四海龙王和小白龙，还建有佛家的龙潭寺，农历三月初三，白龙潭庙会香火极盛。

夏五爷与黑蛇秃尾巴老李的缘分不浅。每年夏季，秃尾巴老李都到夏五爷家西跨院儿蜕皮。年轻时，长得快，一年要蜕皮好几次；现在老了，身子几乎停止生长，一年一次的蜕皮，不仅是为在痛苦中获得新生，也是为摆脱鳞片上细菌的困扰。这天，秃尾巴老李又如期而至。它从墙角香椿树旁的地洞里刚一露头，就被夏五爷发现了。

夏五爷招招手，悄声说："老李出来吧，没人看见。"

秃尾巴老李缓缓地爬出洞，亮出整个身子，虽说也就一米多长，却有茶杯般粗细。因为缺了一截儿尾巴，也就少了身躯渐渐变细的过程，有一种戛然而止的感觉，身子末端长有一块硬硬的死结，爬行的动作不免有些笨拙。秃尾巴老李在香椿树旁盘作一团，仰起脑袋向夏五爷吐着红芯子。

夏五爷与秃尾巴老李每次见面都要相互问候："我活得算是不赖。你呢老李，过得也还好吧？"

秃尾巴老李又吐吐芯子，摆了摆秃尾巴。

"得了，赶紧做你的事吧，我到外边帮你看着去。"夏五爷走出西跨院儿，回身关上栅栏门。

墙角的香椿树早就枯死了。死因是北房住的老张家儿媳妇怀孕闹害口，别的啥都不想吃，偏偏馋上香椿芽这一口儿。院子里就有香椿树，那就掰芽吃吧。从春到夏，滋出一茬掰一茬，掰得太狠了，大小枝上光秃秃的，香椿树被"气"死了。树虽然死了，夏五爷也没把它伐掉，因为它对秃尾巴老李来说有着特殊的作用。

秃尾巴老李闭上眼睛，将嘴唇贴在香椿树粗糙的树皮上，来来去去摆着头，不一会儿，下颌角的皮就擦破了，裂开一道口子，像是撕破一张薄薄的纸。然后又仰过脑袋，用同样的办法摩擦破上颌角的皮。等下颌角和上颌角的皮裂成一圈，近似透明的皮掀开了，慢慢翻卷过来，形成一个圆圆的筒。命里注定的痛苦，不可避免地到来了。

突然，"喵"的一声猫叫，打破了宁静。秃尾巴老李睁开黑瓷珠似的眼睛，机警地四下搜寻着。

守在栅栏门外的夏五爷循声看去，老槐树伸到房顶的枝杈上，蹲着那只新来的独眼龙，瞪圆双眼盯着地上的活物，奓起全身的黄毛，虎视眈眈地发出恐吓。"去！"夏五爷一扬手，独眼龙退了退，并没有离开，反而从胸腔里发出一阵闷雷般的低吼。夏五爷抄起一个石子投去，不偏不倚正中独眼龙瞎掉一只眼睛的窟窿上。独眼龙惨叫一声，蹿房越脊逃跑了。

蛇蜕皮时是痛苦和危险的，它要尽可能缩短时间，减少痛苦的过程和危险的存在。秃尾巴老李沿着树干爬上香椿树，将头上翻卷起来的皮挂在一截干枯的树枝上，身子向下猛地一坠，皮和肉撕裂开来。

……"哗啦"，有人把暖瓶里的开水浇在夏五爷的后背上，透明的皮与鲜红的肉分裂开来……

秃尾巴老李悬在半空，枯树枝挂着蜕下的一段皮，脑袋朝下，摆动着，挣扎着，用自己的身体当作下垂的重量，加快蜕皮的速度，也就加剧了痛苦。那一层筒状的皮脱离母体之后，身上溢出一层黏液，湿润滑腻，闪着光泽，显露出的新肉异常鲜嫩。

……"嘶啦"，对着大衣柜镜子，夏五爷用针尖挑破后背上一个个水疱，撕下与肉分离的一片片皮，这皮薄得透明，轻如风儿……

秃尾巴老李剧烈地一抖，从紧箍的皮里挣脱出身子，可秃尾巴上疤痕的皮却不能蜕下。它卷起身子，咬破疤痕的死结，然后猛地往下一坠，终于蜕去全身的皮，重重地掉在地上，秃尾巴上渗出一股殷红的血。它瘫软在那里，一动不动，慢慢恢复着体力。挂在枯树枝上的蛇蜕，一见风，收缩着，像是飘飞的一个筒状风筝。

夏五爷用竹竿挑下蛇蜕，进了屋，拿着五个鸡蛋走出来。每次蜕完皮，夏五爷都要给它补养身子。鸡蛋放在老李面前，它张开嘴，一吞一个。转眼间，身子鼓起五个包，跟一段莲藕似的。老李将身子缠在香椿树上，只一用力，身上的五个鼓包就扑扑地瘪了。

"回去吧，时间长了容易让人看见。"夏五爷说，"过几天我就搬家了，这个院子也马上拆了，你要好生儿地照管自个儿。"

秃尾巴老李扭动着身子，孩子似的撒娇。

夏五爷又说："明年这个时候，我就搬回来了，咱们还会见面。

回去吧，老李听话，啊，回去吧。"

秃尾巴老李吐了吐红红的芯子，转身钻入地洞里去了。

夏五爷走进屋，把蛇蜕放在饼铛上，点着火，煲了煲，研成末儿，冲水服下。同院住的枝子姑娘曾不止一次地请教七老八十的夏五爷为何面如童颜，夏五爷怎能把这一养颜的秘诀告诉他人呢？总是说，不知道，打死也不知道。

不是不知道柏木板硬，而是没想到柏木板竟有这样厚。王一斗和儿子满囤干了几个通宵，也没能凿透横在井里的柏木板。这是因为井口太小，只能容下一个人，身上拴着尼龙绳，脑瓜子朝下，脚丫子朝上，跟吊死鬼似的吊着，干不了一会儿，脸就憋成紫茄子，爷儿俩只好轮番上阵替换着干。另外也不敢太用力，尽管是在几米深的地下，但斧子砸在凿子上发出的声音，依然会有震动。要是惊动了邻居，把这事嚷嚷出去，一切都将前功尽弃。更倒霉的是，在开始下井凿柏木板之前，为了驱赶井下那一团凉凉的、肉乎乎的东西，王一斗把用来治疗头疼的一盒清凉油，在火上化成水，一股脑儿倒进井里。熏着没熏着那凉凉的、肉乎乎的东西不知道，反正熏得他们爷儿俩的眼睛又红又肿。

王一斗扯着尼龙绳从井里拉出儿子，关切地问："凿透了吗？"

"听声音还早着呢。"满囤揉揉眼睛，解下腰间的绳子，泄气地坐在破木箱上，"费这么大劲，谁敢肯定井里边真有宝贝？"

"不想干就干脆上床躺着去，张嘴等着天上掉馅饼。"王一斗将尼龙绳拴在自己腰上，"你拽着，我下去。"

满囤不情愿地扯紧了尼龙绳。

毕竟年龄不饶人，王一斗双手撑着井壁，让身子徐徐下沉，全身的血液都集中在脑袋上，血管又涨又疼，似乎要迸裂了。降到井底，也顾不上清凉油熏鼻子刺眼睛，摸起凿子和斧头凿起来。柏木板的表面虽说已经糟朽了，可里面却像新砍伐的一样，结实坚硬有拉力，丝丝缕缕似钢针。

西厢房的灯亮了，紧接着传来开门的声音。

满囤赶紧冲井里悄声说："爸，快停下。"

井里立刻就没了动静。

枝子妈走出屋子，也不管天亮没亮，冲着东厢房亮开了她那票友练就的大喇叭嗓儿："满囤妈，醒着呢吗？醒醒！"

"啥事呀，枝子妈？"满囤妈披着衣服出了屋，蒙蒙亮的天掩盖了她脸上的一丝慌乱，"这么早就起来了？"

枝子妈说："也不知哪儿传来的咚咚声儿，都两天了，吵得我翻来覆去睡不着。"

满囤妈心里咯噔一下，好在立刻想起老头子教她的谎话："是早先拆迁的那边儿打井呢，你仔细听。"

果然，从不远的地方传来"咚咚"的声音，那是地质勘探队在已经拆成平地的废墟上打探井。

尽管头朝下吊在井里，王一斗还是清楚地听到了枝子妈和满囤妈的对话，再操作起来，尽量减少震动，斧子砸在凿子上，每次都和着那打井的节奏。

中午，满囤妈叫醒睡得死猪似的爷儿俩起来吃饭。王一斗问孙子热闹儿到哪儿玩去了，热闹儿说夏五爷带他去了花鸟市场。

"夏五爷问你啥了？"

"问我够年龄了为啥还不上学。"

"你咋说的？"

"我说我妈让晚上一年，上学早了容易挨欺负。"

"还问啥了？"

"问我爸爸和您，为啥整天憋在家里头。"

王一斗立刻提高了警惕："你咋说的？"

"我说你们白天睡觉。"

"问晚上了吗？"

"问了，我说晚上我睡觉。"

"好孙子，答得好。"王一斗把一块肉送到热闹儿嘴里，叮嘱道，"以后甭管谁问起来，你都这么说，啊！"

热闹儿说："那晚上您和我爸爸嘀嘀咕咕干啥呢？"

"没干啥呀。"

"不对，爷爷说瞎话，我都看见了。"

满囤妈抢过话茬儿："你都看见啥？"

热闹儿说："昨夜里，我下地撒尿，听见那屋子里有动静，就过去看了，见爷爷腰里拴着绳子，爸爸拉着，下到井里……"

就在这时，从屋门外传来夏五爷的声音："家里有人吗？"

王一斗急忙起身迎上前："夏五爷呀，请进请进。"

夏五爷拿着收电费的账本走进堂屋，见一家人正吃饭，就说："我过一会儿再来。"

王一斗说："没关系，我吃完了，您屋里坐。"

也许是没说清楚哪个屋里坐，反正夏五爷径直向南屋走去。

别看满囤憨厚，这点儿机灵还是有的，他用胖墩墩的身体挡住了南屋门的去路。

王一斗挑开北屋的半截布帘子："夏五爷您这屋坐。"

收完电费，夏五爷闲聊似的问："马上就要搬家了，东西都收拾好了吧？"

王一斗搪塞道："破家烂舍也没啥好收拾的。"

夏五爷整理着装电费的钱袋："这钱呀，没它办不成事儿，有它也不见得是好事儿。特别是那不义之财，是福是祸还真难说呢。"

王一斗心里一动，这是啥意思？是有所指呢还是闲聊？要是闲聊也就罢了，要真是有所指，他指的是什么？难道发现了这井的秘密？王一斗不容多想，附和着说："是呀，没钱受穷，钱多了也烧得慌。"

夏五爷自管接着说："我们老家有个远房亲戚，翻地时挖出一个坛子，里边装满金元宝，美得他姓啥都忘了。自从捡了金元宝，我那个亲戚就开始倒霉了，两年当中，家里嘎嘣嘎嘣死了四口人，最后就剩他光棍儿一个，守着金元宝整日哭天抹泪儿。这都是老天爷报应呀。"

王一斗心里七上八下，嘴上装傻充愣："夏五爷，咱们在一个院儿住了几十年，相处得也不错，您的话，我咋有点儿听不懂呀？"

夏五爷说："瞎聊，纯粹瞎聊，我一说你一听的事。"

对一会儿明白一会儿神经的这个老爷子的话，王一斗半信半疑，想闹清楚底细，就再一次追问："夏五爷，您这话到底是啥意思？您是长辈，有话尽管直说。"

"不知道，打死也不知道。"夏五爷说完，起身而去。

这老东西葫芦里卖的是什么药？莫非他知道井里藏着金银珠宝？不，不可能。要是知道，天下大乱的时候，人们把他往死里整，他早就招了，还会守口如瓶到今天？不管怎样，一定想办法加快凿那柏木板的速度，离搬家的最后期限还有一周时间了，一旦拖下来，不能按拆迁办规定的日期之前动迁，不仅得不到按时搬迁的两万五千元奖励，还会生出许多麻烦。

不等到搬家，麻烦就来了。农历二八月，猫狗闹骚时。谁听说已经过了五月端午，猫还大肆地叫春？可夏五爷收养的瞎拐秃瘸的几十只猫，一反常态地叫起春来。白天不闹，一到夜里，就像听到口令似的，一起肆无忌惮地大闹特闹，进行一场大叫春大交配大不要脸地耍流氓的比赛。瞎拐秃瘸的是肢体，性欲并没有丧失。公猫多，母猫少，那些无处发泄的公猫，就把精液甩得到处都是，房顶上墙壁上花盆上台阶上煤堆上沾着一团团一块块白色透明的液体。更令人哭笑不得的是，在饭店当服务员的枝子下夜班回家，刚一走进院子，房檐上一只满身是癣几乎掉光毛的公猫，一翘后腿，"刺"地排泄出了一股，挟着月光一点儿不糟蹋地淋在枝子的屁股上，尽管隔着裙子，依然感到凉飕飕的。枝子曾在拥挤不堪的公交车上被坏小子划过"洋火"，就是这种凉飕飕的感觉。枝子气急败坏地找夏五爷算账，扭着臀揪着裙地让猫的主人看，还扬言再不管管他的流氓猫，赶明儿让她男朋友大漏勺下药把瞎拐秃瘸的猫全都毒死。夏五爷认识大漏勺，那是个混混儿，在古玩城租了个柜台倒卖文物，还时常到他这里淘换个瓶瓶罐罐。夏五爷一个劲儿点头哈腰替猫赔不是，答应给枝子买一条新裙子。枝子也只好作罢，跟一个七老八十又时不时犯神经的人，能有什么道理可讲呢？只有自认倒霉。

　　瞎拐秃瘸的猫整宿整宿叫春闹骚，院子里的人也就整宿整宿休想睡踏实觉，隔一会儿就得爬起来，轰赶在房顶上追来追去无法无天乱交乱配的猫。轰了又闹，闹了又轰，最后忍无可忍，采取联合行动，西厢房的枝子家、东厢房的王一斗家、北房的老张家，老老少少十几口人，堵住南倒座的夏五爷家门，逼着夏五爷拿出一个制止猫闹春的办法来。夏五爷双手抱拳，挨个儿给邻居作揖，说尽道歉的话，可至于不让猫闹春，他也无能为力。北房的老张，大小是个科长，说话总算也有点儿分量，警告说如果猫再这样无尽无休地闹下去，可别怪邻居们打猫不看主人。王一斗立刻响应说，要不是看在夏五爷这么大年纪又是长辈的分儿上，早就把猫收拾了。夏五爷连连央求，使不得万万使不得，别看猫瞎拐秃瘸，一只只也都是生灵。

说来也邪了，全院邻居向夏五爷集体示威的第二天夜里，瞎拐秃瘸的猫果真变得老老实实，不敢再闹春了。王一斗父子这才又继续相互替换着下到井里，接着凿那厚厚的坚硬的柏木板。前几天的猫闹春，造成的直接后果是几乎停工了。原因显而易见，院子里人们被叫春的猫闹得睡不着觉，王一斗父子哪儿还敢闷在井里叮叮当当地凿柏木板呀，这不等于不打自招吗？

满囤拴紧腰里的尼龙绳，下到井里，抄起家伙，发狠地干起来。没凿几下，忽听地面上的父亲说"停"，不知出了啥事，赶紧住了手。

原来是独眼龙跳上窗台，"喵喵"地叫起来，影子投在窗户上，长长的尾巴蛇似的摇摆着。

王一斗心里一惊，不敢过于声张，小声地轰着："去！去！"

不知是眼瞎耳朵也聋，还是根本置之不理，独眼龙不仅没有离开窗台，反而变本加厉"喵喵"地叫唤，似乎要把全院的邻居都惊醒。

王一斗悄声儿地对井下的儿子说："我出屋看看。"

没有了地面绳子的牵拽，满囤只好双手扶地支撑着胖胖的身体，拿开了大顶。只一会儿，两条胳臂就酸得难以坚持，只好用脑袋替代双手，顶着柏木板，活脱一个倒栽葱。

王一斗悄悄打开屋门走出来，见独眼龙依然在窗台上叫唤，便顺手抄起一把笤帚，"啪"地打过去。独眼龙受到突然袭击，一迈腿，踏空了，掉下窗台，摔在地上，打个滚儿爬起来，一溜烟儿地逃跑了。

多亏父亲赶来，拉紧了尼龙绳，把身子的重量提起来，即便这样，满囤的头皮还是被柏木板硌得生疼。重新抄起家伙，没凿一会儿，又听到地面上的父亲说"停"。不等准备好，尼龙绳就放松了，满囤头皮磕在柏木渣子上，扎破了，一出汗，嘶嘶拉拉地疼。

"喵"，独眼龙又跑到窗台上，又把它那大长尾巴蛇似的摇摆。

王一斗猫着腰摸到窗台底下，一把抓住猫尾巴。想不到的是，这独眼龙回过身子狠狠咬了一口，疼得王一斗松开手，独眼龙就势跑了。王一斗龇牙咧嘴，哑巴吃黄连，不敢骂也不敢叫。回到屋子里，让满囤妈涂上红药水，包扎好伤口。忽然想起来，满囤还倒立在井里，急忙赶到南屋，拉紧尼龙绳把儿子提上来。再看满囤，满脸冒汗，脸色煞白，呼哧呼哧喘气，一副虚脱症状。

父子俩一个手上受伤，一个身子虚脱，下井凿柏木板算是不可能了，只好停工休息，明天夜里再说。

王一斗躺在床上，翻来覆去睡不着，脑袋剜剜地疼，耳朵嗡嗡地响，抹上清凉油也不觉得清醒。他想不明白，那瞎了一只眼睛的独眼龙为什么偏偏跑到南屋窗台上叫唤，而且还三番五次？等挨到天明，王一斗起床一看，不知是谁缺了八辈儿德，把洗鱼的水泼在水泥窗台上，已经干了，泛着刺鼻子的鱼腥味，沾着一层密密麻麻的鱼鳞。

隆隆的炮声，从东南方向隐隐约约传来。天刚擦黑儿，城门就关了，为的是防长着一头黄毛的八国联军，却把一群长着一身黄毛的骆驼关在朝阳门外，还有让它们驮劈柴的主人。拉骆驼的正靠着黄毛骆驼打盹，忽听城门有响动，抬头一看，一辆马车悄没声儿地从城里赶出来。车上拉着几个麻袋，确切地说是五个麻袋，五个，个个装得满满的，全都扎着口。这么晚了，为啥单单放这一辆马车出城？莫非……拉骆驼的悄悄跟上去。过了神路街，来到东大桥，只觉臭味扑鼻，阴森恐怖，这一带除了大粪场就是乱坟岗子。马车停下来，坑已挖好了，车把式把五个麻袋掀进坑里，又用铁锹把坑埋个瓷实。末了，掸了一掸身上的土，捆打捆打鞋上的泥，赶着马车扬长而去。拉骆驼的乐了，肯定是哪个大财主趁着北京还没沦陷，把家里的浮财埋起来，免得让洋毛子抢走。拉骆驼的扒开土，挖出麻袋，解开绳子，拎出一个圆咕隆咚的玩意儿，人头似的，啊，不，就是人头！脸上还有一块明亮亮的大疤瘌！人头，十七个侍卫的人头，光是人头，尸首分开，脖子以下不知哪儿去了。妈呀！拉骆驼的撒丫子跑了，屁滚尿流。一只野狗闻着血腥味儿就来了，又来了一只，又来了一只，每个人叼着一个人头，噢，是每只狗叼着一个人头，嘎巴嘎巴啃起来。

四

动迁的最后限期到了，住在西厢房的枝子家、北房的老张家、南倒座的夏五爷家，都相继搬走，住进了郊外临时搭建的周转房。开发商打了保票，一年后让拆迁户回迁。只有东厢房的王一斗家我自岿然不动。这样一来，按时搬迁的两万五千元奖励可就吹了。

"吹就吹了，不能捡了芝麻，丢了西瓜。"王一斗对不甘心损失那么大一笔钱财的满囤妈说，"凿穿了柏木板，挖到金银珠宝，随便拿出一个什么玩意儿，不都得值十万二十万的？"

满囤妈说："那要是啥也挖不到，不就鸡飞蛋打了？"

王一斗放低声音："谁说挖不到呀？咱们马上就可以腰缠万贯当大款了。"

见满囤妈一脸疑惑，王一斗拉着她来到南屋，打开手电筒照进井里，柏木板现出一个碗大的洞。"看见了吧？我们总算把它凿通了。"

满囤妈还是一脸疑惑："这能证明啥呀？"

王一斗说："你咋这糊涂！"

满囤妈说："反正我是不见宝贝不当真，不见真钱不塌心。"

王一斗把凿通柏木板后发现的情景如实讲给满囤妈听。凌晨，父子俩终于将横在井里厚厚的柏木板凿穿了一个碗大的洞。手电筒的光亮照进去，柏木板下盖着的是一眼大口井，井壁直径足有一米五，用一水儿的青砖白灰砌成，井底部的一侧安有两扇石门，可以隐约看见钉铞上挂着一把老式锈锁……这与王一斗梦里多次看见的几乎一模一样。下一步，只要把柏木板的洞扩大到能钻进人，去掉钉铞上挂着的锈锁，打开两扇石门，剩下的事情，就等着往麻袋里装金银珠宝了。

王一斗说："今儿个，你就带着热闹儿回老家，租好大卡车等着，准备几十条麻袋，再把家里的白薯窖收拾利落，一接到我电话，连夜带着卡车进城，咱神不知鬼不觉地就把宝贝运回老家藏起来了。"

说到这儿，从院子里传来脚步声，紧接着有人大声地问："家里有人吗？"

王一斗赶忙迎了出去。院子里来的三个人，王一斗认识其中两位，一位是拆迁办公室刘主任，一位是拆迁办公室的办事员小李。另一位派头不小，西服革履，头发贼亮，手指上戴着金镏子玉扳指，腋下夹着一个公文包。

刘主任开门见山来个下马威："老王啊，整条街就你们一家没有按规定的日期搬家。怎么着，真想当钉子户呀？我搞了这么多年的拆迁，对付钉子户，我可一点儿也不怵。"

王一斗堵着屋门，没有请来人进屋的意思。他早就想好了对付的理由，咬定一九六○年的时候，户口簿上不仅有他一个人，全是为了响应国家支援农业的号召，才把老婆孩子的户口迁到乡下，现在按户口簿上一口人给的拆迁补偿，这不等于白响应国家号召了？分给他一套两居室，坚决不能答应，起码要给三套两居室，才可以考虑搬家腾地儿。

听王一斗这么一说，办事员小李立刻急了："你这纯粹是无理搅三分，一个月前就跟你签订了合同，签名画押，白纸黑字，如今你又反悔，就不怕我们到法院起诉你？"

王一斗冷冷地一笑，心说你这小子跟我斗心眼儿，起码还得再吃十年咸盐。王一斗知道，拆迁办绝对不会答应他的条件。不答应最好，就是不想让你们答应。那就拖下去吧，再过两三天，顶多四五天，柏木板的洞只要扩大到能钻进人，打开石门，起运走藏在井里的金银珠宝，你就是真的分给我三套两居室，我还不见准要呢！

西服革履说话了，口音可没有穿戴那么风光，满口东北大楂子味儿："你到底想咋整呀？我们既然到了北京发展，没有个三头六臂也不敢来。"

王一斗话茬子也不软："谁的裤裆开了，把你露出来了。"

趁着西服革履没完全听懂这句北京骂人的话，刘主任赶紧说：

"别别别，咱们都是一家人。老王，我给你介绍一下，这位是负责建设咱们这一片的开发商韩老板。"

王一斗说："官儿再大，钱再多，也不能不讲理呀。"

韩老板瞪大牛一样的眼睛："你才是贼不讲理，整个儿猪八戒倒打一耙。"

"好了好了，听我说。"刘主任用身子挡住韩老板，"老王，你说句痛快话儿，到底答应你什么条件，你才肯搬家？"

"不是说了吗，不给三套两居室，我就在这沙家浜扎下去了。"

办事员小李揶揄地说："你当你是谁呀？也不照照镜子。"

"不许胡说，听我的。"刘主任把阴脸马上又换成笑脸，"这样吧老王，我们再让最后一步，成呢，咱好说好散，不成，我们也不再跟你磨嘴皮子。"

王一斗说："你说吧，我听着。"

刘主任说："当初有明文规定，如果按期动迁，每户有两万五千元的奖励。您虽然过了最后限期，只要肯在这一两天之内搬家，那两万五千元奖励，我一分不差地给您，这总可以了吧？"

狮子大张口本来就是缓兵之计，既然可以延缓几天搬家，争取到了凿大柏木板洞的时间，又可以得到两万五千元奖励，傻子才不答应呢。不过，不能答应得太痛快，不然觉得我王一斗也太好说话了。

见王一斗还在犹豫，刘主任又说："对人家韩老板来说，时间就是金钱。这样吧，干脆我替韩老板做主儿，再多拿出五千，奖励你三万元，这是最后的底线。不过，你可别到处给我瞎嚷嚷，要是让已经搬走的住户知道了，我可让他们找你要钱。"

王一斗脸上依然阴着，心里乐开了花，敢情得五千块钱这么容易。

"刘主任,他既然还不答应,咱们走。"韩老板拉起刘主任的衣服,摆出一副要离开的样子。这是他和刘主任来前就商量好的,一个唱红脸儿,一个唱白脸儿。

"谁说不答应了?"王一斗说,"买东西还有个讨价还价呢,总不能你们吐个吐沫就是钉儿吧?怎么也得容个时间,让我们一家子商量商量呀。"

刘主任就势下了台阶儿:"好吧,允许你们商量,明天我派车来帮你们搬家。"

王一斗马上反驳道:"这可不行,半天哪儿够呀!"

刘主任说:"又不是娶媳妇聘闺女,商量个事还用三天五天?"

"您还别说,没三天五天真不成。"满囤妈适时走出屋子,帮着老头子敲边鼓,"如今这年月,老人说话不管用了。我们家呀,凡是大事儿,都得由儿媳妇做主。"

刘主任说:"好吧,那就后天,一天也不能拖了。"

王一斗说:"这哪儿来得及呀,我们老家在河北定兴,打个来回儿,最快也得大后天才能回来。"

刘主任看了韩老板一眼,得到默许,爽快地说:"那可就说好了,大后天上午八点整,你给我腾空这三间屋子,我交给你三万块钱票子,立刻就叫包工队拆这一片房子。到时候如果再生出是非来,我可要组织联合执法队进行强行拆除。"

"放心吧,说出去的话,泼出去的水,哪能不算数?"

送走刘主任等三人,王一斗让满囤妈收拾东西立刻赶回老家。

争取到了三天的时间,院子里的三户邻居也都搬走了,再不用顾忌被人发现,王一斗父子开始昼夜凿那厚厚的柏木板。

第二天夜里，父子俩就将柏木板凿出一个大洞，别说是身材瘦小的王一斗，就连胖胖的满囤也足可以钻过去。王一斗找来一根电线一个插头，接上灯头，安上灯泡，插上插销，打开开关，送到井底，原本漆黑的井底变得通明，情况看得一清二楚，连两扇石门上漾着的水珠和挂在钉锅上老式锈锁的锁眼都清晰可见。王一斗把尼龙绳的一头拴在腰间，另一头叫满囤拽着，自己先下去了。

井底很宽敞，可以容下几个人。只要打开眼前这两扇石门，金山银山珠宝山就会展现在眼前。王一斗的心啊，简直要从嗓子眼儿蹦出来。更让他激动不已的是，果真就像梦里看见的一模一样，横挂在钉锅上的那把老式锈锁，锈成了一个铁疙瘩，只一拧，就"啪"地开了，确切地说是碎了。王一斗拿着碎成几片的锈锁，举给地面上的满囤看。满囤的脸在井底灯光的反射作用下，扭曲得变了形，显得有些狰狞。

然而，与梦里所见不一样的事情发生了。

去掉了老式锈锁，王一斗推了推那两扇用大青石制作的石门，不见动静，没有像梦见的那样，只轻轻一推，不费吹灰之力就打开了。王一斗坐在地上，抬起双脚用力蹦去，石门只微微咣当了一下，没有任何打开的意思。看来，里面肯定安有门闩或设置了顶门柱。

"满囤，把撬杠用绳子送下来。"

王一斗把撬杠扁尖的一头插进石门门轴的缝隙里，然后将身体的全部重量压在撬杠上，试图端起石门。可是，撬杠都撬弯了，石门纹丝不动。王一斗心里又急又喜，急的是如果拖延下去，三天一过，拆迁办刘主任就要来给他搬家拆房子；喜的是既然石门如此难以打开，里面定有宝贝藏着，所有帝王陵的墓门都是这样。王一斗耐下心来，琢磨起了门墩，想找出突破口。石匠和木匠，严格说不算一个行当，但这两个行当，隔行并不隔山，多有互通之处。王一斗年轻时毕竟学过木匠，也跟着兼着师傅的舅舅给盖房的人家安过门墩和木门。王一斗仔细看了看上下门轴和枢槽，不禁有些为难。上下门轴的枢槽凿在石条上，石条又厚又重，而门轴嵌入枢槽里，严丝合缝，休想端开。

"满囤，你也下来吧，看看有啥办法。"

听到父亲招呼，满囤找来一根粗木头，横在井口，把尼龙绳的一头拴在木头上，是那种越勒越紧的猪蹄子扣儿，又使劲抻了抻，觉得万无一失，这才双手攥着绳子，徐徐下到井底。

父子俩商量来商量去，决定采取毁灭性的手段解决问题，不信这不到一米高的石头门，能经受住十八磅大锤的打击。正说着，灯泡忽然灭了，井底里漆黑一片。父子俩还没明白过来怎么一回事，只觉得有什么东西从上面掉下来，胡乱一摸，是尼龙绳。糟了！井底距地面有五六米，人要想上到地面，除非插上翅膀。

王一斗埋怨说："肯定是你把绳子扣儿没拴结实。"

满囤深感冤枉："我拴的是猪蹄子扣儿，结实着呢！"

"那咋滑落下来了？"

"我……我咋知道啊？"

是呀，真是邪门儿了。莫非有人在上面做了手脚？这是要把我们爷儿俩往死里整呀！王一斗思来想去，怎么也解不开这个谜。

暂时顾不上撬石门了，要紧的是如何进行自救。困在井底，身陷囹圄，叫天天不应，叫地地不灵。况且也不敢叫不敢喊，一叫一喊，路人闻声救你来了，藏宝的井也必然暴露无遗。

好在满囤衣兜儿里装着打火机，王一斗打开打火机，试图借助光亮找到可以攀附的东西或者蹬踏的脚窝儿。忽然，王一斗的眼睛盯在一段曲曲弯弯的东西上，像是蛇吐出的芯子，吓得他"啊"地大叫一声。

"咋了爸?"

"蛇芯子!"

满囤立刻也毛骨悚然，但毕竟不像父亲那样闻蛇丧胆。他重新打着打火机，举上前去，火光照亮了那一段曲曲弯弯的东西——哪里是什么蛇芯子，而是一段树根顽强地从砖缝里钻出来，整个虚惊一场。满囤揪断树根，闻到一股怪怪的只有槐树根才有的味道。不用说，这肯定是院子大门口那棵老槐树的根须伸到井里来了。

虽说老槐树的根须吓了王一斗一跳，却也因祸得福，受到启发。既然树根能钻透砖缝伸到井里，说明井壁的砖砌得并不结实，况且井下有现成的撬杠、斧子和凿子，拆下井壁砖，码成砖垛子，砖越拆越多，砖垛子越码越高，踩在脚下当梯子，再凿出几个脚窝儿，一步步地往上攀，不愁爬不到地面上去。

这就叫天不灭曹。按照此办法一试，果然奏效。第二天中午，父子俩几乎消耗掉全身所有的力气，终于爬到了地面。一检查，并没有发现有人做过手脚的迹象。电线插销头烧煳了，这是因为插销板多年不用，落了厚厚一层尘土，造成短路，灯泡还能亮吗? 至于尼龙绳为什么会滑落到井底，只能怪满囤粗心大意，在粗木头上没有拴牢。

吃过午饭，满囤到五金门市部买回了十八磅大锤。王一斗别上堂屋门闩，拉上屋子窗帘，刚要下到井里继续操练，院子里传来说话声。王一斗把窗帘撩开一道缝，见是枝子和她男朋友大漏勺。这一对年轻人以为院子里没有了住户，走进已经搬空的西厢房里，在地上铺了一块塑料布，大白天儿的就明目张胆"操练"起来，男的哼哼叽叽，女的吱哇乱叫。惹得躲在屋子里的满囤扒着窗帘缝儿向外窥视。王一斗一把拉开儿子，没好气地说："没吃过猪肉，还没见过猪跑？"

父子俩只好闷在屋里等着，大气儿都不敢出。哼哼叽叽声，吱哇乱叫声，频频传来，声声入耳。

满囤捂着裤裆在屋子里转起磨磨儿。

"你这是咋了？"

"我憋不住了，想撒尿。"

"真没出息！床底下有尿盆儿。"

尿水冲进尿盆儿，发出哗啦哗啦的声响，显得异常夸张。

"你就不兴悠着点儿？"

歪打正着，满囤的撒尿声惊动了西厢房里的一对儿男女，哼哼叽叽声、吱哇乱叫声立刻停止了。王一斗贴着窗帘缝儿看去，枝子和大漏勺出了屋，这个系着裙子皮带，那个拉着裤子拉锁，急急忙忙走出院子。

又失算了！十八磅大锤抡圆了砸下去，尥着蹶子似的弹回来，震得满囤的虎口生疼，而石门依旧岿然不动。连续几锤砸下去，新的麻烦来了。井壁的砖一部分拆下来码成垛子当了梯子，父子俩才得以攀上地面，可是还有很大一片砖没有拆掉，大锤的震动使井壁上的砖裂开几道口子，随时都有坍塌的危险。看来，用十八磅大锤撞击石门这个法子不能用了，真要是把井壁震塌了，给父子俩包了饺子，捂在井里，那可就倒霉到家了。

王一斗想了个新主意，用钢錾子凿那门轴和枢槽，只要凿大枢槽，剔除门轴，石门自然也就端下来了。正要实施，竟有惊人的发现。在门轴的犄角，藏着一个黄豆粒大的东西，拿起来抹去尘土，原来是一颗珍珠，中间还打了眼儿。不用说，肯定是珍珠项链断了遗落在这里的。

这一发现，意义非凡。金银珠宝，近在眼前。

王一斗父子俩眼睛放光，精神大振。还等什么？干吧！

干了一会儿，王一斗好像听到地面上有什么动静，爬上井来，撩开窗帘，看见几个陌生人在院子里乱转，先是回身告诉井下的儿子停止动作，然后打开屋门走出去。

原来，这几个人是动物保护协会的，接到夏五爷电话，说有几十只瞎拐秃瘸的猫，由于拆迁搬家，没有能力继续抚养了，请他们收留。打开夏五爷住的南倒座，王一斗帮助这几个人从屋子里把一只只猫装进笼子。在装独眼龙的时候，王一斗在它身上狠狠地拧了一把，以解心头之恨。可也怪了，独眼龙竟一声没吭，用它那仅有的一只眼睛，死死地盯着报复它的人，盯得王一斗心里直发毛。

动物保护协会的人前脚儿刚走，地图出版社的人后脚儿就来了，说是核查新小区地名，以便出新版地图。送走地图出版社的人，又冒出来一个记者，操着浓重的广东口音，要让王一斗谈谈"拆迁拆迁，一步登天"的感受。王一斗烦透了，心说，把你的舌头捋直了，把你的鸟语哨正了，再跟我说话。

左一档子，右一档子，耗去许多宝贵光阴。好不容易争取来的三天时间，出溜儿就过去了。石门依然没办法打开。

满囤问："爸，明天一早儿拆迁办就来人了，咱们咋对付呀？"

"甭担心，到时候，我自有办法。"王一斗胸有成竹地说。

王一斗的办法，让拆迁办刘主任啼笑皆非。

第三天早晨八点，刘主任一行人准时来到王一斗家，隔着玻璃窗看见王一斗坐在南屋的床上，身上穿了一件薄铁皮打制的铠甲，头上戴着一个用特大号痰盂改造的钢盔，痰盂上挖了两个窟窿，露出一双闪着贼光的眼睛，冷不丁一看，犹如堂吉诃德再现。不仅如此，手腕上还铐着一副手铐，手铐另一头锁住一根二寸铁管，那铁管支撑着已经出现裂纹的檩子，要是抽掉那铁管，房子马上就趴架。另外，床上放着水桶、方便面、煤油炉子和大茶缸子，还有几袋榨菜和一瓶二锅头，俨然一副打持久战的架势。更别出心裁的是，三间屋子地上铺满了钉子板，钉子尖全部朝上，个个明光锃亮，令人心惊胆战。刘主任负责拆迁这么些年，第一次领教了什么叫彻头彻尾的"钉子户"。

不愧干拆迁多年，看见这种阵势，刘主任和王一斗根本不进行正面交锋，甚至一句话也不说，苦笑着摇摇头，转身出去了。不一会儿，院子外响起推土机巨大的轰鸣和房屋轰然倒塌的声音。

王一斗开始还真有些害怕，后来又想，我就不信你姓刘的胆大包天，敢推平房子把我埋在废墟里。

刘主任确实不敢把一个大活人埋在废墟里，但是他敢把大活人占据的房子周围变成废墟。刘主任指挥专门负责拆迁的包工队和进口的推土机装载机自卸卡车等大型机械设备，只用一天工夫，就将紧邻王一斗他们这个院子东西北三面的房子夷为平地，南面临街，不用拆，不然也荡然无存。吃过晚饭，太阳落山了，近百人的包工队和十几部大型机械设备，在数千瓦灯光的照耀下，向王一斗他们这个院落发起了最后的进攻。随着哗啦啦、轰隆隆、咔嚓嚓、咣当当、呼噜噜、呱叽叽声响的大合奏，原先夏五爷住的南倒座、枝子家住的西厢房、老张家住的大北房，摧枯拉朽般地相继倒塌，柁木檩件砖头瓦块转眼间就清运干净。到了后半夜，只剩下王一斗这三间东厢房孤零零地鹤立着。

尽管如此，王一斗镇定自若。钉子板在屋地上照铺，铁皮铠甲在身上照穿，痰盂钢盔在头上照戴，手铐在腕子上照铐，方便面吃得也倍儿香，小酒儿喝得更是有滋有味儿。

刘主任表面若无其事，心里气得炸了肺。他干拆迁这些年，啥样难对付的钉子户都遇到过，还就是没见过王一斗这样的滚刀肉。他打开有五节电池的大号手电筒，在王一斗的身上晃了几晃。王一斗眯起眼睛，不动声色，心说还有什么本事尽管拿出来，谅你也尿不出一丈二尺尿去。只要我坚守住阵地，再赢得几个晚上，凿大门轴枢槽，剔断石门门轴，端开两扇石门，就不跟你劳神了。

僵持了近一整天，刘主任终于跟王一斗说了第一句话："老王，我看你也够辛苦的，这么大年纪了，何必呢？这会儿没别人，咱俩打开天窗说亮话，你到底要我答应什么条件你才肯搬家？"

"还是原先那句话，不给三个两居室，就别想叫我搬家腾地儿。"由于痰盂扩音的作用，王一斗的话显得瓮声瓮气。

刘主任急了："老家伙，你别不识抬举，敬酒不吃吃罚酒！"

痰盂里传出王一斗瓮声瓮气的话："给我滚，别在这儿烦你爷爷！"

刘主任气急败坏，又不得不忍着："老王，你这细胳臂终究拧不过政府的大粗腿，我劝你还是放明白点儿。如果你现在答应搬家，那三万元奖励，我一分不差给你。怎么样？我这已经够仁至义尽的了。"

不见回话，再一听，王一斗竟然打起了呼噜，铁皮痰盂扩音器似的把呼噜声传出来。

刘主任气得七窍生烟，竟不顾身份甩出了粗话："姓王的，你别横，天一亮我就把联合执法队请来。到那会儿，就没有人再给你下软蛋了！"

　　王一斗一声长长的呼噜代替了回答。

　　民国灭了大清，剪掉男人的辫子，也剪开民众的言路，民间可以办报纸了。北京《晨报》有个记者比狗鼻子还灵，也不知打哪儿搜到的线索，把慈禧太后在宫外藏着八大马车金银珠宝的事给抖搂出来了。这一下子可不得了，满大街男女老少的心思，让报纸上白纸黑字煽呼得忽撩忽撩，跟蝴蝶翅膀似的。没一个人不信，不信不成，都信。你想呀，正是慈禧太后把宝贝藏了起来，八国联军闯进皇宫才扑了个空，不然也不会那么没起色儿、不开眼，连紫禁城里大铜缸上镀的金皮子都用刺刀刮了个干净，留下让后人耻笑的话把儿。这件事折腾个把月，报道数十篇，报纸发行量倒是上去了，金银珠宝到底藏在哪儿，始终没闹出个所以然，白白折腾了一场。不过，也不能算是白折腾。如果说找到金银珠宝不算是白折腾，没找到算是白折腾，那就是白折腾了；如果说没找到金银珠宝，验证了藏宝事实的存在，为后人继续找留下线索，不算是白折腾，那就不是白折腾。就先算不是白折腾吧，因为毕竟还得出了三点结论：一是慈禧太后在宫外确实藏有八大马车金银珠宝，当事人死的死、逃的逃，没死没逃的也被杀人灭口了；二是这八大马车金银珠宝藏在一个太监暗宅的井里，由于战乱不断，一直没有取出来，原封不动藏在井里；三是太监暗宅大概在皇宫东北边三里地左右，很可能就在鼓楼附近，具体是哪所宅院，就不得而知了。要知道，太监设暗宅，纳妾养继子，要是叫朝廷给知道了，那可是灭九族掉脑袋的事。

五

　　由公安局法院城管监察大队拆迁办公室街道办事处以及居委会组成的联合执法队，与王一斗斗法斗了将近一天，软话硬话好话赖话说尽了，晓之以理，动之以情，甚至叫来王一斗原来煤炭公司的领导出面说情，都无济于事。开始，王一斗还给点儿面子，跟轮番上阵做工作的执法队员勉强搭一句半句的话，后来干脆来个一言不发，还时不时眯上一小觉儿。反正你有千条妙计，我有一定之规。几个身佩警棍的警察也不是没想过采取突然袭击的方式解决，还设想了穿越钉子板封锁线的具体办法，问题是那副一头铐着王一斗手腕、一头铐着支撑伤檩铁管的手铐成了关键。万一搞不好，伤檩折断了，房子趴了架，闹出人命来，谁也担不起这个责任。

　　正当联合执法队束手无策的时候，前两天那个操着浓重广东口音、要让王一斗谈谈"拆迁拆迁，一步登天"的记者，不知从哪里闻到了风儿，打的赶来了。照相机镜头对准一副堂吉诃德模样的人物，刚要按动快门，王一斗让他等等，从背后拿出一个牌子摆在身边，上面写着"当年响应国家支援农业号召无罪，如今要求补偿三套两居室有理"。记者噼噼啪啪照完相，又把镜头对准联合执法队。可无论是警察法官还是各个行政部门办事人员，一个个躲躲闪闪，或者用手挡住脸，倒好像他们做了见不得人的事儿。记者问拆迁办刘主任这个钉子户是怎么一个情况，刘主任心情极坏："哎呀快烦死我了，哪儿还有心情谈这个！"又问其他人，也都含含糊糊，模棱两可。

　　这时，记者觉得衣服被人揪了一下，回头见是一个姑娘，长得眉清目秀，头发又黑又亮，不禁心中一动。这姑娘不是别人，正是枝子，她下中班回家路过这里，正好赶上看热闹。

"我们家原先就住这个院子，你想知道这是怎么回事儿吗？"枝子的嗓音甜甜的。

"谢谢你告诉我好啦。"记者显然很是感激，对姑娘更是感兴趣，掏出一张名片，双手递上去。

"吴非。"枝子情不自禁念出名片上印的名字。

"小姐能把芳名告诉我吗？"

"就叫我枝子吧。"

"枝子，噢，名字好好听的啦。"

对这位彬彬有礼操着广东普通话的小老广儿，枝子有了好感。她把自己知道的情况讲给他，又说："我给你介绍的这些有用吗？"

"太好啦，真要谢谢你的啦。"吴非握着枝子手，心里却走了神，这手是多么柔软细嫩啊，比他以往接触过的所有女人的手都性感。

忽然，人群出现一阵小小的骚动，吴非回过身一看，原来王一斗摘下套在头上那个痰盂钢盔，端起一碗冲好的方便面吃起来，还大声地吧唧着嘴巴，又"吱"地抿一口二锅头，大有向执法队示威的意味。吴非赶过去，举着照相机从不同角度又是噼噼啪啪一通儿照。待完了事再一看，叫枝子的姑娘已经走了，心中不免生出几分惆怅。

白天顽抗到底，宁死不屈，一副铮铮铁骨；夜里拼命到底，不屈不挠，一副铁骨铮铮。门轴的枢槽凿大了许多，门轴也剔去一大半儿，用撬杠试探地撬撬，石门有了松动的迹象。白天与执法队斗法，夜里与石门较劲，已经昼夜连轴转了好几天，王一斗觉得身体有些吃不消了。好在满囤的体力保持得不错。白天的时间，父亲叫

242

他躲到澡堂子里的床上躺着养精蓄锐，等傍晚联合执法队撤了以后再回来。

"爸，您上去歇一会儿吧，这儿有我呢。"

王一斗真的很累，听满囤这么一劝，便扯着绳子，蹬着井壁凿出的脚窝，爬到了地面。他坐在井边的破沙发上，眼皮立刻打起架，很快就睡着了。恍惚中，他做了一个梦，还是那个做了几十年、内容几乎一成不变的梦。不过，这次还没等伸手去拿那个如同刚刚浇铸的烫手的金条，就被"轰隆"的一声惊醒了。

后山墙倒塌下来。阿弥陀佛！不幸中的万幸，多亏有杕有柱脚，不是硬山搁檩，不然后山墙一倒，整个房子都会塌下来。

碎砖头和土坷垃噼里啪啦溅进井里，顿时从井底下传来满囤鬼哭狼嚎般的喊叫。

王一斗赶紧趴在井边问："满囤砸着没有？"

井底传来满囤的回话："还好，脑袋上起了两个大包。"

没有伤着筋骨，总算还是便宜。可这后山墙怎么就轰隆倒了呢？难道有人落井下石？谁敢下这般毒手？是拆迁办刘主任？为公家的事他值得这样吗？不排除人为的因素，但更有可能是后山墙的质量问题。就如同北京许多老房子的墙都是用"核桃砖"垒起来的一样，王一斗家的后山墙也是用核桃大小的碎砖头砌成的。原先，后山墙和东边院子的后山墙肩并肩挨着，现在东边院子叫大型机械给推平了，王一斗家的后山墙没了依靠，稍微有个震动可不就倒塌了呗。说到底，还是那个拆迁办刘主任惹的祸。等着吧，我非拿这个跟你算账！

王一斗找来一个破床垫子，遮挡起露天的后山墙。正干着，忽然钻进一个人，吓得他一激灵。定睛一看，原来是满囤妈。

“你咋回来了？”

满囤妈神神秘秘地打着手势，叫老头子放低声音：“我看见大门口老槐树后面有个人影儿。”

王一斗心头一紧，难道后山墙真是被人推倒的？

夫妇俩来到大门口，相互使个眼色，左右包抄过去。

随着“呔”的一声喊，老槐树后面的一个人影变成了两个，原来是一对儿谈恋爱的。可是从年龄上看又差得悬殊，男的五十多岁歇了顶，女的二十郎当正风流。两人骂了句“神经病”，手拉着手走了。王一斗夫妇闹了个没趣儿，悻悻地回到屋子里。

“你从老家回来干啥？”

“还说呢，这好几天了，左等右等也等不来你的电话，我担心出啥事儿，就搭车连夜赶回来了。”

“妈，您回来了？”满囤的问候从井底传来。

满囤妈扒在井边往下看：“怎么样，挖出宝贝来了吗？”

满囤在井下仰着脸说：“快有门儿了。”

王一斗问：“你下去瞧瞧不？”

满囤妈直起腰，拍打着手上的土：“我可没那胆子。”

“对了，我给你看一样东西。”王一斗拿出在井底发现的那颗珍珠，交给满囤妈。

满囤妈两眼放光：“这是项链上的珍珠，在哪儿捡的？”

王一斗说了珍珠的发现经过和他的猜想。

满囤妈很是兴奋：“这么说发财了，咱真的要发大财了？赶明儿有了那么多钱，都咋儿花呀？我还真有点儿愁得慌。”

“好了，你先别愁了。”王一斗打断满囤妈的话，“赶紧眯一觉儿，天一亮，你就再回老家去，还是按咱原来的计划办。”

不等天亮，满囤妈就走了。临别前，王一斗再一次叮嘱要租好大卡车，备好几十条麻袋。满囤妈说放心吧，早备齐了。

父子俩又经过一整夜的玩儿命，下门轴的枢槽凿豁了，下门轴也已经凿断，用撬杠撬了撬，石门终于松动，甚至发生倾斜。只要再把上门轴的枢槽凿大一些，石门就可以端下来了。

早晨八点，联合执法队又按时上班，所不同的是新增添了一部车轮子比人还高的大型铲车，轰隆隆开来以后就再也没有熄火，发动机震天动地的，也不怕费油，无形中起到了一种威慑的作用。

王一斗是谁呀，才不怵阵这小儿科的伎俩呢。他也准备了对付联合执法队的杀手锏，破例没有戴那特大号的痰盂钢盔，而是把脑袋用纱布包得比戴着痰盂钢盔还大，又在纱布上洒了整整一瓶红药水，看去真跟受了伤挂了彩似的。见联合执法队一到，王一斗便先发制人，说昨天夜里，不知哪个大胆亡命徒推倒了后山墙，差点儿把在床上闷头睡觉的他砸死。

王一斗冲几位穿着制服的人喊冤叫屈："警察同志啊，你们是人民的忠诚卫士，可不能看着有人想杀人害命不管呀！"

这一招儿还真灵，完全打乱了刘主任他们昨天晚上商定的一套劝说计划，个个面面相觑，一时没了主意。

王一斗接着大喊："刘主任，你装啥孙子，就是你丫干的！"

刘主任脸上闪过一丝心虚："你胡说！我能干这种事儿吗？"

王一斗心中暗喜，继续栽赃："不是你亲自干的，也是你派手下人把墙推倒的。警察同志，你们把他逮起来审审，他肯定招供。"

在场的人一齐把目光盯在刘主任身上。

刘主任急了："王一斗你不要血口喷人，小心我告你诬陷罪。"

王一斗心说，你告吧，等办完了我的大事，你爱咋告就咋告。

忽然，王一斗发现开发商韩老板今天也混在人群里，就又生出一计。

"要真不是你刘主任干的，那就是开发商韩老板。他说过，时间就是金钱，我耽误了他的时间，就等于耽误了他赚钱。对，肯定是他韩老板干的，东北虎的心可黑着呢！警察同志，趁着杀人犯还没逃跑，你们赶紧把他抓起来呀！"

人们把目光又转到开发商韩老板身上。

韩老板有些慌乱，摆着双手说："都盯着我干啥？不要听一个疯狗胡说八道。我堂堂正正做人，光明正大挣钱，决不会干这等伤天害理的事情。"

这时，记者吴非赶到了，还拿来刊登有关钉子户王一斗消息的报纸，散发给在场的执法队员和看热闹的群众。这一现场报道，得到记者部主任的大加赞赏，指示他搞好后续报道。要知道，这对于研究生毕业刚招聘到报社半年，还处在试用期的吴非来说，为以后转为正式记者，增添了一个多么重的砝码呀。

"记者！记者同志！"王一斗大喊着叫吴非过来，"你可都看见了，他们这帮臭官僚，不但不答应我的合理要求，还下毒手推倒了后山墙，把我一个老头子脑袋砸得花瓜似的。你瞧，你瞧呀！"见吴非从摄影包里掏出了照相机，王一斗更来了精神，探着身子伸着头，"照吧，尽管照，把他们的罪证记录下来。"

吴非调着焦距，镜头忽然被一只手挡住了。移开照相机一看，是拆迁办刘主任。

"记者同志，你不能光听这个钉子户的一面之词。"刘主任的话里显然有不满情绪，"他这个人一贯胡搅蛮缠，强词夺理。我们作为政府工作人员，一切都是按有关政策办，决不会做出违法的事情。请你暂时回避一下好吗？"

吴非当记者以来，还没有遇到有谁不让采访，而且居然敢挡住无冕之王的镜头，心里自然不快，屁股不由得已经坐到貌似被害者的王一斗一边。他拉下脸说："我并没有只听这位老伯的一面之词，只是做客观报道。所以你不能阻拦我的采访，更没有权利挡住我的镜头。"

　　王一斗添油加醋："说得好！记者同志，你千万别听他的，就照，我让你照。他不就是个破主任吗，有啥权利不让你照相呀？"

　　刘主任心里的火儿被点着了："我今儿他妈的豁出去了，就不许你瞎照！"说着就要夺吴非挂在脖子上的照相机。吴非当然要进行自我保护。两个人撕扯起来，扭到了一块儿。

　　事情闹得越大，越对王一斗的心思，越可以拖延时间。

　　王一斗挑逗地喊着："不好了，有人打记者了！"

　　执法队的两位警察赶过来，把二人劝解开，说不要大水冲了龙王庙，一家人不认识一家人。

　　就在这时，王一斗竟然破窗而出，一屁股瘫坐在地上，脸色煞白，浑身哆嗦，嘴里不断叨念着："蛇，蛇，秃尾巴黑蛇。"

　　这异乎寻常的举动，不仅使刘主任和吴非掉进云里雾里，所有执法队员和围观群众也莫名其妙。

　　原来，王一斗是被蛇吓出来的。刚才他看着刘主任和记者吴非扭在一起，心里正暗暗高兴，忽然听到一阵"沙沙"的声响，抬头一看，一条秃尾巴的粗大黑蛇从南房山的墙洞里露出头，顺着那根支撑着伤檩的铁管子爬下来，向王一斗频频地吐着红红的芯子。王一斗吓得赶紧摸出钥匙，打开手铐，夺窗而逃。

　　对蛇，王一斗有着深恶痛绝的仇恨和刻骨铭心的惧怕。十二岁那年，有一天晚上，他蹬着梯子到房檐下的檩子和椽子之间的窝窝儿里掏家雀儿。可谁想，一条花蛇"嗖"地蹿出来，一下子钻进他张着的嘴里。事后说起来，多亏他嘎巴一咬牙，咬住了蛇的七寸。人虽然从梯子上掉下来，摔伤了胳臂，却保住了一条小命。要知道，蛇一旦钻进嗓子眼，想拔都拔不出来。因为只要一拔，蛇鳞倒逆起来，卡住喉咙，人就会被活活憋死。从此，王一斗闻蛇丧胆。别人是一朝遭蛇咬，十年怕井绳；他则是一朝咬了蛇，一辈子怕井绳。

两个胆子大的执法队员，拿着棍子闯进屋去，找遍上上下下、犄角旮旯，哪里有什么秃尾巴黑蛇呀，只在墙角发现了一串长长的塔灰垂下来，被风一吹，左右摆动。

两名警察一人架着一只胳臂，搀起瘫坐在地上的王一斗，就再也没有撒手。其他执法队员以迅雷不及掩耳之势，只用了几分钟，就把王一斗屋子里的东西基本腾空了。大型铲车总算有了用武之地，轰隆隆地开过来，对准三间东厢房横竖一扫，烟尘顿时腾空而起，三下两下就捣毁了王一斗居住了几十年同时也做了几十年发财梦的屋子，彻底拔掉了这颗最顽固的钉子。

被两个警察架着胳臂的王一斗，跳着脚儿地打秋千，声嘶力竭哭喊着："我的宝贝，我的宝贝啊！"

时间紧迫，屋子里确实还有些破床破沙发破椅子等家什没有搬出来。刘主任一挥手，大度地说："破东烂西的，还当什么宝贝呀，我多赔你几百块钱就是了。"

最后的堡垒就这样被一举攻克了。

只顾看这边的热闹了，谁也没有注意到，马路对面高台阶上的小酒馆里，临窗而坐的夏五爷，捏起盘子里仅剩的一粒花生米扔进嘴里，举起扁扁的小二锅头瓶子，把福根儿一饮而尽。

慈禧太后生前虽有宝贝千千万，却有两样东西最喜爱，一件是驾崩之后含在嘴里的那颗夜明珠，至于这稀世珍宝被孙殿英盗得后又落到谁的手里，至今也是个谜；另一件，是西域进贡的一块羊脂玉佩件，形如圆月，晶莹剔透，天然絮状物构成的一幅嫦娥奔月图隐约可见，可谓鬼斧神工。更特别的是，白天白如羊脂，到了晚上，月光一照，发出淡淡的蓝光。慈禧的奶名叫兰子，叫兰子的慈禧总好给人起名，给这块玉也起了个名，叫"蓝月儿"，佩带在身，形影不离。别看叫慈禧太后的这个太上皇飞扬跋扈，叫兰子的这个女人，却对"蓝月儿"寄托着多少向往和追求，只有她自己知道了。孙殿英从慈禧嘴里抠出了夜明珠，却没有找到"蓝月儿"。于是传出话，那块宝玉肯定与八大马车金银珠宝一起藏在太监暗宅的井里了。这天，足足有一个团的兵力，突然包围了鼓楼一带所有的大小宅院，也不翻箱倒柜，也不抓人审问，只用枪托往地上乱捣，只听声音是实是虚。后来人们闹清了，敢情这是驻扎在北平的一个军阀，效法孙殿英找那"蓝月儿"和八大马车金银珠宝呢！

六

废墟推平了，渣土拉走了，场地腾空了，若不是有那棵大槐树坐标似的证明着过去，即便是老街坊，也无法相信眼前这片空旷的场地就是他们生息了几十年的地方。

王一斗的家搬到近郊的临时周转房里，可他每天从早到晚蹲守在工地附近。藏着八大马车金银珠宝的那眼井被拆房的渣土掩埋起来了，至少目前还没有被人发现。从这一点说，没得到三万元搬家补助款，尽管有那么一点点儿遗憾，但是不后悔。赶明儿有了机会，

249

随便挖出一件什么东西，价值又何止三万五万？不后悔，不能后悔！

不过，令王一斗担心的事出现了。

文物研究所的工作人员，日常工作之一就是到各个工地巡视，查看有什么值得发掘的文物线索。郑考古例行公事地来到他嫂子家原来住的地方，把骑的破自行车往大槐树旁一靠，溜溜达达走进现场。

这立刻引起王一斗的高度警觉，他坐在对面马路牙子上抽着烟，不错眼珠地注视着郑考古的一举一动。在那眼井的地方，郑考古停住脚步，猫腰捡起一块东西。不能再等闲视之了！王一斗奔过马路，隔着十几步远就大声地打招呼："郑考古！"

郑考古闻声转过身来："是王大哥呀，怎么着，故地重游？"

王一斗来个就坡下驴："是呀，故土难离啊。"说着话，走近了，见郑考古拿着一块砖头，心里纳闷儿，他为啥对这感兴趣？

不等王一斗问，郑考古遗憾地嘬着牙花子："咳，可惜呀，真是可惜呀！"

王一斗更是纳闷儿了，不就是一块破砖头吗，有啥可惜的？

看出王一斗脸上的疑惑，郑考古说："咳，王大哥，你不知道，这可不是一般的砖头，这叫金砖！"

"金砖？我看也是黄土烧的，哪有啥金子？"

"咳，这您就不懂了。"随着一句句"咳"声，郑考古掉开了书袋儿，"这砖里面，含有一定比例的金属，刚烧出来时，光滑如镜，坚硬似铁，所以叫它金砖。过去专门用来铺设金銮殿地面儿，只有皇家才能享用得起。作为收藏家不敢说对此梦寐以求，但如果能藏有一块完整的金砖，也还是以此为荣的。"

王一斗这才觉得这块砖头有些眼熟，细一看，这不是他凿碎的那块盖着井口的大方砖吗？不禁脱口而出："这东西值钱？"

"咳，要说值钱嘛，比起官窑瓷器名人字画紫檀家具来，也不算值钱。"郑考古的话越来越有些卖弄，"不过呢，物以稀为贵。如今一块完好无损的金砖，如果作为藏品拍卖，起价至少也得两万元吧。"

王一斗心里忽悠一下子，有了一些后悔。当初要是知道这叫金砖，要是知道这金砖值这么多钱，要是撬的时候手脚稍微轻一点儿，这金砖就不会给凿碎了。虽说这与井里的金银珠宝比起来，九牛一毛，可那也是钱呀，两万元就这么白白糟践了。

郑考古用脚在地上扒拉着，又一块砖头露出来，捡起来看了，见砖头侧面有一长条的戳记，刻有"大清雍正年制"和"甲一大"的字样，叹息声就愈加不止："咳，真是可惜啊！雍正年间的官窑瓷器不多，烧制的金砖更是少见。如果一点儿不损坏，这块金砖的价值起码在五万元以上。"

听郑考古这么一说，王一斗不禁暗暗叫道：后悔哟后悔死喽，后悔哟后悔可喽！

郑考古看看眼前的大槐树，再看看脚下站的位置，问了一句足以让王一斗心惊胆战的话："王大哥，这块地方，我看着怎么像是你们家的南屋呀？"

王一斗装傻充愣地说："是吗？我倒是没注意。"

瞄准大槐树，迈开标准步，郑考古丈量着此地与大槐树的距离。其实，王一斗已在暗地里丈量好了，大槐树距井口，整整二十步远。

郑考古丈量完，从衣兜里掏出笔记本，记下来。

坏了，这干考古的眼睛就是毒，难道他察觉了什么？

"王大哥，您在这个院子住多少年了？"

"有四十多年了吧。"

"这个院子过去的主人是干吗的您知道吗?"

"这你可难住我了,还真说不清楚。"

王一斗心说,要是告诉你这个院落是太监的暗宅,不就等于把慈禧太后在井里藏着八大马车金银珠宝的事告诉你了吗。

这时,夏五爷不知从哪儿冒出来。

郑考古迎上前:"夏五爷,您是老住户了,知道过去这个院子的主人是干吗的吗?"

夏五爷似乎没有听明白:"你说啥?"

郑考古把话又重复了一遍。

王一斗的心一下子悬起来。

夏五爷摇摇头说:"不知道,打死也不知道。"说完,旁若无人,目不斜视,径自向马路对面高台阶的小酒馆走去。

这个神经!郑考古的话题又扯到金砖上:"王大哥,你看,这砖头是新茬儿,肯定是不久前才弄碎的。"

王一斗把这归罪于拆迁办刘主任身上:"拆迁办那个姓刘的,指挥推土机轰隆隆地一推,再结实的东西也得给毁了呀。"

郑考古说:"这金砖,即便是达官贵人的府邸也很难搞到,一般的财主家更不会有。所以,这个院子的主人肯定有来头儿。"

王一斗敷衍着:"有啥来头儿也白搭,如今拆成一片平地了。"

正说着,"有来头儿"的人来了。一个技术员模样的人带着几个民工,扯着皮尺,拎着袋子,在即将开槽的地基上撒着白灰线。

坏醋了!藏着八大马车金银珠宝的井正好画在白线以内!

王一斗一下子后悔起来,后悔为啥一直到临近搬家才解开那个做了几十年的梦,后悔自己为啥不早点儿发现藏在他家南屋地下的这眼井，而且在挖井的过程中又遇到那么多的猫闹春人闹骚烧保险墙倒塌还有秃尾巴黑蛇吐芯子等等邪事怪事捣蛋的事。要不然，三万元搬家补助款照拿不误，价值五万元的金砖也会完璧归"王"。可如今，真要闹个鸡飞蛋打不成？后悔哟后悔死喽，后悔哟后悔可喽！

后悔没有用，着急也没有用，眼前最要紧的事，是怎么才能让这楼房的地基往北移，甭多了，移五六米就可以避开井位。只要没有人发现井，就有机会再进行挖掘。可是，城市开发，地皮昂贵，寸土寸金，寸土必争。那黑心的开发商韩老板，又怎肯听一个小小老百姓的调遣？

一向精明的人儿啊，此时此刻真的没有了主意。王一斗一着急，头又疼起来。他从衣兜儿里掏出清凉油，用食指抿出一块，涂抹在太阳穴两侧，肉皮杀得又酥又麻，脑仁儿也不觉清醒。

挤上回家的公共汽车，王一斗看见吴非在站牌子旁东张西望，好像在等什么人。果然，一个红裙子飘过来。这丫头不是在和大漏勺打连连吗，咋又傍上记者了？

快下班的时候，吴非接到一个女性电话。

"请问你是吴非吗？"

"我是吴非啦，你是……"

"真是贵人多忘事，连我都不记得了？给你五秒钟，再好好想想。如果还想不起来，我可把电话挂了。"

话筒里甜甜的声音让吴非心动，可就是一时想不起来是谁。

"我是枝子，还记得吗？"

"噢，记得，当然记得啦。"吴非首先想起来的是那一双细嫩柔软十分性感的手，"找我有什么事情吗？"

"如果吃饭不算是事儿的话，那我就没事儿了。"

不等吴非反应过来，话筒里传来"嘟嘟"的忙音。吴非遗憾得一个劲儿地搓手。好在电话铃又响了起来。

"吃饭是不是事儿呀？"

"当然是事，而且是头等大事啦。"

于是，就有了吴非在车站等候枝子的这一幕。

接下来的一幕，让两位初识不久却一见如故的年轻人，都不免有些难堪。走进一家粤菜馆，刚刚点完几个菜，枝子脖子上挂着的手机就响了，是那种奶声奶气的提示："喂，有人来电话了。"枝子看了一眼显示屏上的来电号码，马上按了"拒绝接听"的键。没过一分钟，"喂，有人来电话了"的提示又响起来。吴非看出了枝子挂在眉宇间的一丝不安，说如果是男朋友打来的就接吧。这句话，令枝子很是感动。瞧人家文化人，多么大度，不像大漏勺，醋坛子似的。枝子关掉手机，随口说："八百年前就跟他吹灯拔蜡了，还整天死皮赖脸缠着，真叫人烦！"

炒菜端了上来，红酒倒进杯子，两个人的眼神随着两个酒杯碰到一起。偏偏这时，放在餐桌上的手机不识相地震动起来，连蹦带跳，就地打转儿，活像一个电动玩具。吴非一把抓起调到震动挡上的手机，看看显示屏，按了"拒绝接听"键。枝子学着刚才吴非的话，说如果是女朋友打来的就接吧。

吴非立即解释说："不不不，我还没有女朋友。"

"那为什么你不敢接电话？"

"不是不敢啦，是一个陌生的电话号码啦，我是担心破坏此时的气氛啦。"吴非一口一个"啦"，惹得枝子咯咯笑。"你不要笑我啦，我们广东人说话就是这个样子啦。"枝子更是大笑不止，见引来众多食客侧目，一吐舌头，赶忙捂起嘴巴。这让吴非想入非非，多么爽

254

快多么可爱多么顽皮的姑娘啊！

两个酒杯再次碰到一起，两双眼睛再次聚焦对方，放在餐桌上的手机再次不识相地震动起来。

"如果是你女朋友从广东打来的，你就接吧，我不在乎。你也可以说，你正在与一位叫枝子的北京姑娘共进晚餐。"枝子忍住笑，又强调说，"用不用我暂时回避一下？"

吴非赌气接通了电话："喂，哪一位？"

"你是吴记者吗？"听声音，是一位男性。

"我是吴非。你怎么知道我的手机号码？"吴非忙里偷闲看了枝子一眼，意思是说，怎么样，不是什么女朋友吧？

"我打电话到你们报社，想向你反映一个问题，你们同事把你手机号码告诉了我。"

"对不起，我现在没有时间啦，等明天你来报社找我，或者你留下地址，我去找你，你看这样可不可以呀？"

"那就算了吧，我去找另外一家报社的记者反映问题。"

"请不要挂电话，你把反映的问题，简单说一说好吗？"

"有一棵老槐树，长有几百年了，施工单位要砍掉一个大主权子，我们老百姓坚决不答应，想找你这个记者给伸张正义。"

吴非听到这里，立刻来了情绪。保护古树名木，维护古都风貌，是当前热门报道话题，送上门来的报道线索，岂能轻易放弃？说不定会取得比报道拆迁钉子户还要好的评价，或许到年底还能评上奖呢！吴非立刻客气起来："您说的这棵大槐树在哪里？"

"就在你曾经报道拆迁钉子户的地方。"

枝子睁大眼睛，她显然也听到了手机里的话。

吴非掏出笔和本："请把你的名字和电话留下来可以吗？"

电话却挂断了，传来"嘟嘟"的忙音。

第二天上午，吴非来到现场，果然看见老槐树的一个大主权子从空中伸到了地基的白线以内。不用说，一旦开始施工，老槐树必将受到严重伤害。吴非四下巡视，想找个人打听情况，看见王一斗下了公共汽车，朝这边走来，心里忍不住一阵好笑。那天他把戴着特大号痰盂钢盔的钉子户照片和文字稿，拿给部主任审定时，一贯板着面孔的部主任竟然发出一阵爆笑；同事们看了，更是笑得前仰后合，说是超级黄色幽默照。既然属于黄色幽默，还是超级，自然不便公开发表。结果可想而知，报道钉子户的文字见于报端，而且位置很突出，标题字号也很大；而那张戴着特大号痰盂钢盔的照片，至今还躺在吴非办公桌的抽屉里。

吴非上前和王一斗热情地打招呼。王一斗不咸不淡应着，心说房子拆完了，枝子姑娘也不在，这小老广儿又跑到这儿闹啥骚儿来了？

吴非看出王一斗脸上的不悦，掏出香烟递上去，并亲自给他点燃。

"您老原来在这个地方住了四十多年吧？"

"你在报纸上不都写了吗，还问我干啥？"

"我是想问，当初您搬来时，这棵槐树有多粗多高呀？"

"自打我一搬来就有这么粗这么高。哎，你问这个干啥？"

吴非说了昨天晚上接到一个电话，反映施工单位要砍掉这棵槐树一个主枝权的事情，只是把和枝子在一起的情节省略了。

王一斗似乎意识到了什么："你想把这也写成稿子登报？"

"是呀，作为一名正直的记者，不能眼睁睁看着古树名木被毁坏，这也是包括您在内的任何一位公民所不能容忍的。"

王一斗茅塞顿开："对，你说得对极了，古树名木绝对不许随意毁坏。这棵树编了号，就钉在树干上，是活古董啊，跟人有身份证似的，存进电脑了。"

有了以保护古树名木这个大挡箭牌当幌子，开发商韩老板就是再有后台，也得乖乖儿地把地基往北移。只要发现不了那眼井，八大马车金银珠宝早晚是我王一斗的。天意，真是天意啊！

王一斗指着地上的白线和空中的槐树枝杈，趁热打铁说："吴记者你看，真要这么一挖，这根大主权子就得砍掉。就像好好儿的一个人，活生生地给卸掉一只胳臂，这怎么行呢？砍树如砍人，我们老百姓坚决不答应，你这个记者一定要伸张正义。"

这番话听着怎么这么耳熟呀？

吴非试探地问："昨天晚上，是不是您给我打的电话呀？"

电话？我打的？"啊，是呀，是我打的。我寻思，这事找你吴大记者，肯定管用。"

正说着，来了一辆小卧车，车门一开，下来两个人，对着地基白线和槐树枝杈比比画画。吴非上前询问，得知是区政府值班热线的工作人员，接到举报电话，有人要破坏古树名木，前来调查核实。吴非自报家门后，又介绍王一斗，说这位就是打举报电话的人。结果，王一斗的手被来人攥着一个劲儿地抖，称赞说这是一位市民的义举。

第二天的报纸上，吴非以"一位市民的义举"为题做了报道。读者反响非常强烈，园林部门也站出来说话，撤销了因收受韩老板贿赂做出错误批示的一个科长的职务。

强大的舆论和园林部门的干预，使韩老板只好把地基白线北移五米。这就是说，那眼藏着八大马车金银珠宝的井暂时保住了。

没过几天，开始破槽。王一斗依然每天蹲守在工地的附近。这天早晨，他刚走下公共汽车，就看见有一位学徒工大叫一声掉下挖掘机。赶过去听学徒工一说原因，王一斗心里不禁怦怦乱跳。原来，这位学徒工早晨上班以后，见发动机上有一团黑棉丝，就随手拿起来擦机器。不承想，那一团黑棉丝不仅冰凉，而且会动，吓得他两腿一软掉了下来。鲁智深般壮实的师傅，拿着大扳子，上了挖掘机。发动机上放着一团黑棉丝，哪里有什么黑蛇呀！于是责怪徒弟一准儿走了眼。

对此，王一斗深信不疑：那条曾吓得他屁滚尿流魂飞胆丧的秃尾巴黑蛇，又出现了！

七七事变，日本人占了北平，中国人当亡国奴了。当了亡国奴就得学人家日本话，不学就"八格牙路""死拉死拉"的有。可偏有不信邪的，不信邪的还是个姑娘，叫柳叶儿，柳叶儿姑娘上学的日语课本三天两头丢。其实不是丢，她把日语课本给了她家门房夏侯爷的儿子夏五，夏五用来擦了屁股。这天，夏五拉着洋车送柳叶儿上学，柳叶儿又给了夏五一册日语课本。夏五说不敢再用它擦屁股了。柳叶儿问为什么，夏五吭哧了半天才说："放屁声都变成'八格牙路'的音儿了，再擦还不'死拉死拉'的有？"柳叶儿笑得前仰后合，把洋车差点儿掀翻了。晚上，"八格牙路"和"死拉死拉"的声音就在柳叶儿家响起来。不是放屁，是说话，是从一个日本工兵小队长嘴里发出的。日本工兵拿着探雷器，从院子这头探到院子那头，又从那个屋子探到这个屋子。突然，探雷器报警了，耗子似的叫起来。挖开墙根的花坛一看，地下埋着的是一个铁锹头，还是半拉的。气得工兵小队长挥舞着战刀，"八格牙路""死拉死拉"地

258

乱叫。柳叶儿姑娘也顾不上害怕了，爆发一阵大笑。这是因为她想起了夏五说的话，用日语课本擦屁股，放屁声都变成"八格牙路"的音儿了。

七

这次秃尾巴黑蛇的出现，没能阻挡住藏有八大马车金银珠宝的井被发现。

楼房的地基挖到挖掘机大臂够不到了，必须要修一条坡道，挖掘机开到基槽下面，大卡车再沿着坡道把土方运上来。就在修坡道时，挖掘机的大铲往上一提，被渣土掩埋的那眼井便暴露在光天化日之下。郑考古巡视到这里，发现了这眼周围夯着三合土、四壁砌着厚片瓦的井，命令立刻停工。鲁智深般的师傅哪肯听一个陌生人的瞎指挥，操作着挖掘机照干。没几下子，就挖出了几块厚厚的柏木板，露出用青砖白灰衬砌井壁的大口井。

郑考古急了，站到井边，用身体挡住挖掘机大臂，警告说："我是文物所执法大队的，你要是再敢蛮干，一切后果由你负法律责任！"

鲁智深般的师傅不得不将挖掘机停下来。施工单位就怕在施工过程中遇到文物，耽误工期不说，还要担负挖掘费用。

王一斗从家里来到工地，见围了好多人，心里一阵紧张，扒开人群，一眼就看见了那眼井，井边横七竖八地躺着几块柏木板，其中一块有个大洞，那是他们父子俩头朝下脚朝上费尽千辛万苦凿穿的啊。

一切计划都要泡汤了！一切梦想都要落空了！

让王一斗有一丝安慰的是，渣土掉进大口井里，掩埋住了卧井的两扇石门。而接下来郑考古向施工单位宣布停工待查的决定，又让王一斗产生新的幻想：不等你郑考古查清楚，我就把金银珠宝挖走了。

入夜，王一斗和满囤父子俩开始了孤注一掷的行动。工地停止施工，四周空无一人，挖掘机就摆放在井边，正好挡住大街上人们的视线。老天爷这回也总算帮忙，天气阴沉沉的，一点儿月光也没有。临近的两盏路灯，一盏灯泡坏了，根本不亮；一盏接触不良，忽明忽灭，像是鬼火。掉进井里的渣土也很松软。不一会儿，父子俩就挖到了卧井的石门。其中一扇石门已经倾斜，只要再凿上几凿，石门便会打开。一经打开石门，剩下的事就是往麻袋里装金银珠宝了。

忽然，警车的警笛声由远而近传来。

做贼心虚，王一斗急忙扯着绳子把满囤从井里拉上来。

多亏把满囤从井里拉上来，不然就露馅儿了。警车停在附近，闪烁耀眼的警灯足以让王一斗父子俩肝儿颤。

满囤哆哆嗦嗦地说："要是警察问起来，咱可咋说呀？"

王一斗尽管心里打鼓，嘴上鼓励儿子："别怕，你就装哑巴，一切由我来对付。"说着，把工具和绳子扔到挖掘机底下藏起来。

几束强烈的手电光，对准了躲在挖掘机后面的王一斗父子俩。

"我们是警察！不许动，举起手来！"

王一斗只在电影里和电视上见过的场面，想不到在自己和儿子身上重演了。"哎别价呀，我们是好人！"

"不许说话，双手抱头！"手枪"吧嗒"一声打开了保险。

王一斗只好乖乖儿地举起双手。再一看满囤，双手抱着脑袋，浑身哆嗦如筛糠。

两个警察端着手枪走过来，手电筒在二人脸上身上乱晃："你们俩躲在这儿干什么？"

王一斗鼓着肚子说气壮的话："什么叫躲在这儿呀？我们没偷又没抢。"

一位警察说："没偷没抢就不兴干别的坏事了？"

王一斗嘴茬子一点不软："你凭啥说我们干坏事？"

"嗬，臭嘴还挺硬。"

"你才臭嘴呢！"

另一位警察说："甭跟他们贫，带回去再说。"

"走就走，有啥了不起的。"王一斗正巴不得立刻离开这里。

父子俩被带上警车，押送到派出所。

通过审讯，警察基本排除了王一斗父子俩犯罪的嫌疑，王一斗也闹清了抓他们的原因，敢情是有人给110报警，说看见工地附近有两个流氓劫持一个妇女，欲加强暴。是谁这么缺德呢？蒙冤在派出所蹲了一宿不说，耽误了多少挖宝的宝贵时间啊！

父子俩出了派出所，天已经亮了。他们没有回家，直接奔回工地，把昨天夜里挖的渣土又填上，将石门重新掩埋起来。

然而，当夜幕再次降临的时候，更加稀奇古怪不可思议的事情发生了。绳子一头在王一斗手里攥着，一头在满囤腰上拴着，父子俩商量好，上边若有啥动静，下边若有啥情况，二人就以摇动绳子为暗号，或王一斗下去，或满囤上来。满囤徐徐地下到井里。王一斗在井边上望风。忽然，王一斗看见郑考古骑着自行车来到工地。这么晚了，他来这儿干啥？王一斗绕过挖掘机，没事儿人似的迎上去。

"郑考古，还不下班回家呀?"

"咳，是一斗大哥呀，我正到处找你呢。"

王一斗用身体挡住郑考古的去路："找我有啥事呀?"

"有事要向你请教。"郑考古越过王一斗的肩头，向井的方向看了一眼。井的周围一切正常，平安无事。

这一眼，令王一斗心惊肉跳，他拉起郑考古的手："走，有啥事咱们到对面小酒馆，点俩凉菜，要瓶啤酒，边喝边说。"

"也好，跑了一整天了，渴得嗓子冒烟。不过，事先说好了，得由我请客。"

"咱哥儿俩谁跟谁呀，你请就你请。我喝兄弟几杯酒，心里不会不落忍。"王一斗心说，甭管谁请谁，只要你马上离开这里就行。

进了高台阶上的小酒馆，二人落座，点了酒菜。

郑考古进入正题，一脸严肃："一斗大哥，我问你个事，知道也好，不知道也罢，您可都得实话实说，这是关系到国家利益的大事。"

"到底啥事呀，说得这么邪乎?"王一斗点烟的手微微发颤，"你放心，我知道的就竹筒倒豆子，不知道的也不会胡说。"

"好，那我也就竹筒倒豆子直说了。"郑考古给王一斗的玻璃杯里满上啤酒，"当年，八国联军攻打北京时，慈禧太后把宫里的金银珠宝装了八大马车，坚壁在一位太监暗宅的井里，后来由于战乱不断，一直没有取出来，这事儿您早就听说过吧?"

"这一片儿的老街坊都知道。"王一斗以攻为守，"咋的，你郑考古又闻到啥了?"

郑考古说："我核查了考古档案，翻阅了民国报纸，综合了各种信息，初步认定，你们家住的老宅子，过去很可能就是太监的暗宅，昨天挖出来的那口砖井，很可能就是藏着金银珠宝的井。"

王一斗心里一惊，嘴上打岔："怎么可能呢？我在那院儿住了四十多年，为啥没听到一点儿风声？"

"没听到一点儿风声就对了，不然的话，还能保留到今天？"郑考古暗示说，"据我勘察，那眼井的位置，就在你们家南屋地下。您住了四十多年，没有发现一点儿蛛丝马迹？"

王一斗有意重复着郑考古的话，也是他的心里话："要是发现什么蛛丝马迹，我还能让它保留到今天？"

郑考古进一步探问："挖掘机挖出的柏木板上，凿有一个大洞，看样子还是新茬儿，您离井那么近，就没有听到一点儿动静？"

王一斗脑门儿上冒出细小的汗珠："你的意思是说，那柏木板上的洞是我凿的？"

"不不不，不是这个意思。我只是向您了解情况，您别多心。"郑考古为王一斗的杯子里满上啤酒，倒猛了，啤酒沫子溢出来。

王一斗见好就收："我说你也不会胡乱猜疑人嘛。"心说，你丫别跟我兜圈子了，还有啥屁赶快放，我儿子满囤还在井里呢！

郑考古有意无意地说："新近呢，文物局制定了政策，对发现文物并向文物部门及时提供线索的人和单位，根据发掘出来的文物价值，给予适当奖励，最高可奖励百分之二十五。"

王一斗心里一动，八大马车百分之二十五，就是两马车。要是得到两大马车的金银珠宝，那也真是阔大发了。可又有谁保证到时候不抹桌子？再说，现在井口已经挖出来了，即便向文物部门报告，人家也不会认账。只有赶快把井里宝贝掏出来，不管多少那才算是自己的。

"来，一斗大哥，我再敬你一杯。"

两个杯子碰到一起。两个人心思各异，一饮而尽。

防蚊蝇的塑料条门帘一挑，夏五爷走进来。

"哟，夏五爷呀，您请坐，今儿个我请客。"郑考古起身拉过一把椅子，心想，真巧了，想要找的人都在这儿碰见了。

"你们喝着，我还有事，先走一步了。"王一斗借机脱了身。

郑考古向夏五爷询问那所宅院主人的身份，夏五爷摇头说不知道。郑考古又问听没听说过井里藏着八大马车金银珠宝的事，夏五爷还是摇头说不知道。郑考古干脆捅破窗户纸："我已经调查过了，您父亲过去是这家的门房，您父亲故去后，您就接了班，还是门房。都两辈儿人了，这院子主人和院子里这口井的情况，您就真的一点儿不清楚？"

"不知道，打死也不知道。"夏五爷站起身，悻悻而去。

郑考古的调查卡壳了。昨天，挖出了那眼井，凭郑考古的学识，判断这口井的年代，可以说轻而易举，从用砖和用灰以及造型来看，早不过道光，晚不过光绪。如果仅仅从井本身来说，几乎没有研究和勘探的价值。可是，偏偏老天爷长眼，非要让快到退休也还没有什么成就的郑考古，成名一下子，威风一下子，英雄一下子。

在翻阅一九五〇年登记的考古历史档案时，简单的几行字迹把郑考古的眼球吸引住了："据家住天津南市清和大街一位姓哈的妇人反映，清末闹洋毛子时，她姥姥在北京给一个太监家里当老妈子，亲眼看见有人把皇宫里成箱的宝贝藏匿在东厢房的一口砖井里。太监暗宅的具体地址不详，大约在鼓楼附近，宅院门口长有一棵槐树。"此外，还有一段批注："通过初步调查，不足为信。二十年代中叶，北京《晨报》对此做过报道，轰动一时，但没有结果。"

砖井，东厢房，鼓楼附近，门口有棵大槐树……这不就是嫂子

264

家住的那个院子吗！顺藤摸瓜，到北京图书馆一查，二十年代北京《晨报》上，果然刊登着八国联军攻打北京前夕，慈禧太后把宫内八大马车金银珠宝藏匿在太监暗宅的连续报道，并推断太监暗宅的地点在距皇宫大约三里地的鼓楼附近。

啊！啊啊！幸亏郑考古的心脏没有问题，不然很难说能否承受得住石破天惊般的重大发现所带来的惊喜。说来这位北京大学考古系毕业的高才生，早该功成名就，但命运与他开了一个大玩笑。一九六八年，郑考古忽然接到加密的紧急通知，叫他陪同郭沫若郭老到河北满城，参加西汉中山靖王刘胜和窦绾夫妇墓的发掘，后来出土了金缕玉衣和长信灯等四千多件珍贵文物。临行前，郑考古被查出患有肺结核。他向领导表决心，轻伤不下火线，带病坚持工作。可领导说，革命精神十分可嘉，参加发掘坚决不许，万一把肺结核传染给了郭老怎么办？那可是国宝啊！得，歇菜！成名成家的机遇与他失之交臂，也没能亲耳聆听郭老那句"刘胜我终于找到你了"的著名感叹。不然，能到现在几乎一事无成，还是个副研究员？人们也许早就叫他"郑高古郑老"了。而那个机遇让他大学时总是抄他作业的同学捡了去。现在，那位同学著作等身，国内国外赫赫有名，被评为第一批国家有突出贡献的专家。

藏有八大马车金银珠宝的井被发现，把郑考古的神经发条一下子绷紧了。要知道，这将是一个世纪以来，中国乃至世界上最重大的考古发掘！与这比起来，秦兵马俑的发掘算得了什么？西汉满城墓的发掘又算得了什么？将来，可以专门修建一个博物馆，展示八大马车金银珠宝，体现中华民族灿烂文化，那将是何等壮观何等辉煌啊！郑考古将亲自出任博物馆馆长，向如织的参观者讲述太监暗宅古井的发现过程，讲解每一件文物的文化价值和实际价值，那将是多么悠悠然陶陶然啊！百年后有人提起来，当年是谁主持了八大马车金银珠宝的发掘？他郑高古啊！噢，不，应该说是"郑高古郑老"啊！

王一斗摆脱郑考古，走出小酒馆，来到挖掘机遮挡的井边。儿子满囤还在井下，他一定着急了。王一斗四周望望，昏黄的夜色下，除了一条野狗在嗅着什么，不见有任何喘气的活物。王一斗伏下身来，扯动几下绳子，脑袋探向井口，压低嗓音叫着："满囤，我回来了。咋样，有啥事吗？"

不见回答。

王一斗提高了嗓音："满囤，是我，说话呀！"

依然没有回答。

莫非已经打开石门，潜进卧井里去了？别是有什么毒气，熏倒在里面了。想到这儿，王一斗忽地冒出一身冷汗，趴在井边，急切喊着："满囤！满囤你回我话呀！"

还是听不到回答。

王一斗也顾不得许多了，带着哭腔喊叫起来："满囤哎！你可不能有啥好歹哟！"

忽然，一只手拍在王一斗的肩膀上。

"爸，我在这儿呢。"

"哎哟哟，你吓死我喽！"

"您瞎喊啥呀？也不怕别人听见？"

"我还以为你被井里的毒气熏着了呢。"王一斗稳定住情绪，"你……你咋出来了？"

"不是您摇动绳子叫我上来的吗？"

"摇动绳子？没有哇，我跟郑考古喝酒去了。"

266

"这就不对了。"满囤觉得好生奇怪，"我刚下到井里不一会儿，绳子就摇动起来。我以为有情况，您叫我赶紧上去呢。我爬上来一看，还纳闷儿呢，咋不见您的影子。再一看，绳子拴在挖掘机履带上。我不知道出了啥事，就到旁边躲了起来。"

怪了，真是闹鬼了！是谁摇动的绳子？是谁把绳子拴在挖掘机履带上？难道还有什么人知道这井里藏着八大马车金银珠宝的秘密吗？

北平和平解放的锣鼓声刚敲过去，当了一辈子门房的夏侯爷就断气了。断了气，眼睛不闭，小灯笼似的睁着。夏五说："爸，您放心吧，您托给我的事，我一定照办。"夏侯爷的眼睫毛动了一下，眼睛还是没有闭。夏五扑通跪下来，脑门子磕得砰砰的："爸，您放心去吧，往后我要是有一点儿对不住良心的地方，叫我天打五雷轰。"话音未落，天上炸开一个大雷，铜钱大的雨点子砸在房瓦上，噼噼啪啪响。夏侯爷的眼睛吧嗒一下合上了。穿衣入殓，发送完毕。夏五前脚回家，一男一女后脚就跟进屋来，臂上戴着黑布孝，胸前佩着白纸花。见了夏五鞠躬致意，连连说节哀。特别是那女的，年纪轻轻，一身戎装，黑发齐肩，泪眼汪汪，就跟死的是她亲爹似的。闹得夏五心里直犯算，没听说有这门子亲戚呀。来人自报家门，说是政府的工作人员，问有什么困难，尽管提出来，不要客气，现在跟过去不同了，过去劳动人民是奴隶，现在劳动人民翻身当家做了主人。政府工作人员都是公仆，是为人民服务的。话说得贴心润肺，感动得夏五眼泪都流了出来。寒暄过后，来人切入正题，说天津有一位姓哈的妇人向政府反映，闹八国联军时，她姥姥在京城当老妈子，亲眼看见有人把皇宫里的金银珠宝运到太监暗宅藏了起来。但不知道这太监暗宅的具体地址，大概就在鼓楼附近，问夏五是否知道这回事，要是知道就应该以国家主人的身份报告给政府。夏五心里咯噔一下子，张嘴刚要说什么，却忽然打了一个嗝，把本来溜到嘴边儿的话又生生咽了回去。

八

工地搭建了一处活动房，民工昼夜轮流值班。井的上方撑起一个木亭子，罩着一块大帆布，防止雨水灌进井里。亭子里挂着一盏电灯，到了晚上，灯泡一开，亮得耀眼，冒着白烟。那些有逐光习性的蛾子蟥子蝲蝲蛄，还有许多叫不上名的昆虫，不知深浅，没头没脑，争先恐后地撞向灯泡。自以为寻到了光明，殊不知那灯泡太烫了，一个个撞破了脑袋，烧焦了翅膀，一溜歪斜掉下来，跌进敞着大口的井里。可它们的同类并不接受同伴的教训，依然前仆后继地向着要它们命的灯泡撞去。

发财的梦想彻底破灭了，这是尿黄尿、嘴起泡的事，能不着急上火、猫爪子挠心吗？在高台阶的小酒馆里，王一斗临窗而坐。他尽力不去听，可马路对面发掘现场的喧哗声频频传进耳朵；他尽量不去看，可管不住目光，时不时向窗外瞥上一眼。烈度的二锅头，辛辣的老虎菜，放进嘴里也感觉不出有什么味道。发掘现场人山人海，水泄不通，王一斗却不敢前去围观，哪怕看上一眼。如果真眼睁睁地看着一件件一箱箱的金银珠宝从古井里挖出来，别说他有一条命，就是像猫似的有九条命，也得当场晕死过去。当初发现了藏有八大马车金银珠宝的井，本想把这一辈子的后悔事全都找补回来。可到头来，却成了他一生中最后悔的事。撬碎了金砖，价值几万元的文物变得一文不值；没有按时搬家，损失了几万元的补助款；没把线索报告政府，也就不可能得到百分之二十五的奖励。后悔哟后悔死喽，后悔哟后悔可喽！后悔得恨不能扎尿盆里淹死！

后悔不迭的不仅有王一斗，还有记者吴非。他躺在医院病床上，脑袋上缠着绷带，一条腿被细钢丝吊在半空做牵引，只能靠手机与在发掘现场的枝子联系。

前两天，吴非请枝子吃完晚饭，送枝子去上夜班。路上，吴非不知不觉地就拉起枝子的手，枝子不知不觉地就挎起吴非的胳臂。枝子嫌吴非口音太难听，就教他说普通话。连带两个儿化的"一根儿铁丝儿"，从吴非那舌头不会打弯儿的嘴里说出来，就变成"一根铁丝啦"。

"你要是学会一根儿铁丝儿，我就给你奖励。"

"什么奖励？"

"保证让你满意。"

"说话当真？"

"本姑娘说话，向来算数儿。"

于是，枝子不厌其烦一遍遍地教，吴非一遍遍不厌其烦地学，直至走到枝子上班的宾馆门口，吴非也没把"一根儿铁丝儿"说地道。

"好啦，别再难为我啦，我学习态度还是蛮认真的嘛。"说着，吴非主动把奖励落到实处，捧过枝子的脸猛吻，舌头跟着也不老实。忽然，吴非叫了一声，推开枝子："你……你为什么咬我？"

"我看你舌头这回会不会打弯儿。"枝子嬉笑着迎上去，把红红的唇膏一点儿不糟蹋地印在吴非的嘴唇上、脸颊上、额头上。忽然，枝子叫了一声，推开吴非："坏了，有一件事儿忘跟你说了。"

吴非有些扫兴："什么事情值得你这么大惊小怪？"

　　"我说出来你不大惊小怪才怪。"枝子告诉吴非，"听我二叔说，他发现了一口古井，井里藏着八大马车金银珠宝，说是当年八国联军攻打北京时，慈禧太后从皇宫里转移出来的，这一两天就开始发掘了。怎么样，不值得你这个大记者大惊小怪吗？"

　　吴非半张着嘴，混沌了几秒钟，当意识到这口古井的报道价值时，激动得把枝子高高地抱起来："宝贝太好啦！我要好好感谢你啊！"

　　回到编辑部一汇报，部主任激动得满脸通红，当即指示吴非三个一定：一定要保守秘密，一定要核准事实，一定要做独家新闻。最后又鼓励说："知道这篇报道的价值吗？一旦报道出去，不仅轰动中国，还将轰动整个世界！好好干，前途不可限量！"

　　其实，吴非对这篇报道的分量和影响早已想到了。发掘出慈禧太后藏匿八大马车金银珠宝的稿件一经发表，所有网站将在第一时间在网上转载，新华社也肯定向国内国外转发通稿。随着这一考古特大新闻在世界迅速广泛传播，记者吴非也必将名扬天下。

　　在枝子的陪同下，吴非采访到了古井发掘项目主持人郑考古。双方约定：郑考古只向吴非所在的一家报纸发布消息，对其他任何媒体一概封锁；吴非负责把发掘古井的消息公布于世，当然了，项目主持人郑考古的名字不可漏掉。

　　从郑考古家出来，天已经黑了。枝子挎起吴非的胳臂，脑袋歪在吴非的肩上，沉浸在热恋的幸福里。胡同里迎面走来两个人，就在擦肩而过的一刹那，这两个人突然从腰里抽出擀面棍，对吴非一阵暴打。枝子一时吓蒙了，张着嘴"啊啊"了好几声，这才想起喊"来人救命"。两个人撒丫子跑走了，其中有个胖子跑的时候，两条腿明显地甩着外八字。这让枝子猛地想起这人是大漏勺的一个哥儿们。不容多想，救人要紧。枝子扶起被打倒在地的吴非，只站了一下，吴非就疼得大叫一声瘫在地上。到医院一照片子，小腿骨骨折。做牵引的细钢丝把吴非绑在病床上，使他不能到现场目睹古井的发掘。虽然遗憾呀后悔呀，但并不耽误发稿。吴非已经把预先写好的消息写在笔记本电脑上，对于出土什么珍贵文物，数量多少，暂时先空着，只等现场的枝子一来电话，把具体内容往上一填，立刻发往部主任的电脑里。

手机响起来，显示屏上的号码证明是枝子从现场打来的。

"喂，枝子，怎么样啦?"

"马上就要进行发掘了。"

"记下开始发掘的时间……哎呀!"吴非忘记了一条腿还被细钢丝牵引着，身子只稍稍一动就疼得他失声大叫。

"吴非你怎么了?"

"没事的啦，放心的好啦。"吴非龇牙咧嘴地说。

手机里沉寂片刻，随即传来抽泣声。

"枝子，不用担心，我很快就会好的啦。"

"吴非，我对不起你，都是我不好，是我把你害成这样儿。"

"怎么会是你害的我呀? 我还要好好地感谢你呢!"

"不，我对不起你，是我害了你。把你打成这样，是我原来男朋友指使人干的。"

"谢谢你告诉我，这说明我们之间没有任何隔心的事情啦。现在你什么都不要想，把发掘现场发生的情况及时转告给我，就是对我最大的帮助。好啦，宝贝听话，擦干眼泪，不然会变成一只小白兔的。对了，你听，一根铁丝儿，怎么样，说得还算标准吧?"吴非还想说些什么安慰话，手机却挂断了。

枝子挂断手机，来到古井旁边，这种礼遇全因项目主持人郑考古是她二叔。发掘现场实施一级警备，武警战士和公安民警组成一道封锁线。挖掘机的制高点上，站着几个手握便携式冲锋枪的武警。警车、救护车和用来装运金银珠宝的大卡车时刻待命。一位肩上扛着一杠俩星的警官向郑考古建议，如果准备工作就绪，是否可马上开始发掘，不然围观的人越来越多，万一发生什么问题，后果不堪设想。戴了橘红色安全帽的郑考古，比平日增了几分威严，添了几分神秘，只是厚厚的眼镜依然模糊不清。他看了看手表，差一刻九点。"再等一等，我们领导马上就到。"说着，围观的人群闪开一道口子，几位领导大驾光临。

人们的目光集中在发掘现场，谁也没有注意，马路对面六层楼的楼顶上站着一个人，身背太阳光辉，形成一幅剪影，分辨不清是谁，只能隐约看见逆光下飘动的一缕胡须。这位老先生是居高临下观看发掘古井吗？

铃声又响了，躺在病床上的吴非打开手机，传来枝子的声音："发掘古井的工作，上午九点正式开始。我二叔，不，项目主持人郑高古同志，第一个站到铁笼子里，吊车的大臂吊起铁笼子，徐徐地送进井下……"就在这节骨眼上，手机信号不知为什么突然断了。

枝子启用重拨键，传来吴非的声音："枝子，你手机一直开着，好吗？""好的。哎，不行，电量只剩半个格儿了。放心吧，有什么情况我会立刻打电话告诉你。"

"那人是不是要跳楼啊？"不知谁忽然喊叫了一声，围观群众出现一阵骚动，目光唰地投向马路对面的楼顶。有些人索性离开发掘现场，跑到楼下看热闹。哟，这不是夏五爷吗！这个老神经，想找死呀？只见夏五爷左腿一抬，右腿一跟，站在了楼顶的女儿墙上，身子摇摇晃晃，随时都有坠楼的危险。

看见要出人命，民警就地取材，抄起一块大帆布跑过去，在夏五爷站着的楼底下，一人扯起一个角，绷起来接着。与此同时，有两个警察冲进了楼道。

一名警官手持喇叭向夏五爷喊话："老爷子，您要是想看热闹儿也不能这样看呀，我知道您耳不聋眼不花，您往后退几步，不也照样儿看，是不是？啊，听我话，您退到墙下边去。"

站在楼顶女儿墙上的夏五爷，似乎没看见楼底下警官的身影，也没听见本来很浑厚一经喇叭就变成娘儿们腔的劝说，两只眼睛直勾勾地望着远处的天空。

一个矮个子警察跑出楼道，呼哧带喘向喊话的头儿汇报："通往顶楼的铁门被反锁了，我们不敢硬砸，怕惊动了楼顶上的人。"

"想办法从住户的窗户翻到楼顶上去，一定要把人救下来。"

"是!"矮个子民警转身又冲进了楼道。

旁敲侧击不成，干脆一针见血，警官对着喇叭又喊起来："老爷子!您得往开想一想，有什么大不了的事，非要走这条道儿呀？俗话说，好死不如赖活着。您真要是从这楼上跳下来，总不能算是好死吧？摔个稀巴烂，尸首都不全，活了一辈子，临了就图这个？"

夏五爷依然木头人一般，对警官的叫喊、人们的议论置若罔闻。

忽然，发掘现场那边又出现一阵骚动。大槐树下的人们哗地跑散开来，有的抄砖头，有的举棍子，一个个脑袋后仰，盯着树上的一条秃尾巴黑蛇。这黑蛇缠着那根伸向地基的树干，频频地吐着芯子，几滴黏液从嘴里流出来，掉向地面，拉成很长的一条细线。

同时，还有一条细线从树上垂下来，只是没人发现或者习以为

273

常，不足为怪罢了。一个吊死鬼悬吊在半空，捯着自个儿拉出的那根细小的闪亮银丝，摇头摆尾地向上攀。也许是累了，它停下来休息，垂直身子，一动不动，死了一般。不一会儿，又快速地摆动起来，细小银丝与树枝的距离越来越近，眼看就要重新攀到上面，蚕食鲜美丰盛的树叶了，可就在这时，维系它身体全部重量的那根细小的银丝断了。吊死鬼摔到地上，被只顾眼睛朝上看蛇的一个小男孩踩在脚下，所有希望连同身子一起，化作了一汪绿水儿。

井边一位技工手中的小旗子往上扬了扬，吊车随即转动起滚筒，伸向井里的钢丝绳缓缓提起来。围观的人们再也不看站在楼顶女儿墙上的夏五爷和缠在树干上的秃尾巴黑蛇，所有目光都集中在了即将出土的金银珠宝。

铁笼子吊上来，技工从铁笼子里抬下一个柳条编织的箱包。打开看了，哪有什么金银珠宝，只是一个大铁钩子，是那种至今在一些菜市场依然可以看见的一头钩进肉里一头挂在肉杠上的大铁钩子。这大铁钩子已经锈成了一个蛋，一碰哗哗掉皮儿，只有那点儿芯儿还算是铁。

枝子用手机及时向医院里的吴非通报："东西吊上来了。"

"都有什么价值连城的文物？"

"我看什么钱也不值，是一个大铁钩子。"

"大铁钩子？"

一阵骚动淹没了俩人的通话。那条黑蛇只用秃尾巴挂着树干，整个身子垂在半空，随时随地都可能掉下来。再一看那边的夏五爷，竟一屁股坐在女儿墙上，两条腿耷拉在楼外边，甩甩搭搭。那位矮个子警察，猫一样灵活，站在顶楼的窗台上，手伸向雨水管子，试图借此攀登到楼顶，解救下犯了神经的夏五爷。可是，雨水管子糟了，只一用力，就哗啦啦断成几截，多亏矮个子警察另一只手把着窗户框，不然非得同雨水管子一起掉下去粉身碎骨。

听到外边一阵阵大呼小叫，王一斗在小酒馆里喝着闷酒，坚持不肯出屋，甚至连眼睛也不往外瞥一下。

"嘿，宝贝上来了！"有人一喊，围观的人们又把目光投向了发掘现场。吊车的钢丝绳，这回确实绷紧了，大臂顶端的铁轮发出吱吱的声响。待铁笼子吊出地面，技工搬那柳条箱包时，果然费力不小。打开柳条箱包看了，躺在里面的却是郑考古，脸色煞白，双眼紧闭，要不是隔好一会儿才有一下喘息，真难相信他还活着。听随后上来的技工讲，郑考古打开石门，在十几米长、两米多宽的卧井里寻了好几个来回，除了发现一个锈蚀的大铁钩子，什么宝贝也没找到，一个闷嗝没打完，就扑通一声晕倒在地上。

救护车载着休克的郑考古风驰电掣般地驶离发掘现场。枝子守护在二叔身旁，不断唤着："二叔，你醒醒，你醒醒呀！"

郑考古长长地喘了一口气，昏迷之中一下子抱住侄女的胳臂，像抱着宝贝一样，一直到了医院才被两个护士掰开。

手机响了，是吴非打来的。

"怎么样，宝贝挖出来了吗？"

枝子哭了，一句话也没说，关上了手机。

救护车一走，吊在半空的黑蛇蜷起身子爬进大槐树的树洞里，坐在楼顶女儿墙上的夏五爷也不知什么时候悄然隐退了。

王一斗隔玻璃看见围观的人群散了，一时闹不清怎么回事。

满囤走进小酒馆，告诉老爸，井里狗屁都没有，只挖出一个挂猪肉扇儿的大铁钩子。王一斗听了，一拍大腿，呼天喊地："后悔哟，后悔死喽！后悔哟，后悔可喽！"

满囤闹不明白："啥宝贝也没挖出来，爸你还后悔哪家子呀?"

"我后悔当初为啥要死要活地后悔!"王一斗说着，掏出清凉油，抹了一大块，涂在暴着青筋的太阳穴上。

晚上，预报的一场雷阵雨如期而至。借助闪电瞬间耀眼的光芒，可以清楚地看见，裹着泥沙的雨水从四面八方汇集到一起，哗哗地流向井里。不多一会儿，就把从十九世纪末到二十世纪末传说了整整一百年的藏有八大马车金银珠宝的井灌满了。

到了五十岁的时候，夏五继承了街坊四邻对他爹的称呼，叫夏五爷了。不仅是从年纪上论，也是人们沿袭下来的习惯。不过，这个时候的夏五爷不是爷，是孙子，地主资产阶级的孝子贤孙。是孙子，也不能翘着俩胳膊坐飞机，质问到底知道不知道金银珠宝藏在什么地方吧，所以还不如孙子。还不如孙子，也不能用老虎钳子夹着两腿，逼问到底知道不知道金银珠宝埋在哪里吧。到后来，别说是孙子，连个正常人也不是了。各种刑罚齐上，昼夜轮番轰炸，夏五爷只会说一句话："不知道，打死也不知道。"起初，娃娃们还以为这老家伙顽固不化，宁死不屈，就又让他翘着俩胳膊坐飞机，就又用老虎钳子夹着他两腿，问慈禧太后的八大马车金银珠宝到底藏在哪里，必须老实交代!可一直到昏过去之前，嘴里说的还是"不知道，打死也不知道"。这才明白，敢情这老家伙不是宁死不屈，也不是顽固不化，是脑子不正常，是神经了。后来，不再以阶级斗争为纲了，夏五爷依然神经兮兮的，一会儿明白，一会儿糊涂，事情稍微一复杂，脑子就转不过弯儿来。"不知道，打死也不知道"，成了他的口头禅。

九

一年后，一幢六层的住宅楼拔地而起。原住在太监暗宅里的北房老张家、东厢房王一斗家、西厢房枝子家和南倒座夏五爷家，又都迁回来了，分别搬进一门 201、301、401、501，四合院的邻居变成楼上楼下的邻居。临街的一楼，成了铺面房，超市、餐馆、照相馆、美容美发店相继开张营业。

夏五爷住在三楼，大槐树的那根主权从老远伸过来，距他家不足半米，站在阳台上，伸手就可摸到墨绿的树叶。这使夏五爷新添了养鸟的爱好。他用竹竿把挂在树枝上的鸟笼子挑过来，掀去罩着的蓝布，一对鹦鹉冲主人叽叽喳喳地叫。

看上去，夏五爷比一年前苍老了许多。去年发掘古井的那天，夏五爷从楼顶上悄然隐退回到家，把自己米口袋似的放倒在床上，就一病不起了。本来，夏五爷打定主意，只要金银珠宝从井里挖上来，他就从楼顶上跳下去。可是，万万没想到，从井里只出土了一个挂猪肉扇儿的大铁钩子，称得上宝贝的一件也没有挖出来。他觉得受到莫大的愚弄和欺骗，就像一位虔诚的信徒，把自己的少年青年老年全都献给了所信奉的教义，有一天不小心把供奉的镀金塑像碰倒了，掉在地上，摔成粉碎，原来不过是一堆泥巴和稻草。

为了这口井，为了父亲临终前的嘱托，为了井里藏着的八大马车金银珠宝，也为了这所宅院主人即柳叶儿一家对他们父子充分的信任，夏五爷装疯卖傻，变成神经，甚至强迫自己损事做绝，丧尽天良。不管是亲戚朋友，街坊四邻，一问三不知，张口闭嘴"不知道，打死也不知道"；往瘸拐秃癞的公猫母猫的食里掺上进口伟哥，

277

让它们没黑夜没白天地闹春；在窗台上撒下一层层鱼鳞，要独眼龙一次次地跑到窗台上叫唤；解开拴在横木上尼龙绳的猪蹄子扣儿，把父子俩闷在井里成了瓮中之鳖；狠心推倒了王家的后山墙，差一点儿要了王一斗父子的小命儿；以保护名木古树为名，把楼房地基生生北移了五米，使房地产开发商韩老板蒙受不小的损失；给110打匿名电话，诬陷王氏父子是流氓，拦截良家妇女；扯动垂到井里的绳索，诓骗满囤爬上井来，把王一斗足足吓了一大跳……所有这一切，足够对得起东家和父亲的托付了，可对得起别人吗？对得起自己的良心吗？

不错，尽管东家给了夏五爷这辈子足够的花销，金银首饰，宝玉古董，随便卖个鼻烟壶，几年不用愁吃穿。但这就可以欺骗人愚弄人吗？这就可以让一个人心甘情愿地效忠一辈子吗？甚至终身未娶。当然，也不光是担心泄露了井的秘密才终身未娶，夏五爷这辈子心里惦念的女人只有一个，那就是青梅竹马一起长大的柳叶儿，那个坐在他拉着的洋车里上下学的柳叶儿，那个送他日语课本叫他用来擦屁股的柳叶儿，那个临别时送给他一块桃形玉佩的柳叶儿。他自己也清楚，这不过是单相思。大户家的阔小姐永远瞧不上看门人的后代，就像大观园里的林妹妹永远也不会嫁给焦大。

夏五爷出了家门，走进楼下的餐馆，点了些酒菜。没喝几口，见郑考古推门走进来，便打招呼请他坐下。自去年晕倒在井里，被吊车吊上来送到医院抢救后，郑考古说话就变得有些神经兮兮的了。

酒过三巡，菜过五味，郑考古又说起了去年发掘古井前他所做的调查："真是奇耻大辱啊！一个堂堂几万万人的泱泱帝国，竟守不住一个天津卫，让八国联军区区几千个洋毛子就给整治了。慈禧太后把金银珠宝转移出宫，整整装了八大马车，藏进一个太监暗宅的井里。这让一个姓哈的老妈子看得清清楚楚。为了杀人灭口，老佛爷下令，砍下护送宝贝的侍卫脑袋，埋在荒郊野地。民国灭了大清后，北京一家小报把这事炒得沸沸扬扬，最后白折腾一场。军阀呀、日本鬼子呀，也都没少惦记井里藏着的八大马车金银珠宝。后来，政府工作人员也进行过调查……"

夏五爷不想再听这些曾让他伤透心的事，打断郑考古的话："来，喝呀，大点儿口，干脆咱俩干了吧。"

"干，干了。"郑考古的舌头有点儿硬了，"按说我调查得够认真够仔细的了，所有线索都证明，那八大马车金银珠宝一直藏在井里，可为什么扑个空呢？"

"你问我，我问谁去呀？"想起主人的欺骗和愚弄，夏五爷心里就堵得慌，"我还有一点不明白，这井里头，怎么会有一个挂猪肉扇儿的大铁钩子？"

"咳，这个好解释。"郑考古擦了擦眼镜，"我调查过了，这井是用来窖肉的，卧井的石门一关，隔绝了氧气，整扇肉放进去，十天半个月也坏不了，跟现在冰柜似的。丢在里面一两个大铁钩子，不足为怪，不足为怪。"

这时，门一开，枝子和大漏勺走进餐馆。枝子向二叔郑考古和夏五爷点点头，算是打过招呼。二人刚在一个桌子旁坐下来，挂在枝子脖子上的手机就响了。枝子一看，显示屏上出现"来电无法显示"几个字，正犹豫接不接，信号却断了。

大漏勺把脸扭向一边："接吧，有什么不好意思的？"

"瞧你这德行！赶明儿甭倒腾古董了，干脆开个小卖部，专卖山西老陈醋。"枝子正说着，手机又响起来，还是"来电无法显示"。"喂，哪一位？"

手机里传出一个男人的话音，枝子看了大漏勺一眼，随手调小了音量。

"我是吴非呀。"吴非的声音清晰地传出来，足以让对桌的大漏勺听见，"枝子，祝你生日快乐！"

只这一句来自万里之遥的生日祝福，就让枝子热泪盈眶："谢谢你了。"说完，关掉了手机。

半年前，吴非留学澳大利亚攻读博士，枝子和吴非的关系也就不了了之。大漏勺乘虚而入，重新夺回山头。

"你也不问问那小子，刷盘子刷得俩手都脱皮了吧？"

"我不许你污蔑他！"枝子吼了一声，起身离开。

"哎，这是怎么一个茬儿呀？"大漏勺追了上去。

一辆出租车驶来，停在餐馆门口，不等后排座位上一位满头银发的老太太和一个十七八岁的男孩下车，枝子就拉开前门坐了进去。司机拉上手刹，说了句"小姐请等会儿"，便开门出去了。

司机搀着白发苍苍的老太太下了车，大声说："老大妈，这就是您要找的地方。"

老太太东张西望，一片茫然。

司机说话的声音更大了："您忙吧，我拉活儿去了，拜拜！"

这时大漏勺也已坐进车里。出租司机开起车，屁股冒出一溜烟。

老太太对男孩说："这车夫真热情，可他说话为什么要用那么高的嗓门儿呀？我的耳朵一点儿也不聋嘛。"

祖孙俩就笑。笑过后，孙子问："奶奶您还认识这里吗？"

"变了，变得看不出一点儿模样了。"老太太忽然眼睛一亮，走到大槐树下，抚摸着龟裂的粗糙树皮，"是它，就是它！我小时候，经常和伙伴儿一起，在这棵大槐树下玩过家家儿。"

大槐树犹存，令她在大西洋彼岸魂牵梦绕的那所老式四合院呢？令她时常惦念的那个拉洋车接送她上下学的夏五呢？

"劳驾，打扰了。"老太太进了餐馆，向与人交杯换盏的一位老者打听，"请问，原来住在这个地方的人家都搬到哪儿去了？"

夏五爷的酒盅停在半空："你找谁？"

"我找夏五。如果健在，今年有八十出头儿了。"

"你看看我是谁？"

"你……你就是夏五哥吗？"

"你是柳叶儿？"

一对儿发小儿，分别五十多年后，就这样重逢了。

晚上，两位八十多岁的老人，说起分别后各自的经历，说起他们年轻时相处的日子，说起小时候一起玩过家家儿的情景，说到忘情处，仿佛又回到了童年。

野麻雀，尾巴长

娶了媳妇忘了娘

把老娘背到野地里

把媳妇背到炕头上

白米饭，烧肉汤

不吃不吃又盛上

……

吟着儿时熟记的童谣，想起儿时手拍手的童趣，两位老人禁不住泪流满面。

夏五爷摘下脖子上的桃形玉佩，放在茶几上："柳叶儿，你还记得这块儿玉佩吗？"

柳叶儿拿起玉佩看着，明显感受到了那上面的体温。

"你真不记得了？再好好想想。"

"看着眼熟，可忘记在哪儿见过了。"

"这是你们全家迁往台湾的那天，你亲手送给我的。"

"哦，对了，我记起来了，当时我是想给你留个念想儿。怎么，你一直带在身上？"

何止是带在身上，柳叶儿哪里知道，夏五爷把这桃形玉佩始终贴在心上，一直贴了五十多年啊！

夏五爷拿过玉佩，重新挂在脖子上。玉佩垂在心窝处，凉凉的，冰得心都凉了。

"柳叶儿，有个问题，我不能不说。"夏五爷语气变得严肃起来，"东厢房的那口井里，说藏着八大马车金银珠宝，你们家托付我们爷儿俩给看着，可是……"

"夏五哥，我这次就是为这个来的。"

"是来告诉我，井里什么也没有，就是为了考验我们爷儿俩对你们家忠不忠吗？"

"不，夏五哥，你想错了。井里确实藏有金银珠宝，只不过不是八大马车，而是四大马车罢了。"

"你别再跟我逗闷子了。去年，发掘这口井时，只出土一个一碰就哗哗掉皮儿的大铁钩子，什么宝贝也没有挖出来。"

柳叶儿正要说什么，逛街去的孙子拎着大包小包回来了，俩人的谈话只好就此打住。

住了两天，柳叶儿起程回大西洋彼岸之前，在首都机场交给夏五爷一张发黄的草图，要他转交给政府。

在夏五爷的眼里，郑考古就是政府。这天，夏五爷把郑考古叫到家里，亮出草图："这是柳叶儿要我转交政府的，她是晚清一个太监的抱养儿子的唯一继承人。你给我打个收条吧。"

郑考古打开发黄的草图，上面画着横一道竖一道、宽一道窄一道，一时没有看明白。

夏五爷说："当年，慈禧太后确实把八大马车金银珠宝藏在了东厢房的井里。后来，起走了四大马车。决定把另外的四大马车继续坚壁这里后，在卧井的中间，又挖了一个竖井，然后又挖了一个卧井，留下来的四大马车金银珠宝，就藏在第二层卧井里。"

郑考古看着看着草图，眼睛直了，神情木了，像去年在第一层卧井里扑了个空一样，扑通一声栽倒了。夏五爷赶忙唤来住在二楼的王一斗夫妇和住在四楼的枝子妈，又是掐人中，又是按虎口，又是嘴对嘴人工呼吸，郑考古醒了，长长地舒了一口气："咳——"

王一斗的老伴儿，在这方面应该说是有经验的。今年春天，王一斗太阳穴上的青筋又一次暴起，再怎么涂抹清凉油也不管用了，患了急性脑血栓，就是她镇定自若，采取紧急措施，保住了老头子性命。不过，王一斗从此成了拐子，走路一顺边儿，有条腿不打弯儿，说话呜呜噜噜，心里什么都明白，就是表达不出来。

王一斗一眼就看懂了草图上所画的内容，嘴里一个劲儿呜呜。

老伴儿翻译着："你是说，这井下不是没有金银珠宝，而是没有挖出来，是吧？"

王一斗点了一下头，又接着呜呜。

"在金山银山上白白睡了几十年觉，末了还是个穷光蛋，这辈子就是一斗粮食的命，是吧？"

王一斗拨浪鼓似的摇着头，对老伴儿的翻译极为不满，用手使劲撕扯着嘴，恨自己有嘴说不出话。

"你到底要说啥呀?"

王一斗呜呜的声音越来越大，急得直拍自己的大腿。

"我知道他要说什么了。"夏五爷替王一斗老伴儿翻译着，"你是说，后悔哟，后悔死了! 后悔哟，后悔可喽!"

王一斗点点头，张着的嘴半天合不上。

枝子妈感叹说："得，等着吧，等咱住的新楼房成了危旧房，再拆迁时，再挖楼底下埋着的金银珠宝吧。"

王一斗老伴儿说："到时候，别又猴子水中捞月一场空。听我们老家的老人说，埋在地下的金子会走。是不是夏五爷?"

夏五爷应着："民间是有走金儿的说法。"

王一斗听懂了人们的谈话，大声地呜呜起来。

老伴儿翻译说："反正躺在金山银山上做了几十年的发财梦，再做它几十年也没啥，是吧?"

枝子妈接过话茬儿，亮出票友的本事："要我说呀，咱谁也别再做梦了。古戏词儿说得好，'富贵三更春梦，功名一片浮云'。爬得越高，摔得越重。日子平平安安，身子结结实实，比啥都强。"

王一斗咧嘴笑了，一股哈喇子顺着嘴角流下来。

回到家，王一斗靠在沙发上睡着了，做了一个梦，还是那个做了几十年内容一成不变的发财梦。伸手去拿堆成小山似的金条，可金条似乎是刚刚浇铸的，烫得大叫一声，醒了。手掌上虽然没有被灼伤的痕迹，但分明感到火辣辣的疼。

把郑考古送上公共汽车，夏五爷刚一走进家，就听见阳台上的鹦鹉叽叽喳喳疯叫。赶过去看了，槐树的树杈上趴着秃尾巴老李，它已经完成了一年一次的蜕皮，一副筋疲力尽的样子。夏五爷拿来五个鸡蛋，用一头拴有布兜子的竹竿一个个递过去，秃尾巴老李也就一个个吞了，腹部鼓起五个包，莲藕似的。它把身子缠在树杈上，只一勒，五个鼓包便扑扑地瘪了。

"回去吧，老李，时间长了容易让人看见。"

秃尾巴老李扭动着身子，孩子般地撒娇。

"老李听话，回去吧。你也老了，以后要好生照顾自己。"

秃尾巴老李吐了吐红芯子，转身爬进树洞里去了，只有挂在树枝上的蛇蜕随风飘扬。

夜里，夏五爷在阳台上一边喝茶一边纳凉。忽然发现楼底下有一个人，从眼镜的反光和走路的姿势判断，是郑考古无疑。他绕着楼房，转啊转，转啊转，转了一圈又一圈，幽灵似的，时不时发出一声"咳"的叹息，把栽种不久的草坪踩出了一条小道。

这时候，半个昏黄的月亮正快速地掉下去……

图书在版编目（CIP）数据

十日艳后／刘连书著. — 北京：中国文史出版社，
2021.1

（跨度小说文库）

ISBN 978 - 7 - 5205 - 2184 - 0

Ⅰ．①十⋯ Ⅱ．①刘⋯ Ⅲ．①中篇小说 - 小说集 - 中
国 - 当代 Ⅳ．①I247.5

中国版本图书馆 CIP 数据核字（2020）第 153782 号

责任编辑：牟国煜

出版发行：中国文史出版社

社　　址：北京市海淀区西八里庄路 69 号院　　邮编：100142

电　　话：010 - 81136606　81136602　81136603（发行部）

传　　真：010 - 81136655

印　　装：北京新华印刷有限公司

经　　销：全国新华书店

开　　本：720 × 1020　1/16

印　　张：18.75　　　字数：212 千字

版　　次：2021 年 1 月第 1 版

印　　次：2021 年 1 月第 1 次印刷

定　　价：63.00 元